牧马悲歌

张建明 著

上海文艺出版社
Shanghai Literature & Art Publishing House

图书在版编目（CIP）数据

牧马忻歌 / 张建明著 . -- 上海：上海文艺出版社，
2024. -- (忻州书香 / 梁生智主编). -- ISBN 978-7
-5321-9112-3

Ⅰ . I267

中国国家版本馆 CIP 数据核字第 2024X2A184 号

发 行 人：毕　　胜
策 划 人：杨　婷
责任编辑：李　平　韩静雯
封面设计：悟阅文化
图文制作：悟阅文化

书　　名：牧马忻歌
作　　者：张建明
出　　版：上海世纪出版集团　上海文艺出版社
地　　址：上海市闵行区号景路 159 弄 A 座 2 楼
发　　行：上海文艺出版社发行中心发行
　　　　　上海市闵行区号景路 159 弄 A 座 2 楼 206 室　201101　www.ewen.co
印　　刷：成都市兴雅致印务有限责任公司
开　　本：880×1230　1/32
印　　张：95
字　　数：2280 千
印　　次：2025 年 7 月第 1 版　2025 年 7 月第 1 次印刷
ISBN：978-7-5321-9112-3/I.7164
定　　价：398.00 元（全 10 册）

告读者：如发现本书有质量问题请与印刷厂质量科联系　T：028-83181689

"浓淡相抹总相宜"

——读张建明《牧马忴歌》

张卫平

如果说文学作品有一定审美判断的话，真善美可能是一个很重要的标尺。真善美首先是"真"，"真"可以说是一切文学艺术最本质的一个要求。这个"真"可能包括这么几层含义：第一是真诚。文学是心灵的艺术，最打动人心的莫过于其文中所蕴含的真情实感，这就要求为文者务必要有一颗虔诚的心，贴近人物，贴近生活，写出自己独特的对生活对人生的深刻感悟。由真诚而真情而真实。诺贝尔文学奖获得者索尔仁尼琴曾经说过：一句真话能比整个世界的分量还重。真实具有直抵人心的艺术感染力。第二是真相。文学的功能有很多，但有一个基本的功能就是呈现生活或者人生的真相。福克纳说，诗人的一个重要使命就是对历史的记录。文学思考和探索的正是人类心灵和命运的成长史。柏拉图提出的人生三问：我是谁？我从哪里来？我又到哪里去？这既是哲学的问题，也是文学的问题，文学家企图用艺术的视角来呈现五彩斑斓的人生，从而展示人类发展的无限可能性。第三是真理。我思故我在。文学作品的思想深度可能正是一部作品所能达到的艺术高度。阿拉伯有句谚语，人类一思考，上帝就发笑。我想上帝的笑可能正是对人类探索生命真谛的赞许。诗人是离上帝最近的人，其实说的是诗人是离生命真理最近的人。文学的魅力有多种，可能文学所探索和揭示的生命真理是文学最有魅力的地方所在。如果用"真"的这几个维度来考察建明的散文集《牧马忻歌》的话，他的作品有这么几个特点：

一是材料真实。文学创作说到底其实就是在解决两个问题，一个是写什么，一个是怎么写。写什么就是一个作家对生活对人生的独特发现，也就是一个材料选择的问题，这个选择考验着一个作家的胸怀、视野、胆魄和积累。清代诗论家叶燮先生在他的《原诗》中认为，要想成为一个优秀的诗人，必须具备四种写作才能：胸襟、材料、匠心、语言。他把材料的选择放在写作能力的第二位，足见这个选择的重要性，从这个角度说，文学一定意义上又是一门材料学。建明的这部《牧马忻歌》写的大都是他生活中的所感所悟，比如《那年的西瓜最甜》写他考上学校后的种种遭遇，《奶奶的腊八节》叙述他所在地域的风土人情，这些文章的材料都是他的亲身经历，因此材料的真实性成了这部文集的一个重要特色，许多篇章娓娓道来，读来亲切感人。

二是情感真实。刘勰在《文心雕龙》中写道："故立文之道，其理有三：一曰形文，无色是也；二曰声文，五音是也；三曰情文，五性是也。"特别对"情"在文章中的作用做了重点阐释，刘勰认为："故情者文之经，辞者理之纬；经正而后纬定，理定而后辞畅：此立文之本源也。"文学是心灵的艺术，最撼人心魄的就是文中那直抵人心的情感力量。建明在这部《牧马忻歌》中收集的文章，都是作者在日常生活中触景生情或者睹物思人的结果，很少无病呻吟之作，比如《心碑》，回忆少年时的朋友老杨，《父亲与我的童年》讲述了困难年代的父子情深，以及

《巧借"他山石"》《读书三悟》等几篇读书札记，都写得情感真挚，耐人寻味。

三是细节真实。小说也罢，散文也罢，成败得失，细节往往起关键作用。如果说结构是文章的脉络和骨骼的话，那么细节就是这部文章的血肉，文章能否饱满，情节能否感人，细节至关重要。建明是个有心人，也是一个对生活敏感的人，因此在他的文章中有许多生动而鲜活的细节，比如《奶奶的腊八节》，奶奶怎么过腊八被写得生动有趣。《心碑》中劁猪的老杨，手艺高超，被描写得活灵活现。他的《忻乡月韵》，几乎就是以日记体的形式来记录生活的点点滴滴，语言朴实，细致入微，让读者如临其境。

从上面的分析看，建明在写作上起码有真诚，也在文章中呈现了一部分生活的真相，但读完还是有所缺憾，这个缺憾就是在思想层面的思考还可以继续深入，真正能在生活的日常中感悟到人生或者生命的真义，若如此文章则将有更感动人心的力量！

建明的新书就要出版了，写下上面的话以示祝贺！

2024年10月 晨于太原

张卫平，山西代县人，1966年出生，大学文化，作家、编剧，现为山西省文联副主席、山西文学院院长。主要作品有长篇小说《红色银行》《给我一支枪》《歌太平——萨都剌》《奋斗者》《英雄年代》《朱德儿童团》等，散文集《走马雁门》《心中的菩提树》《三垂冈——一代伟人瞩目的古战场》等，影视作品有《忽必烈》《浴血雁门关》《血战午城》《保卫人祖山》《特战》《杀山》《来处是归途》《今宵别梦寒》《双春年》等。曾获多种奖项。

乡愁 是月光下的独自歌吟

王建勇

乡愁，是游子对故乡的思恋追忆，是赤子对家乡的挚爱歌吟。

王维重阳节"遍插茱萸少一人"，王昌龄送别"一片冰心在玉壶"，高适除夕夜"故乡今夜思千里"，陶渊明则在南山下高歌《归去来兮辞》，屈子徘徊于汉江边仰首"天问"，这些莫不是游子炽热的归乡之思、乡愁之恋。然而，乡愁更是一种扎根家乡的人们对桑梓的无限热爱、对既往岁月的追忆、对未来美好的期冀，是植根于血脉的"月是故乡明"。如果说前者的乡愁表现得激越、惆怅，如江水般绵远悠长；那么，后者的乡愁则更多地呈现出深沉、执着的特征，如高山般巍巍厚重。建明兄的《牧马忻歌》就是这样一本寄托着他浓浓乡愁的散文集。

从内容看，《牧马忻歌》总体上可分为三大部分：一是乡愁记忆，有青少年求学、童年琐忆、乡土风物和对亲人的追思等；二是以日记体形式诗意般记录月亮形貌、生活情境、工作思考等；三是有关教学、教师的一些工作思考、研究心得，以及相关的几篇人物传略。

乡愁作为一种情愫，一种执着，一种淡远隽永的情思，几乎贯穿于该书的所有篇幅。作者发自真心，蕴含真情，方有至真感人的文字。《日知录》云："《黍离》之大夫，始而摇摇，中而如噎，既而如醉，无可奈何而付之苍天者，真也。汨罗之宗臣，言之重，辞之复，心烦意乱，而其词不能以次者，真也。栗里之征士，淡然若忘于世，而感愤之怀，有时不能自止，而微见其情者，真也。其汲汲于自表暴而为言者，伪也。"可见，自古以来，由真产生的作品，引人共鸣之深。作者写下雨时大哥接他回家："洗了脚的水积存了不少泥沙。大哥便把泥水倒进院里的菜畦，回来再盛了半脸盆水，让我把身上的泥洗干净，他才麻利地洗了我沾满泥的衣服，晾到衣架上。"细腻真切，让人如临其境，浓浓的兄弟情溢于言表。写毕业之际同学分别，"临别时不知有多少话要说却说不出来，只留下深情的目光，眼眶里涌出的泪水流过鼻梁，流入嘴角，有热度，有咸咸的味道，有涩涩的酸楚。"生动真挚，仿佛让人回到那个纯真的年龄和时代。"中秋过后，清晨，坐在铁路边的石头上，听着一树又一树鸟雀的歌唱，看着蓝天上丝丝缕缕白云变幻，想象着南山上禹王系舟的远古传说，等待东南方晨曦泛光，红日神奇般地跳跃而出。"这是作者描写的童年时家乡的景色，乡愁与诗意融为一体，谁又能不被深深感染呢？

《忻乡月韵》是该书的主要内容之一。作者用短小精悍的日记体形式，记载了前几年每日的月亮形状与自我感受，以及对工作、生活、教学的一些思考。文笔洗练、有哲思、有情感，文字张力充沛，几乎每篇都是一首精美独立的散文诗。在意识自由畅想间，作品神奇、瑰丽，亦真亦虚，尽情展示出作者内心的诗意驰骋。其文淡泊、其意从容、其思缥缈，颇有朱自清月下赏荷的味道，又让人不禁联想到二十世纪二三十年代郁达夫、徐志摩、吴宓等的日记，真实、自然、充满时代感。作者写月亮："这月牙在我头顶，窥视着冰湖的热闹情景，已经醉了，好像依恋着这群热爱滑冰运动的人们，不忍离去。""这时居然还能看到月亮，或许上苍害怕让我留下遗憾，偏在此时晴朗了许多。"如唐朝诗人张泌在庭院中低吟："多情只有春庭月，犹为离人照落花。"作者遐思月亮的美丽："挂着一轮银白静谧的月亮。这轮月亮如同明镜一般，等待仙女整理衣装，等待嫦娥、貂蝉、杨玉环、李清照用舞姿和诗词表达在元宵节的万千情思。"诗意的想象，将文字点缀得瑰丽神奇。月色，在作者的眼中，如银锄、镰刀，如眼睛、如明镜，忽而飞舞在田垄间耕耘，忽而倾羡人间的喜悦，忽而等待佳人才女的情思抒发。

建明的景物描摹总是带有诗意，这与他诗性的心灵是分不开的。从事教育工作，书香为伴，品行高尚，洁身自好，世事的烦扰与污染在他身上似乎天然地少了许多。因而，纯粹的心泉中总是还盛着少年纯真的心态和志向。他对月亮的钟情里，有诗人的天然挚爱，也有农家子弟的原始情感积淀，由书中对月亮的喻体多为"银锄""镰刀"等，可见一斑。作者的心绪随月的阴晴圆缺而变化，甚至与月辉的明亮程度也密切关联。这是一个诗人与月光的灵魂对话，一种源自传统的绵延不绝的精神映射，古老而悠远，高洁而风雅。

建明是一个淳朴的人，近乎于一个纯粹的人，从小学到中学到中师，读书是其主旋律。毕业后担任教师，教书育人成为其毕生事业，或许正是这种求学、工作始终与学校伴随的经历与他那善良、正直、淳朴的天性相融相契，因而他的生活中少了许多心机曲折，他的心灵则一直保持着纯净向上的品格，从《牧马忻歌》二十多万字的篇章中，读者自可感受到那种始终如一的品性。字里行间充溢着浓郁的乡愁之情，真挚的感恩之心，风雅的诗意遐想，或流淌于血脉，或发自于性灵，或熔铸于情操，可谓源于生活归于诗意。

《牧马忻歌》中的许多篇章融入了作者对自然世界、人类情感的观察与思考。从历史维度思考石头与文化的源远关联；从家乡的风景谈起，进而联想文学经典中的石头传说，甚至国外的石头建筑奇迹；从哲学层面思考人类的缺憾，指出人类虽无鸟类一样的翅膀，不能自由飞翔，却能用灵巧的双手，智慧的大脑不断启迪新思维、创造新发明，从而推进人类文明的进程。

古人在博览群书基础上，曾感慨道：自来书牍随笔之作，颇多可诵者，其情真也。傅庚生先生也曾说过：言，心声也，兴会所至，乃可发为吟咏。我们读建明的作品，就会感受到这种真切与诗意的结合。同时，还有一种反思，如尼采所言，人的生命在根部离得很近，飘枝散叶可能仪态万般，但根部是一样的。浓郁乡愁的背后，是对现代城市化进程中人与人之间关系的一种反思。当然，建明的文字在思考的深度、视野的广度上还是有很大的拓展空间。

本书是作者继诗集《晨曦枣韵》出版后的又一本散文集。学无止境，艺无止境，文学的道路崎岖而漫长，衷心祝愿建明兄秉性灵，继高躅，挥毫吐玉，再攀高峰！

是为序！

2024年6月26日

王建勇，山西省忻州市忻府区人，山西省作家协会会员，忻州市诗词学会副会长，忻府区作家协会副主席。

目录 ♪

1

那年的西瓜最甜

1981年7月，是我人生当中最幸福的时候。我在初中毕业后，参加中考成绩优秀。中考成绩418分，远超过中师分数线。我的亲人、我的邻居、我的同学、我的老师，村里人、乡里人把这则喜讯传了个遍。我在喜悦里流出了泪，说不清是激动还是感动，流到了嘴角，滚烫的，咸咸的，隐约有苦涩的味道……

一、难忘师恩

八年半的努力学习，在舅父文德先生书香的陶冶下，我的读书兴趣浓郁了，文化视野拓宽了，精神世界丰富了。在接受董春花老师优秀的小学启蒙教育后，我的识字有了扎实基础。在接受郭全先老师作文示范激励后，我坚定了自己写作文的信念。

在后郝学校上初二时，教导主任刘建章在学校动员大会上所讲的勤奋学习的故事感染了我，我开始有了自主学习的计划。初二语文老师李文德，将渊博的语法、修辞、文学知识传授给我，让我的语文在那时就有了厚实的功底，以至每每考试稳居前茅。数学老师师存厚、物理老师安英在教学中注重基础知识的传授，学生学习积极性的激发，我的数学、物理有了质的飞跃。

　　初三是在东楼社办初中上的。我上的是一班，班主任是聂会章，虽然他因为严重的鼻炎说话时总有鼻音混杂，但他上的语文课我分外喜欢，尤其是他写得一手漂亮的粉笔字，深深地吸引了我。他的办公室就在我们教室隔壁，方便照料早晚自习及空堂。全班同学都不敢捣乱，班风好，学风浓。数学老师先是李青梅老师，后来是董耀光老师，两人教学各有一套。李老师注重基础知识的系统传授和扎实巩固；董老师注重各种知识间的联系和巧妙融合，用众多的典型题引领我们。我是数学课代表，因为思维敏捷，总有与老师不同的证明方法或新思路，因此成为李青梅和董耀光二位老师引以为豪的学生。

　　物理老师赵会武、化学老师任禄祥，都是教学经验丰富、教学指导辛苦的老师。尤其是赵会武老师，他和董耀光老师在一个办公室，每天晚上下了自习我交了作业本后，总能吃偏饭，要么听二位老师为其他同学讲知识、解习题，要么做二位老师出的有一定难度的习题。那时的老师不收辅导费，看到勤奋学习、成绩优秀的学生，总想把知识无私地传授给他们。

　　政治老师先是五班班主任兼语文老师张永久老师。他，个子中等偏高，身材笔挺偏瘦，讲课时带着笑容，天生鲜红的微厚嘴唇开合有度，说话总善于控制时速和高低，头总是向上昂出自信。他的课让同学们上得舒心、快乐，抽象理论到他那里和生活联系得恰到好处，听起来有趣易懂。最让学生欣赏的是，下午的活动时间，东边的篮球场成了师生运动的天堂，在他的带动下，三步跨篮，精彩进球不断，让平整的操场给同学们留下美好的记忆。

　　后来，给我们带政治课的是社办中学校长刘弥亮老师。他虽然是领导，但严肃的脸上常带着灿烂的笑容，眼睛一眯，配上嘴角露出的一对虎牙，显出一种成年男子特有的美。他上课总能讲清讲透知识点，尤其是联系国内国际形势，在我的心目中，他是有政治觉悟，有政治嗅觉的人。毕业前印的复习小册子帮了我大忙。我在中考时政治成绩位于全社办中学第一。

二、求学东楼社办初中

中考成绩是由学校领导手抄汇总回来的。我去校长办公室时，男女同学出出进进，有喜滋滋看了又看舍不得走的，有看完成绩阴沉着脸、唉声叹气地走出去的，也有嘴快的女生向我报喜讯的。李青梅老师看着我进来，直夸我："建明，别看你个子小，小罢小，辣胡椒。全校总分第三名，去掉英语9分，与四班的张俊元并列第二。"

接着，李老师拿过《中考登分册》让我看了一眼以后，就收回去，问我："建明记性好，我考一考记住了没有。"我当时看到成绩后，又高兴又激动，哪里记得全，让李老师问得满脸通红，说："李老师，没有全记住。只记住语文85分，数学89分……总分418分。"李老师赶忙圆场："我再念一遍其他成绩，你肯定记住了。物理78分，化学77分，政治80分，英语9分。怎么样？"我眨着眼睛看着穿着大红合身衬衣的李老师，说："谢谢李老师！"

当时的东楼社办中学，教室倒比北肖学校、后郝学校宽敞，但住的是简易的大通铺，下面铺着稻草垫，同学们褥子叠摞着褥子，睡觉时连翻身都困难。春秋两季还好，夏季热汗纵横，冬季冷冻难挨。五十多人一个宿舍，小便的大铁盆冬天尿结了厚厚的冰，如何好过呀？

吃饭的问题更简陋，将近二百人，人人带一铝制饭盒，高粱面、玉米面的熟食自带，家里给蒸炒的素菜居多。个别家庭好点的带上白面大米饭，我看着也眼馋。

然而，就是这样简陋的条件，东楼社办初中一炮打响，创造了中师达线十三人，忻一中达线十一人的可喜成绩。达线人数仅次于忻县六中（当时叫长征路中学），放了忻县地区的卫星。

后来，我们这一届同学经过第二年、第三年补学，又有二十多人考上师范，二十多人考上忻一中，还有不少人上了忻县二中、义井中学，先后考上大学本科、专科的，考上其他中专的多至近百人。可以说，我们这一批靠学习改变命运的人，多亏学校管理好，老师齐心协力搞教学，赶上全国初中、高中放开正规招生并包分配的好机遇。我至今心存感恩之心。

三、中考印象

我参加忻县地区中考，在1981年6月20日、6月21日两天进行，地点在社办中学东边近三公里的义井中学。当时的道路以土砂路为主，穿过东楼村向东走，这是近距离的。如果想走北边的忻定公路，也有近二公里的土路，但绕远。最近的路，是沿着去阎锡山老家——定襄河边村的铁路两边狭窄的便路，但骑自行车得一路谨慎小心。第一天阳光明媚，行程便利，早上七点多出发，骑车走土沙路；傍晚六点多回到学校，骑车绕忻定公路。考的是政治、数学、化学，考完后，自我感觉良好。

第二天早晨，黑压压的浓云从西北向东南铺满整个忻定盆地，雨来得快，下得急，还没完没了。学校安排同学们想办法取雨鞋，戴雨具。我回北肖家中取已经来不及，只好到学校北边仅一里地的西楼村二姑家去取。二姑家虽然比我家还困难，但我去了总是带着灿烂的笑容接待的。我穿上不怎么合脚的雨鞋，披上装过化肥的塑料袋，顶在头上。这样，自感满足地沿着铁路旁的窄路，一路走走骑骑、骑骑走走，终于提前到达义井中学，走进考场。

上午的语文自信满满，尤其是作文《儿时的回忆——记学龄前童年二三事》，我听过中央人民广播电台《小喇叭》节目，虽然没有人给我解释过"学龄前"一词的含义，凭着一时的顿悟，我写了上学前的两件事，一件是在门口被邻居儿童放狗咬，一件是想上学却被阻的故事。

物理、化学科目考试也记忆犹新。听说物理因印刷厂工人疏忽，装错考试袋导致第一天泄漏了题，只好启动备考题，题的难度相当大。有两道综合试题耗了我将近四十分时间，其中第一道顺利做完；第二道思路通了，写的时间却不够了，留下了一些遗憾。化学考试中有一道题让我记忆犹新。题目是这样的："将一小块金属钠放进硫酸铜溶液中，将会发生什么反应？请用化学方程式表述反应过程。"我平常把化学教材认真通读过八九遍，对金属钠一节读得细，书中只有将金属钠放进水中的化学反应描述，也有把氢氧化钠溶液放入硫酸铜溶液中的反应描述，但并没有将金属钠放进硫酸铜溶液中的反应表述。经过思考，我大胆地猜测到金属钠先与溶液中的水发生化学反应，生成氢氧化钠和氢气，生成的氢氧化钠再与硫酸铜发生化学反应生成氢氧化铜沉淀和硫酸钾的结论。下了考场后，东楼社办中学只有我和五班的赵补红是这样做的，而赵补红有《化学知识及妙题巧解》一书为证。

四、体检遇雨

中考成绩公布后，学校通知去播明地段医院体检。我休息了一周多的时间，骑车去播明地段医院。我长这么大，去播明地段医院还是第一回。虽然依旧骑的是父亲1958年买的、直把横梁二八式加重自行车，可是已经让哥哥重新修整过，车轴都新加上润滑油，骑着灵便了，速度也明显快了。向北行一公里土路便是公路，先向西行三公里折向北行六公里，一路上阴着天，有微微的凉风拂面，感到一种夏季独有的满足。

公路两旁的高粱玉米地墨绿墨绿的，一片比一片喜人。高大笔直的白杨排列在路两旁，好比守卫家乡的战士迎接我们；一团又一团如烟雾的垂柳在摇晃着柔软的枝条，给人带来美的享受。有熟悉路的同学张建文提醒："播明地段医院在公路东，不远就到了。"

随着他的引领，路南有一青砖修建的大门映入眼帘，门顶拱形的铁门楣中央是鲜红的"十"字。铁"十"字两旁有苍劲的"播明地段人民医院"八字。

刚到播明地段医院，医生的准备工作还没有彻底结束，我们就走到就近的云中河播明公路桥上观赏云中河美景。大大小小的鱼儿在缓流中游荡；数不清的青蛙、蟾蜍跳跃着，悠闲地唱着歌谣；碧绿茂密的芦苇为云中河站岗，守卫着自己的家园。

体检的项目虽然比较多，但因为学校和医院的组织有序，也不觉得拥挤，不觉得害怕。每过一次体检，医生总会问中考成绩，医生听说瘦弱的我成绩非常好，就送来欣赏和羡慕的眼光，夸我将来肯定有出息。

将近十一点半时，体检总算结束了。我的体检结果良好。尤其是视力，全部是1.5，视力合格。

骑车至半路，头顶的云越压越低、越积越厚，在疾风肆虐下，把整个天空遮得严严实实，犹如凶恶的黑龙包围着我们。同学们有的不敢出声，有的疯狂地骑行，不时发出怪叫。我心里也有些紧张，但却极力露出镇定的神态，脚也蹬着车加足了力气，向北肖村飞去。

人哪里比乌云聚集快，哪里比闪电霹雳来得急。下了公路的那一刻，头顶一道闪电划过，轰隆隆的雷声从北向南传去，让人来不及躲闪，铜钱大的雨不时打在头上、背上，打在胳膊上，如同豆子般敲打着。蹬车的脚也感到不听使唤了，只好下车，推着自行车向前走。闯过短的泥泞路，就好回家了。可惜路上的黄土已经陷入粘连车带的泥泞，推过去谈何容易。只好用肩扛着自行车走了。这可让又瘦又矮的我感到自己的渺小，举步如同蜗牛般。脚下的鞋沾满胶泥，如同周文王拉姜子牙的那双鞋，心里忽然冒出："天将降大任于是人也，必先苦其心志，劳其筋骨……"

正这样想着，前边大渠上响起脚步声，一位高大壮实的汉子向这里走来，接着又听到洪亮的声音："志英，俺二弟建明在哪？""在前面不远，他走不动了。"比我早几步的好朋友张志英回答道。

原来是我的大哥来接我了。平日里，家里院里打扫卫生的事全是大哥干的。我不仅不会帮忙，总是给大哥添麻烦，所以大哥对我"非骂即打"，我总是忍气吞声，埋下头看我喜欢的书。我原以为大哥不亲我，是我的死对头。而此刻，在我最无助的时刻，他穿着雨鞋，披着塑料袋，一手提着一双雨鞋，一手拿着塑料袋向我走来。我呆呆地站着，自行车如同千斤的重担压在我肩上，雨水淋着长睫毛，眼眶中滚出泪水，一句话也说不出来。

雨小多了。大哥从我肩头接过自行车，递给我雨鞋和塑料袋，让我穿上披好，肩扛着自行车走在我的前面。我看着大哥黝黑宽大的肩膀，青筋绽出的大手和小腿，感到大哥是农村会劳动、爱劳动、家乡水土养育出的英雄。他从七岁靠拾粪赚了七十二个工分，就能养活自己了。十三岁小学还没有毕业就到小队参加农业劳动，十五六岁即能赚大人的工分，他是这个苦难家庭的顶梁柱，正是父亲和他的辛劳，让我有工夫、有机会上学，才有我的今天。大哥走起来那么有节奏，我空人跟在后面也跟不上，他还不时地喊："二苟，慢些。小心滑倒！"

回到家里，雨渐渐停了。大哥从水瓮里舀上凉水，配了少些暖壶里的热水，把脸盆放在架子上。他招呼我，让我先洗。我也招呼他一起洗手，两人手上的泥很快搅浑了脸盆中的水，但大哥舍不得倒掉，把脸盆放在地上，搬过小板凳，让我坐下洗了脚。洗了脚的水积存了不少泥沙。大哥便把泥水倒进院里的菜畦，回来再盛了半脸盆水，让我把身上的泥洗干净，他才麻利地洗了我沾满泥的衣服，晾到衣架上。

他躺在炕上，不一会儿就呼呼睡了。而我躺在炕上怎么也睡不着。

五、初一班光荣留念

中考成绩出来了，分数线也公布了，中师分数线367分。体检结束了，我也顺利过关。这段时间我过得愉快而轻松，也有闲暇时间拜访我的老师和村里的文化人。

我的语文老师兼班主任聂会章通知我们一班优秀的同学杜秀珍、赵钱银、张妙兰、刘春林和我，一起去忻县新建路照相馆照一张合影，作为留念。当时没有现在的数码相机，更没有能照相的手机，照相馆的照相设备很笨重，照相馆照相需在暗室中操作。照相馆的工作人员要先看看每个人的头发是否整齐，衣着是否端正，是否面带笑容。他要把每个人的身份、身高搞清楚，然后安排座位、站位，接着关掉所有灯，关闭好门窗，站到照相机后面操作照相机，端详有没有不得体的地方。最后，发出照相口令："大家全看着照相机，睁大眼睛，面带笑容。自然点，再自然点。茄子！"闪光灯一亮，照相机一响，照一次。"再来一张。睁大眼睛，面带笑容。茄子！"闪光灯又一亮，照相机再"咔嚓"一响。为了保证万无一失，再照一张。这是我最幸福的时刻，我的老师重视我，同学关注我，我光荣地留下美好的瞬间。照相钱是聂老师掏的。我们都争着要掏钱，聂老师说什么也不让我们出这个钱，从他那满是红斑的笑脸和眯成缝的眼睛可以看出，他心甘情愿出这个钱。我们五个同学为聂老师争了光，达线人数是全校五个班最高的。聂老师要请我们吃饭时，我们谁也舍不得让聂老师掏腰包了。那个时代，在城里吃饭是奢侈的事情，于是我们有说有笑地各自回家了。后来，过了半月，取回那张师生黑白合影，一直保留了二十多年。在一次下雨时，合影因漏雨给浸坏了，实属遗憾。

六、敬访书香世家

我的父亲因为我中考达线，说本村人、外村认识的人对他刮目相看，说祖宗积了阴德才会出文化人，尤其提到张麟书、曹惠莲夫妇，吩咐我有时间去看看这两位老师。麟书先生大名张树文，1949年前曾经是村里的私塾先生，我父亲还跟他学了一年《三字经》，算是父亲的老师，1949年后一直在外面教书。曹惠莲和我姥姥沾点亲，又当过十几年公办教师，是父亲一直敬重的人。这两人现在已离休，赚着国家的工资，儿子张清渊从太谷农学院毕业，一家人在吕梁上班。张立毅是清渊叔叔的长子，麟书夫妇的孙子，他没有跟父母在吕梁生活，一直跟爷爷奶奶生活。在爷爷奶奶的教育下，在北肖村上学时一直是好学生，从小学到初中，在学校的发奖会上，他一直领奖，每次在大会上都发言。初中毕业后，高一去吕梁地区贺昌中学上学，高二又到忻县二中上学，成绩一直优秀，今年参加高考，成绩也刚刚出来，静候高考通知。张立毅上学比我高一年级，他是最后一届初中两年、高中两年的毕业生，我是第一届初中改三年制的学生，所以我参加中考，他参加高考。立毅是我学习的偶像，我只要知道他在家，总要去看看他，见到他总有说不完的话题，一坐就是好几个小时，往往忘记了饥饿和疲劳。我还借阅过他的作文本，学习他的作文方法。

父亲提起麟书先生一家，激起我去拜访的兴趣。去之前，我总要穿上干净衣服，在镜子前整理一番。麟书先生家邻近大街，与村里的文昌庙隔街相对。院子里满院蔬菜长势喜人，豆角多为紫色的刀镰豆，挂了好几架；茄子有圆圆的馍馍茄子、椭圆的长茄子，嫩嫩地闪着翠玉般的光泽，茂密的叶子，遮不住叶下的惊喜。他家的西红柿、成熟的分外多，总是让人感到他家人懒得摘，这要在其他人家，还没有红的时候就有人摘着吃了。砖砌的石沿分两个台阶，低台阶很宽阔很平整，石沿前均匀地长着苹果树、梨树，石沿上摆着两大盆石榴树，那树上的果实令人馋涎欲滴。满院的果蔬，无声地展示着这家人的幸福与安宁。

麟书先生门开在东南角，院子方正正，正房有五间，从院门到木柱上张贴的对联到夏季仍然端端正正，毛笔字也比别人家写得灵秀美观，内容也与别人家不同。"书香多秀色，庭院纳春风""窗含紫霞千秋气，户纳春风万里香"，逸放着书香味。开门的声响早惊动了麟书奶奶，即曹惠莲老人。她年龄虽然在六十开外，但耳不聋眼不花，腰不弯，没有像同龄人那样的尖尖小脚，但从气质上看还不足五十岁。圆圆的脸庞少有皱纹，说话的声音充满十足的底气。我沿着砖砌的走廊进到院中，鞋上的泥土在进家门时全部脱落。我边走边把脱落的泥土踢进菜畦。麟书奶奶对我的举动总是夸赞不已，说："金子家的孩子有修养，长大肯定有出息。"

进家后，立毅正在炕上的古式书桌边整理图书，见我到来，就礼貌地停下手中的活，下地穿上鞋，招呼我坐在炕沿边，他与我并肩坐在一起，开始聊天。

立毅瘦高的个子，瘦长白净的脸庞，戴一副近视眼镜，微笑着，说话时高时低，很乐于与我交流。

他从我的中考交流到他的高考。他说我考上中师就有了胶皮饭碗，教师和医生是从古至今的老职业，既体面又稳定。一辈子坐办公室，胳膊压桌子，不像农民那样扁担压脖子。冬天不怕冻，夏天不怕日晒雨淋，教一辈子书桃李满天下。他的爷爷和奶奶就是最好的例子。

与立毅交流时，麟书奶奶也时不时插话补充。不长时间后，麒书爷爷也回来了。他对我中考考出好成绩大大赞赏，说："养儿多像舅，你学习好，爱学习像你二舅守德、三舅文德了，像你大姐爱贤子了。"边说边笑，边按一按鼻梁上的深度近视眼镜。我与麒书爷爷、麟书奶奶、立毅交流的话题多，探讨的学问多，从上午九点交流到十三点，才恋恋不舍地离开。一家人送出院门，吩咐欢迎以后再来。

七、未收到录取通知书

在家待的日子比较清闲，可以看向三舅借的《三国演义》，一个假期平均每天读两三个小时。我觉得累了，就到北肖村旧大队院（旧社会是庙院）前的石沿上看村里的退休工人及有一定文化的人下象棋、下方。我边看边学习，边学习边助威，既是一种休息，又可以开发智力。下象棋学会了马走日字象飞田，知道重炮、连环马、马后炮、铁门铨、双车占力等术语，知道过河卒顶杆车的威力，近一个月后也可以与他们面对面单独对弈，并且赢多输少，令村里人刮目相看。下方是村里人玩的一种游戏，有七子方、五子方两种，七子方比五子方难度大、变化多，什么方起、棒起的规矩，下起来也真带劲，最厉害的是田字方、七字方，最难成、更厉害的是七子方的来回捧起。不管是下棋还是下方，最忌讳悔棋、悔子。每天参与其中，友谊在其中，快乐也在其中。

十二点半至十三点是固定的听评书时间，我看看罗贯中的《三国演义》，听听袁阔海的评书《三国演义》，人物自然活生生地浮现在眼前，战斗场面让人穿越到分分合合的三国时期，既佩服那么多的英雄豪杰，也同情处在水深火热中的贫苦百姓。有时为诸葛亮的足智多谋称赞，有时为他事必躬亲消耗生命而伤心；有时惊叹罗贯中的精彩文笔，有时欣赏袁阔海绘声绘色、妙吐珍珠的摄魄口才。我在欣赏学习中开阔了视野，陶冶了情操，开始神往文学创作的愉悦和才情。

正在我过着优雅的文化生活之际，后郝村的张妙兰同学骑着自行车寻声问道进了我家，问我："小建，接到录取通知书没有？"我说："没有。"她说："我接到录取通知书了，五寨师范的。曹秀丽也接到录取通知书了，忻县师范的。全卫明也接到录取通知书了，忻县师范的。你赶紧问问吧，不然怕你上不了师范了。"我说："不至于吧。我成绩那么高，怎么可能没有通知呢？"

她说话时语速比较快，听说我没有接到通知书，就为我着急，我嘴上说不着急，心里怎么能不着急呢？我盘算着找谁，盘算着到哪里问问。父亲是农民，哥哥也是农民，他们不知道怎么处理。三舅倒是民办老师，老三届高中生，还参加过忻县教育局的培训活动，他应该知道。正在呆想时，妙兰说："你去问你三舅吧，我走了。"还没有等我回话，她就推着自行车走出院门。我感激地送她出去，便去找我的三舅文德先生。

　　三舅倒是在家，可是他说这事他也不知道该找谁，他让我去东楼社办中学问问。去了后，学校的杜存虎说："你去忻县教育局视导室问问吧。"我有点胆怯了，他说："你相跟上你村的董耀光老师去吧，他比你熟悉。"去董耀光老师家时，董老师的父亲董喜和笑容满面地接待了我，并吩咐董老师赶快去。于是，师生二人骑着自行车不慢不快、有说有笑地向忻县县城奔去。

　　路上的杨柳时不时投下荫凉，但也挡不住又累又热淌出的汗水。县城离北肖村五公里，自行车半小时左右的车程。路上卖冰棍的看我俩热汗淋漓，招呼吃冰棍，我却分文未带，只好背过头去继续赶路。

　　教育局视导室在一个大院的小院里，董老师让我在小院门口看好自行车，他一个人独自去探寻。大约过了一刻钟，董老师出来了，半天没有说话。在我一再追问下，他才说："五寨师范录取了，通知书三两天下发。"他接着说："视导室领导还说，这么高的成绩有些屈才，该上高中。忻县一中重点班要四百分以上的，想上忻一中现在也可以上。有意愿还可以到视导室改志愿。"我说："这得跟我爸商量后再定。"

　　回来时，骑车的速度比较快，心里的疙瘩总算开解了。回到家，父亲已经背回一袋子西瓜。听说我将上五寨师范，父亲挺高兴。他说："上五寨师范好，省下买新自行车了。"当我提出可以改志愿上忻县一中时，他说："好不容易考上师范，吃饭由公家管，将来一毕业就有工作了。上忻县一中，你能保证再考上？那还在镜子里照着呢。"一边说，一边从袋子里选了一颗又大又圆的西瓜，让我给董老师送去。我也很乐意，可惜被董老师和喜和叔叔婉言谢绝了。我很不情愿地抱着西瓜回到家，躺在炕上，才感到喉咙又干又疼，跟父亲说话时声音哑了。父亲见我上火了，他说："把那颗大西瓜切开吃了，喉咙就不疼了。"

这是我长这么大，父亲第一次让我单独吃西瓜，还让我加上白糖。我切开那颗滚圆滚圆的西瓜，露出鲜红水嫩的瓜瓤，瓜瓤中稀疏地镶嵌着颗粒饱满的黑籽，一看就知道好吃。我挖了白糖撒在瓜瓤上吃着，甜甜的水分滋润着干裂的嘴唇，浸泡着已经起了泡的两腮内壁，一口又一口吞进喉咙。半颗吃下，我舍不得再吃了，想留给父亲和其他家人吃。父亲说："袋子里还有呢，你吃吧！吃下那半个就下了火了。"

我眼眶里的泪水滚出，用父亲递过的毛巾擦拭着眼泪，把另半颗西瓜吃下去，享受家的温暖和滋润。

八、迟到的通知书

这天注定是个喜庆的日子。早上，太阳还未出山，院里鸡窝里的公鸡就待不住了，发出"喔——喔——喔——"的长鸣，屋檐上爬着的五棵枣树上绿色的叶子和乳白的枣果间穿梭着紫燕和麻雀，欢快地唱着各自的歌谣。本村的狗和邻村的狗从近处和远处发出"汪汪汪"的应和声，生怕农村遗忘了它们。与往日不同的是，两只黑白羽毛拼装成的喜鹊从东边的大榆树上穿过我家的菜畦，喜庆而有节奏地对叫着、追逐着，停在西边的大榆树上。喜鹊双双停在榆树略带弯曲的横枝上，依然翘起长尾，探出花头，对着我住的房子鸣叫不已。多嘴的三妹笑眯眯地对我说："二哥，今天肯定有喜事，还是你有福气。"

在炕上还懒得起，仍然翻看《三国演义》的我，不紧不慢地说："早该发通知书了，估计今天准到。"

早饭随便吃过后，本村的姥姥驼着背、挂着拐棍就先到了、她老人家把拐棍放在炭窑边，坐在锅头上，略带气喘地说："你二舅从包头来信了，我不识字，你三舅说顾不上，你快给我念念。"

说着，把手里拿着的牛皮信封装着的信递到我手中。我清楚，三舅近来心情也不太好，再加上为他追求的戏剧剧本创作什么也顾不得，况且姥姥和三舅都是倔脾气，不给姥姥念信是常有的事。二舅李守德在包头铁路小学上班，夫妻俩都赚着稳定的工资，有三个儿子，大儿子李杰也考上包头铁路技工学校，一家人过着体面的生活。二舅每季度给姥姥寄五六十元生活费，姥姥总是念着二舅的好处。三舅虽然是忻县中学的高中毕业生，却赶上知识不被重视的时代，一直在村里劳动，脱砖坯、背砖、掏大粪，什么活重干什么活。恢复考试制度后，村里缺有文化的老师，三舅才被接纳到北肖、后郝学校当民办教师。三舅对教书不感兴趣，虽然知识丰富，但他一月只领八元的民办补助，大队给计平均劳力的工分，生活相当困难。他领的民办补助又常常买书用了，三妗子对他不顾家里生活的书呆子行为总是抱怨，三舅的性格本就不好，所以对姥姥也常常没有好脸色。但是，姥姥的起居，尤其是当时没有自来水，每天担水这一事务是外人替代不了的。近一年稍好一些，村里的石井基本不用，靠个别户家打了压井供应吃水，乡里乡亲，这点面子还是给的。给姥姥担水是远在包头的二舅不可能做到的，二舅在信中常常为不能尽这份孝心而内疚。

我给姥姥念二舅的书信，大概一月一次，在念信时，看到姥姥喜滋滋的神情展现在额头的皱纹上，那顿时舒展开来的模样是平时少有的。所以，我总是乐于念，姥姥也不时问问我，我也尽量耐心解释，有没有听清的地方重新给念念。这次与往日不同，除了问姥姥好，问大舅一家好，问我们一家好，问三舅一家好以外，特地祝贺我中考达线考上师范，并嘱咐我好好学文化、好好学做人、好好锻炼口才，练好钢笔字、粉笔字、毛笔字，为将来当老师奠定基础。读完信以后，姥姥听得出神，我还沉浸在二舅的祝福中。

随着院西南大门传来开合的声音，樊野居住的大姐、南肖居住的二姐推着自行车，面带笑容地进院了。大姐穿着孔雀绿的半袖上衣、黑色裤子，二姐穿着乌黑的纱纱上衣，配着乌黑的长辫。二位姐姐比平时更优雅，也更美了。

原来，姥姥早就与她俩约好，今天为我做去五寨上学的新被子、新褥子，大姐买来新弹好的棉花，二姐带来花线尼被面，姥姥带来家存的白布里子。一进家，一家人在炕上铺展开，一忙就忙到两点多。做好床被，然后搬上长条案子，把开水里咯噔好的荍子面泼起来，熟练地搓起了荍子面鱼。蒸饭时，弄上西红柿配山药加荤油一盆菜，灶火里烤熟两个长茄子，捣好一圪嘟蒜，一顿在当时最奢侈的饭端到木制的锅簾上，香香地吃了一顿。这算是对我考上学校的最高奖励。

吃罢饭，已是下午四点。这时，有人领着东楼社办初中校长刘弥亮老师进来了。我和大姐、二姐一起迎接带着笑脸、拿着录取通知书的刘老师。刘老师先夸奖我真有福，有两个漂亮的姐姐；又夸奖我真厉害，初中一毕业就考上学校。我笑得合不拢嘴，不知如何回答，大姐、二姐插嘴说："还是俺二苟赶上了好时代，老师教育得好，刘校长领导得好！"

刘老师进门没有说了几句话，既不喝水，也没有吃西瓜，带着笑容走出我家院门。

九、探访杨老师和杨武元

当我领到录取通知书后，离去五寨师范报到还有半个多月，这时想起小学四五年级一起上学的杨武元。他是北肖学校公办教师杨清和老师的大儿子，个子比我稍微高点，也胖点，比我大两岁。杨老师为了检点他学习，让武元在北肖小学上学，一起吃，一起住。武元的学习当时比我还好，到五年级后半学期又转学到县城南街七年制学校。小学我与武元是同桌，他父亲有一本小学应用题分类指导书，书中有不少经典题，我与他经常一起做，一起研究，对我的数学水平提高帮助挺大，也激发了我探究数学问题的兴趣。如今考上学校了，怎么能不怀念他呢？最值得感谢的是杨老师曾经给我题方引子，也就是学写毛笔字的字帖。当时，学校号召学习毛笔字，我也很喜爱写毛笔字，杨老师的方引子我用了三四年，直到初一时，二舅二妗子回来，到县城给我买了印刷体的方引子，才罢。于是我同李占海、张润良商量，在一个阳光明媚的日子里，由润良做向导，从北肖村向北上了团结路向西一百米，然后沿七村渠西的土路向南，在樊野村东又向南的土路，左绕右绕总算到了杨武元住的村子富庄。富庄原名付家庄，因为与忻县西南的山村付家庄同名而改为富庄。村子不大，仅有三百多人，原来属东楼公社，此时与焦家庄一起归城关公社管辖。进村一问，沿着坐街老人的指引就走进一处有一排老瓦房两边有很大空地的大院子，院里满是红透了的西红柿和成熟的大茄子，紫色的刀镰豆挂满架，又是一家吃不完蔬菜的人家。房屋与菜地间也有瓷实的人行路，菜地边有当时比较先进的压井。压井边放着一个大铁盆，盆里晒着一大盆水，还有一个古时的铜洗脸盆。听杨老师说老人们1949年前曾在北路做买卖，他的弟弟们到现在还在呼市安家，光景都比他过得好。个子很矮、身材瘦瘦的杨老师满脸的皱纹上挂着些许笑意，一见我们到他家，他很高兴。他为了让四女儿顶班，提前退休，退休金不多，有四个女儿、两个儿子。伍元（后改武元）是四女儿后出生的，以排行起名字，为图个吉利。当时杨武元不在，是他四姐从外边叫回来的。武元中考成绩不理想，听说我考上了，杨老师和杨武元很羡慕。只是听说我那么好的成绩上五寨师范有些吃惊。

杨老师让武元领我们到院里摘西红柿随便吃，中午诚心挽留喝了用西红柿浇蘸着的面片子和面条饭。我吃着香，喝着可口，回忆着前几年上学的趣事，依依不舍地走出富庄。

回来时，走的沿着牧马河边与洪干渠边的护堤兼宽阔的路，武元怕我们不认识，一边送我们，一边介绍牧马河和洪干渠的来历。我就欣赏武元的见多识广和眉飞色舞的解说，只可惜命运常常捉弄人。

牧马河的水面不及云中河宽，不过也有二三十米宽，河岸跨度也有五六十米。河水比较平缓，也有小鱼小虾小蝌蚪在水里的水草和沙石间游戏，时不时有鹳鸟飞起落下。河岸边有不知名的花草展现着红绿黄白的色彩。我们四人忘记了回家，在河边渠上游赏着，直到太阳即将落山才分手。穿过芝郡村、南肖村，沿着平坦宽阔的沙沙路，上了团结路向西走近五六百米，便向北拐弯，回到熟悉的北肖村。

十、初别家乡

　　离去五寨师范报到上学的日子越来越近，我的心情却相当矛盾。听说，五寨离忻县有近二百公里，当时还没有直接去五寨的绿皮火车，到宁武车站还得换朔县（今朔州）到岢岚县的绿皮火车。走的时候，还需要托运被褥等，一年只有放寒假、暑假时才回家两次。一个十五六岁的瘦弱孩子，去五寨师范的学习生活该如何度过？因为白日里想得多，心理负担重，以至于晚上做梦也比较多，居然梦见自己肩扛着八担瓮子去五寨上学。醒来后感到特别奇怪，以至于没有丝毫睡意。

　　在即将去五寨师范的三五天间，先后接到亲人们送来的礼物：大姐给我五元，二姐给我十元，大姑给我五斤粮票，二姑给我二斤粮票，三舅送我一支包尖子钢笔，三妗子给了一包咸菜丝……

　　亲人们表达对我上学的丝丝情意，我忘不了在最需要人帮助的时候，他们给予我的帮助。

　　9月18日终于到了，送我到车站的人有大姐、大姐夫、二姐、三妹，还有那饱经沧桑的父亲。东楼社办初中的同学有东楼的杜秀珍、赵钱银、张俏良、赵志勇、孔计虎，西楼的王爱英，南肖的焦占山，北湖的张俊元，后郝的张妙兰，连我一起共十人。同学们的亲人送行的场面很壮观，也让我们感动，临别时不知有多少话要说却说不出来，只留下深情的目光，眼眶里涌出的泪水流过鼻梁，流入嘴角，有热度，有咸咸的味道，有涩涩的酸楚。

送我上站台的是大姐、大姐夫和二姐，他们见我有座位并坐好后，用微笑送我坐着绿皮列车向北驶云。

别了，亲人。列车速度越行越快，告别系舟山、牧马河，告别一片又一片即将成熟的高粱、玉米，告别一片又一片葵花和秋菜地，告别滔滔云中河，告别写满神话传说的绵延的金山、银山，穿过播明、金山铺、忻口，向着轩岗、宁武的高山盘旋行进，穿过一个又一个穿山而过的隧道行进……

而我，带着一颗稚嫩纯朴的心，回味家乡西瓜的甜美，回味苦涩而深情的盐碱地，牵挂在牧马河与云中河怀抱的父老乡亲，爱相伴，苦乐相随。

今生有缘

母亲说，我是父母唱着《大海航行靠舵手》的时候生下我的，骨子里埋下了读书的种子。那时家里比较困难，队里分的高粱、玉米总是接续不到第二年秋收分粮的时节。

春暖时挖蒲根、剖小蒜、挖苦菜、采柳芽嫩枝充饥解馋；入夏后挑灰菜、捋榆钱果腹，等西葫芦、豆角、西红柿、茄子等鲜菜相继结果时，饭菜就丰盛多了。桃子红了、杏子黄了，一家人你一个他一个，品尝着甜酸的美味，脸上挂着灿烂的笑容，连院里的公鸡叫声也比平时响亮，比冬春有精神。高粱地燃烧着黑红的霞果，玉米地金灿灿的玉米棒露出可喜的一排排黄牙，谷子地长长的沉甸甸的谷穗压弯了黄秆秆，这是社员们汗水最愿流淌的时候。天还没亮就列队进地头收割，日头落山了，收割的男女忘记了劳累，还在收拾剩下的农活。高粱穗如一座座红色小山矗立在场面中央，玉米也由小脚的奶奶们剥去层层黄白的外皮，黄澄澄地堆在场面北边易晾晒的砖铺地面上。社员们谈论着队里的收成，留恋着场面的壮观，三五人一伙，或八九人一伙，拖着沉重的双腿，回到各自红枣挂树的院中去。这群人中，父亲母亲是悄无声息地走在后面回到家的。

父亲因为犁地深浅适度，摇楼下种捉苗有两下子，收割把握时机准，摇扇车技术好，肯卖力气，一入社即被社员推举当生产队队长；可惜识字少，看不懂记工员、会计的账本，后被查出队里亏下三百元。父亲是队里公认的公道人，队里分粮食时总在最后分，分下的高粱带壳腐烂的颗粒多，分下的玉米籽粒小，分下的谷子秕谷多。父亲不爱多说话，一人承担退赔了大队三百元钱。因向众多乡邻借的钱十年才算还清，压得一家十年喘不过气来。大姐因为赶上"文革"放弃忻县中学初中优秀的学业，哥哥和二姐为了早日打了饥荒，小学未毕业就参加生产劳动。

幼小的我心灵上背着无形的十字架，成天沉默寡言，总害怕在公众场合露面，总害怕众人的冷言冷语。村边的沟渠、村北的铁道边成了我幼年的精神乐园。

村西的洪干渠是五村七村浇洪水的主渠道。两边渠堰栽有杨柳，起了防护作用。春季，杨柳泛绿，暖风吹拂，清新的空气沁人心脾，总想与杨柳为伴；杨絮柳絮飞扬，追逐嬉戏其间，喜乐不尽，如梦似幻。嫩枝舒展时，折几枝旸柳，抽去中间木质，把较细一头压扁，用拇指刮去薄皮，衔在嘴中，信口吹出乐曲。那个乐呵劲，现在想来都余味无穷。

夏日，渠堰土坡长满葱绿的野草，偶尔开几朵蓝色、白色、紫色小花，虽然叫不出几个名字，眼中总是闪着探寻的火花，记在心间，作为日后与父母老师交流的话题，刻骨铭心。花草间有各种昆虫出没，草树间时有可爱的鸟雀飞起飞落，让人耳眼应接不暇。我可以在这里剜草摘花，可以追蝶捕蜂，听虫鸟美妙的歌唱。

然而，最能带给我乐趣的，还数观赏洪水波涛，追鱼、捕鱼、养鱼。

西渠每年发洪水，少则三五次，多则八九次，这要看下雨多少与村里用水的多少。每当洪水发来之时，大人们扛着铁锹穿着雨鞋看护水口，大小孩、小小孩、半大小孩脱了家做鞋，挽起破旧补着补丁的裤子，像过节似的迎接洪水的到来。洪水来了，漫过小小孩的小腿，小孩跑上渠岸，或者被大人抱着看洪水；漫过中小孩的小腿，中小孩也恋恋不舍跑上渠岸；漫过大小孩的小腿，大小孩也依次跳上渠岸。洪水一浪高过一浪，渠岸上挤满了光秃秃的男孩和扎着长辫、短辫的女孩。待到洪水满渠时，有的捞水中的山木，有的捞水中的枯草，有的拿着木棒溅起浑浊的水花，有的拿起石片、瓦片打水漂。那种童年趣味，如今的孩子们是难以体会到的。

守水口的大人总是看护容易决堤的地方，守着守着，填土加固总有守不住的时候，终于决口了，队长骂守堤的无能。这可乐坏了大小孩们，洪水聚在大水洼地，就开辟出一夏的游泳胜地。

待洪水平稳，污浊澄清后，孩子们脱去衣裤，在水渠中嬉戏，游来跑去，打水战、捞淤泥，成了水中的自由童子。和渠中洪水嬉戏达七八年之久，我学会了蛙泳和狗爬。沟渠给了我胆量，沟渠给了我信心，沟渠给了我成功的喜悦。

当洪水退去后，沟渠的浅水里成群结队地游荡着小鱼小虾。我们在水边追逐着鱼儿，寻找捕捉鱼儿的缺口。当水断流后，大大小小的水洼成了我最佳的捕鱼场所。

拿着捞鱼的竹篮或铁筛，端着放鱼的小瓶罐，挽起裤腿，脱掉鞋子，走入水中，瞅准时机，逆着水流方向，迅速一扯，常常有收获。捞到草鱼或沙湖鱼，就放入瓶罐中，回家养着，每天观赏鱼儿上下翻飞水中，心中涌起力量，养我灵气，让我爱在心头，乐在心头，往往惊叹自然的奇妙。直到寒冬到来，每当鱼儿一条条肚皮翻天时，是我心伤落泪时。奶奶和父亲看见我伤心，总劝我别把小生命带回家。我哪里肯听，第二年还继续做着让我欢喜让我忧的童年梦。

西渠中也有没水没鱼的时候。这时，我们到村北的盐碱排水渠寻找乐趣。这是20世纪60年代，县里为了排掉地表的盐碱而挖的，全长近三十里，名牧北总排。渠深五六米，渠北还留有马路，渠南则是我村的公共墓地。

我幼年时，这条深渠常年有水，夏冬长满蒲草，充足的水中大小鱼儿自由闲游；绿背白肚皮、圆鼓鼓眼睛的青蛙，成十成百不知疲倦地唱歌；巴掌大背上明光光、长满圆斑的蟾蜍，在泥水中跳来跳去；可爱的小蝌蚪，在满是蛙卵的溪水中游来游去。绿色的蜻蜓有的成双成对狂舞，偶尔轻点水面，让人想到"小荷才露尖尖角，早有蜻蜓立上头"的诗境，神游仙幻。

沟坡宽缓，长满茂密野草，时有菜花蛇、黑乌蛇爬出草丛，让人胆寒。野兔出没奔跑路上，让人心生爱意。渠岸的小叶杨的密叶间，喜鹊追逐鸣叫，满树的麻雀奏响和谐的乐曲，悦人心耳。

这里可以说是天然游乐场。因为渠南有墓地，草间有毒蛇，水中有水蛭，一般孩子是不敢去的。要去必须人多，或者等到断流时节，或者天旱时节。

排水渠中水浅时，几近断流，我们选择水草少，但鱼儿多的水洼中捞鱼。这里的鱼儿与西渠中的鱼儿不尽相同，有时可捞到少有的鲫鱼。

两条渠都没有水时，村北的铁路两边也是我的快乐天堂。因为这铁路是阎锡山统治山西时修往他的家乡——定襄河边村的，不是主干线，白天少有火车经过。所以，我们可以沿铁轨自由行走，锻炼平衡能力。

冬春时节，在铁路边捡拾玛牙石，到晚上暗黑处划出火光，欣赏石头的奇妙；捡拾磨刀石，等割草时磨镰刀。淘气的孩子拿上短点的八号钢丝，放在道轨上，专门让火车碾压成小刀，玩着在泥地上画圆圈比赛的游戏。

铁路两边，栽的最多的是加拿大杨树。树木高大，树叶比小孩巴掌还大。中秋过后，清晨，坐在铁路边的石头上，听着一树又一树鸟雀的歌唱，看着蓝天上丝丝缕缕白云变幻，想象着南山上禹王系舟的远古传说，等待东南方晨曦泛光，红日神奇般地跳跃而出。

傍晚，一人静立路边，提着挑满猪草的箩头，凝神注目将落的红日。霞光映照生我养我的小村庄，眼含泪水，渴望自己也像蓝天翱翔的雄鹰飞上梦中的远方。

随着岁月的流转，我渐渐脱去了稚气，开始步入小学这一人生殿堂，开始识字、数数，初步触摸文化的门窗。

也许是我的生活环境中充满读书气息，我特想读书，与学校有着特殊的缘分，学校成了我向往的地方。尽管学校不十分重视文化教育，但我的启蒙老师董春花是一位普通话讲得好、对学生平易近人的女老师，她带给我语文的磁力。我的基本功很扎实，拼音、笔顺、笔画深深刻入脑中，很少有错的地方。她如今已近八旬，圆圆的脸上依然带着笑容，如今在城里居住。我忘不了她的教育之恩，忘不了她的姓名：董春花。2017年教师节曾吟诗赞颂：

少小无心遇好师，京腔唱讲爱恋诗。

引人魅力无穷尽，绽放春花碧玉枝。

　　小学三年级时，我们的作文我写不了，因此开始逃课，想方设法躲过这一关。四年级时，换了位语文老师，名叫郭全贤，穿着朴实大方，总那样干干净净，齐耳乌黑短发，配一双明亮的大眼睛，总笑得那么灿烂。她引导我们，作文改写记叙文，我写《一件小事》这篇作文时，借鉴二姐的作文，稍做修改，便得到郭老师的表扬，给同学们当范文宣读。从此，我喜欢上了作文，再也不逃课了，越写越用心，越用心越自信，每次都是老师表扬的对象。我感谢郭老师，她是引我走进作文殿堂的恩人。可惜这么好的一位老师还没有享受退休待遇就离开人世，真是天妒英才。我曾作诗怀念郭老师：

正在愁煞写作时，全贤上课爱扶持。

表扬范读心甜醉，日记连连尽妙思。

未退休时竟寿折，英年日月落西河。

天堂再会听君语，笑意音容入梦歌。

　　小学五年级后半年，郭老师因为生了小孩，换了一位年轻女带教。班里很乱，我想学习，却遭到不想念书同学的侮辱，功课稍有耽搁。

　　初二时，我三舅李文德当了我的语文老师兼班主任。他学识渊博，管理严格，经常找我谈心，交流读书方法。我的数学老师师存厚、物理老师安英，讲课简洁清晰，要求严格，善于引导，对我促进很大。这一年，我的学习有了质的飞跃。文德先生给了我语文知识框架，教我读书要勤记、勤写，善于思考，教我珍惜时间，教给我要树立远大理想，持之以恒。我曾作诗感谢他：

落难师生嗜好同，诗山艺海志如龙。

当年乳燕传真翼，剪柳衔春架彩虹。

初二时，后郝学校教导主任刘建章大会上的动员报告深深打动了我。他慷慨激昂地讲立志学习，用东楼杜志敏、杜冬梅等勤学成才的故事引导我们，我从此立志用读书改变命运。后来我参加工作后跟刘老师讲起这件事时，他说不记得这回事。我曾作诗感恩：

大会传播励志经，萌发乐趣恋书城。

浓浓瀚海痴痴觅，放眼科山奋力登。

从那年起，我学会自学，学会勤思好问，学会科学用脑，合理利用时间。在学习中体会到《论语》中"学而时习之，不亦乐乎""好学而深思，勤学而好问"的真正内涵。那年的一件往事至今记忆犹新。

八月十五中秋节，一家人顾不上享受团圆的幸福，二姐和哥哥一晚上到大队磨坊磨面。当他俩半夜磨完面回来，把我惊醒，我问哥哥："哥哥，现在几点了？"也许是劳累，也许是眼花了，哥哥回答道："六点十五分。"我听后，一句话也顾不上说，急忙穿好衣服，迎着西边天空又大又圆的月亮，穿过几近成熟的高粱玉米地间的狭窄小道，匆匆忙忙去了学校，路上一个人也没碰上。当我跑到学校时，校门未开，院内静悄悄的，我还以为上了早自习。翻越铁栅门进去，整个校园低年级教室静悄悄的，高年级教室也静悄悄的，这才感觉到今天来早了。我知道学校里只有校长晚上值班，没办法，只好叫开校长的门。校长许建基见了我，吃了一惊，提醒我时间还早，不到三点四十分，叫我回家再睡觉去，到时间再来。但我无心回家，问许校长要了盒火柴，进教室点起油灯，全身心进入读书的境界中。

读书，可是我的一大喜好。上小学时，学校经常让学生参加义务劳动，夏天拾小麦，秋天摘棉花，冬天拾粪，拾骨碌磁（用于大队打造万年牢圆拱修井）。我倒热心，主动积极参加，曾得过奖状。但还有很多时间参加文艺活动。因为我音乐感不强，运动机能欠佳，文艺队伍把我放在观众里，我也不自卑，因为我有了灵活自由的时间。我从十岁三年级起，便全身心投入到读书中。读书成了我人生的一种需要，和吃饭一样，给了我精神上的丰富营养。我那时读过的书有《云中山下小英雄》《西游记》《隋唐演义》《王老师和小学生谈作文》《春秋故事》《战国故事》《语文基础知识》《唐诗三百首》《宋词三百首》等。读了以后，我常常写日记，有时边读边做笔记。我读书后总会留下深刻印象。初二一年，可以说是我知识开始在我心田开花的季节，我对各科都感兴趣，尤其是数学上花费了大量的心血。除了完成教材作业外，还做了大量系列典型题，数学解题能力渐渐提升。

初三到东楼社办中学学习。

学校条件简陋。住宿是三间大房，南北各有两个大通铺，共住四十多人，拿的被褥相互叠挤在一起，晚上睡觉躺下后基本不能翻身。夏季没有风扇，窗户用塑料布蒙着，管不住蚊子叮咬。冬季一个大房间一个铁炉子，煤块煤糕质量差不易燃烧，经常炉子不散热还吸热。

学校的灶只负责热饭，自己从家中带熟食，冬天一周带六天，夏秋带三天的，用一个铝饭盒盛着熟食，热起来拿到教室里吃。没有汤，开水冲下。

条件如此艰苦，但生活分外充实。老师们讲得条理清晰，管理又严。我因为学习刻苦，懂礼貌，深受老师们的喜爱，尤其是数学老师李青梅和董耀光，对我灵活的解题思路格外赞赏。我也喜欢李青梅老师和董耀光老师，尤其欣赏董老师讲解几何综合题的多种思路。因为，当时很多书有题没有答案，更没有现在的网络解题系统。正是因为这份师生情，我曾写诗感恩董老师的知遇之恩：

代数几何样样通，精思妙解趣无穷。

出神入化真才俊，受益深深道厚隆。

学习是很消耗能量的。我那时饭量不亚于每天需要劳动的哥哥姐姐，一顿饭能吃满满一饭盒高粱面鱼鱼。更有一天一饭盒饭进肚，肚子仍然饥饿难忍，只好到学校附近的二姑家去，结果将二姑家的锅中饭吃了个精光。二姑说我学习定有神助，不然怎么能吃那么多呢？（现在想来，当时主食只有高粱面，所带菜也单调，没有营养汤，这是严重缺营养所致。）

那时，我对学习如醉如痴，还经常做梦，梦中有时能浮现醒时做不来的难题，并将难题解出来，一旦醒来，赶紧把梦中的答案写出来。更奇特的是，中考前三个月左右，我梦见自己走在村西游泳的那块洼田里，突然出现一个井口粗的深洞，从地洞中飘升起一位慈祥老婆婆，交给我一个黑色本子，并告诉我，拿着它就能考上学校。亲人们都说，那位老妇是祖母修行成仙了，暗中保佑我考中学校。

功夫不负有心人。初中毕业那年，忻州地区首批招收师范生。我参加中考，以高出分数线五十二分的优秀成绩被五寨师范录取。当时东楼社办初中被师范录取十四名：一班杜秀珍、赵钱银、张妙兰、张建明，二班张俏良、赵志勇、焦占山，三班张佩文，四班张俊元、王爱英、孔计虎，五班李爱、全卫明、刘银治，我排第三名。

考中以后，全家别提多高兴了，我为全家争了光，这是一件扬眉吐气的大好事。因为，我的三舅、我的二姑、我的大姐，都曾经做过考学校的梦，但并不是学习不好，而是赶上那场浩劫，是时代打碎了他们的美梦。我庆幸自己生正逢时，感谢父母给了我鱼跃龙门的大好机遇。

1981年9月18日，我和来自忻州各县的同龄人，带着憧憬、带着梦想走进门口生长着千年古槐的老牌学校——忻州地区五寨师范。如今已晋升为五寨师范大学，那是我攀登书山，漫游艺海的基地。

三年的师范生涯，不短，也不长，我在书山探宝，我在艺海觅珠。三年师范生涯改变了我的形象，再造了我的灵魂。三年师范生涯，我研习红楼，品读《论语》，探究李白苏轼……

当时，五寨师范书记是老红军赵子龄先生，校长是张琛，副校长是王彦炯老师，教导主任是贾志清老师。后来，赵书记退居二线，张琛调到忻州，改调书记张福明，白纯瑜任校长。

我们这一届从四十九班到五十四班，共六个班。我分在五十三班。我们的班主任兼语文老师王宇明，数学老师刘伟华女士，物理老师贺忠祥、李彤明先生，化学老师李贤良、孟贵寿先生，生物老师李炳先生，政治老师刘桂珍女士，历史老师李述同先生，地理老师彭宝著，教育学导师郭尚铭先生，心理学老师竺可治，音乐老师徐清道先生，体育老师张云高、刘瑞生、王健先生，美术老师姚建国先生。在师范上学，每一位老师都有一套，每一位老师都很严格，没有主科副科之分，尤其是音乐老师、体育老师对我们的影响不亚于语数理化政史地。教育学老师郭尚铭是忻州老乡，宿舍离得近，我总喜欢到他办公室交流学习生活和做人的想法，郭老俨然一位饱经沧桑的导师。随着岁月，同学们白发频添，怕患失忆症，罗列出来，作为感恩，做个纪念吧！

我们班共有五十二名同学。班长尹捷，副班长、生活委员吕光礼，团支书李永奇、程金玺，学习委员贺姝英，宣传委员张智平，纪律委员高瑞军，文艺委员焦若亚，体育委员郭少辉，卫生委员陈谦，生活委员赵瞒栓、苏喜贵。男生：尹捷、吕光礼、岳海滨、高瑞军、程金玺、赵瞒栓、刘文秀、王有林、苏喜贵、张俏良、赵钱银、杨文贤、于奋明（已故）、张建明、李永奇、张云峰、葛伦、梁慕和、陈谦、郭争彪、樊建军、李曙光、郭少辉、张继才、孙利军、李国琪、鲁智军、李国春、杜秋林、王明祥、吕瑞波、杨继岗（光）、李拴为、张智平、刘俊杰、秦升月，共计三十六人。女生：贺姝英、李瑞平、郑洁平、贺丽青、张秀清（已故）、高春鱼、高俊英、焦若亚、严金萍、孙玮、孔凡玲、王香荣、田水娥、樊美珍、刘晓艳、周秀荣，共计十六人。三年的学习、生活，三年的思想碰撞，三年的互助互帮，艰苦环境里建立的同学情谊是纯真厚重的。同学们个个基础扎实，各有才艺在身，各有灵犀和智慧闪光。

三年的师范生涯，开始有了对亲人、对家乡的思念。每年回家两次，在学校开始体会到"好出门不如歹在家"的滋味。然而，追求知识、探究学问的理想不允许我多哭泣。

随着岁月的流逝，年轮的叠加，我开始工作，开始有了自己的安乐窝。然而，一刻也没有放弃对文化的不懈追求，对思想的钻研探索。

我先在农村教书，教过小学数学、初中数学和语文。因为我对这两门学科都很钟爱，所以一直是齐头并进、同步发展，几乎同时拿到专科文凭。后来因为精力和体质问题放弃了进修本科数学，专攻中文。从此，开始了文学的研究和创作。

年轻时的执着有过小小的喜悦和收获。散文《春的遐想》1989年曾获州地区群众艺术馆《文化纵横》杂志组织的征文比赛二等奖，奖金五十元，获奖证书一本；《雨后的黄昏》《新春断想》刊登在1990年的《忻州市报》；《共和国女兵》《劳劳碌碌度平生》在1999年、2000年登在《忻州二中报》。1993年调入忻州二中教书也是对我学识的一种肯定。1997年取得山西省教育学院中文本科文凭，不久又取得山西省师范大学中文硕士研究班结业证。

我常常思索人生，尽管几经钻研文学，但还没有把精力倾注在文学创作中。晋忻李，一位令我敬重的老翁再次把我唤起，唤起我对文学的钟爱，唤起我文学创作的灵犀，唤起我脱胎换骨的文学生命。

先前，看过他的剧作，总感到文学创作沟壑纵深，也曾咨询他创作的真谛。后来，他走进江山文学网，我成了他忠实的读者，心动了，手痒了，写几句感悟，作一首歪诗，算是学生对老师的报答。

后来，创作的灵感如大珠小珠般倾泻下来，从2009年开始注册，网名"销愁隐者"，在江山文学网发表作品。因为散文《读书三悟》、小说《南瓜苦瓜》的绝品推荐，在江山文学网名声大振。后被聘为业余编辑，成为"签约作者"，每天都有新作品问世。现在看来，虽然先后发表四百八十九篇作品，稚嫩柔弱，但毕竟发自肺腑，属于真情实感之作。

后来，因为不少文学行家微词颇多，自感艺术技巧欠火候，再加上教学任务重，只好搁笔五六年之久。

2017年高考后，重新燃起文学创作的火花。两年来，整理修改旧作，不断蹦出新作，受到不少文学前辈的肯定。诗文发表在《忻州日报》文化旅游周刊、《忻州晚报》《忻州文化》上，被忻府区政协聘为"特约研究员"。同时参与忻州二中校史与民盟忻州市、忻府区盟史编辑研究工作。2017年加入忻州市忻府区作协，2018年后，先后加入孔子诗歌协会、忻州市诗词协会、遗山诗社等。

2019年，我的儿童诗组《童谣趣语》获忻州市童谣征文一等奖。一组七绝《咏物诗五首》发表在《火花》杂志2019年第十二期，《张建明的诗》发表于《火花》2020年第三期。《忻州情律绝六首》发表于《五台山》2019年第五期。2019年，我成为中华诗词学会会员。2021年，我成为山西省作家协会会员。2022年10月，我的诗词集《晨曦枣韵》由华龄出版社出版。

教学工作也有进步。虽然中级职称上得晚了点，高级职称顺利晋升，在此，谢谢忻州二中的领导和同事们，谢谢忻府区教育局、忻州市教育局以及人事部门的领导和同志们。

今生有缘，我要用文字记下曾经赏识过我的领导的知遇之恩，记下在文学路上为我修路搭桥的才子才女们。愿诸位好心有好报，好人事业蓬勃，家庭幸福，健康长寿！我将用一颗金子般的心珍惜这份缘分，愿我们的友谊之树常青，真诚到永远。

2010年5月20日一稿

2019年3月二稿

2022年11月10日三稿

守关闯关敢担当

——庄磨镇扶贫工作掠影

秀容古城，宛如一头神牛，静卧在九龙岗东的缓坡上，云中河、牧马河不知从远古的哪一时刻就合抱汇入滹沱河，到如今依然滋养着忻府区五十多万儿女。

忻府区北有忻口要塞，南有石岭、赤塘二关护祐。石岭、赤塘二关两旁高崖壁立，可谓天然屏障，山口有幽深的隧道。忻府区借助这些关隘，享有"晋北锁钥"的美称，是省府太原的北大门。高山是护卫家园的高墙，同时也给山里百姓带来交通的困难，生活的艰辛。

就拿赤塘关北的庄磨镇来说，全镇二十九个行政村，依然有南河、大保沟、黄峪、秦家沟、小庄、田庄、园子梁七个村在贫困线上徘徊。2019年《庄磨镇脱贫攻坚工作汇报材料》显示，庄磨镇这七个村先后于2016年、2017年、2018年整村脱贫，还有非贫困户341户494人于2019年脱贫，未脱贫的20户37人计划在2020年全部脱贫。

庄磨是一个热闹的集镇，人来车往不断，主街道两旁居民住宅以小二楼为主，小超市、便利店、饭店、菜店随处可见，路旁小贩摆着各种物品，吸引着人们的眼球。碧绿的槐树缀满黄白色的簇簇繁花，送来阵阵清凉和槐香，让人感受到山庄殷实的气息。

庄磨镇党委书记侯建林正在二楼书记办公室椅子上坐着，他正用手机联系交警尽快料理庄磨镇的交通。镇里的大会议室坐满了各村第一书记、工作队员、村委主要领导，正在安排近期远期扶贫任务。扶贫工作会议在庄磨镇一周召开一次。见到王培军，王培军介绍说："今天周二，每周二召开扶贫专项例会，听取派驻工作队脱贫攻坚工作情况专题汇报，及时了解掌握第一手材料，共享信息，交流扶贫工作中存在的问题，互相探讨脱贫工作方法，已经坚持好几年了。其他工作不能占用扶贫例会时间。"

王培军作为庄磨镇的副镇长、扶贫工作站站长，他是一位个子不高、胖墩墩的男子汉。他穿着朴实，说话踏实，脸色略带黑红，乍一看还有些农民的乡土味，明显带着经常在太阳下照晒的痕迹。庄磨镇的扶贫工作由他负责，算是选对人了。他说："扶贫工作来不得一丝马虎，需要总体把控，精准对症，责任到人。必须用数字说话，数字必须实实在在，不能掺杂丝毫水分。"

王副镇长如数家珍似的提及庄磨镇总体扶贫情况，并通过微信分享给我们更详尽的工作情况。

庄磨镇早已配齐第一书记和工作队。按照"一村一队、一队三人"的要求，七个贫困村派驻第一书记7人，驻村工作队7支，来自忻府区城建局、卫计局、环保局、工信局，开展脱贫攻坚工作。忻府区委下派的另外19支工作队也已全部进驻非贫困村，并且每人结对5户建档立卡贫困户。工作队在入户宣传时，通过拉家常、发放宣传资料、建立电话或微信联系等方式加大政策宣传力度，提高建档立卡贫困山区政策的知晓率。驻村帮扶"八大行动"也正在顺利开展，目前共走访了6132人次，解决群众困难

57件，群众普遍反映不错。

庄磨镇一贯注重加强扶贫培训管理。除参加市、区组织的干部培训会外，庄磨镇党委、政府每月组织一次干部培训会，对第一书记、工作队、镇包村干部、各站所负责人、村支书、村民委员会主任、村会计进行扶贫政策、资料归档、问题整改、走访调研等方面的培训，增强业务水平，提高服务能力。即使领导交接更替，这项工作一直没有松懈过。

庄磨镇按照扶贫工作"五级书记抓扶贫"的要求，构建横向到边、纵向到底的责任体系，镇领导及机关工作人员在春耕备耕之际、夏季病虫害防治之际、秋收大忙之际、冬季秸秆综合处理之际、两节以及其他重要时间节点，走访帮扶、慰问贫困户，及时解决他们的燃眉之急。其余时间还不定期到贫困户家中掌握第一手资料，及时帮扶到位。到目前为止，党委书记、村党支部书记已遍访贫困户两次。

在扶贫政策落实方面，庄磨镇紧紧围绕"两不愁三保障"工作，加强贫困户产业项目发展和各项政策享受的落实。

在产业发展脱贫工作中，庄磨镇通过争取，上级共投资142.6万余元，建设南河、秦家沟柴胡种植项目基地，田庄、园子梁扶贫养驴项目基地，大保沟扶贫养羊项目基地，上冯、下冯、南窑头玉露香种植项目基地，太河、黄岭农机具合作社项目基地，太河养驴项目基地。共十一个项目基地，产业脱贫389户。

在就业务工脱贫工作中，庄磨镇从事务工收入的脱贫户涉及515户。他们通过就业培训，增强了劳动技能；通过就业输出，人均年收入达到5500元以上，生活水平明显提高。

在易地扶贫搬迁脱贫工作中，庄磨镇易地搬迁113户252人，不仅贫困户住房安全有了保障，而且搬迁后有的有产业，有的通过就业脱贫。第九期和第十期易地搬迁共70户191人，现在已经全部搬入新居，过上了接近城镇居民的生活。

　　庄磨镇扶贫工作真正做到产业发展脱贫一批，就业务工脱贫一批，易地扶贫搬迁脱贫一批，扶贫工作如春风吹拂到贫困户的心田，如细雨滋润着贫困家庭。

　　在教育扶贫工作中，庄磨镇享受幼教补助的贫困户29户，有义务教育阶段子女的贫困家庭191户，没有一人辍学。其中享受"两免一补"的贫困户有126户，享受雨露计划的贫困户有92户。

　　在医疗保障方面，庄磨镇投资29万余元，分别在南河、黄岭、田庄、小庄、秦家沟、大保沟、园子梁七个贫困村新建村卫生室，每室40平方米，现已投入使用，并且设备、药品配置齐全。城乡居民医疗保险、大病医疗保险、补充医疗保险、养老保险参保人数为3066人，参保率达到100%；健康双签约惠及485人，各村干部及时宣传健康扶贫政策，乡村医生定期开展医疗服务。

　　在危房改造方面，庄磨镇享受危房改造的贫困户有228户，今年完成93户砖彩房改造入住，127户危房改造也全部完工。

　　在饮水安全工作中，庄磨镇共投资16.1755万元在远益梁、上曹、下曹、南张、平社、路村、峪只等村进行水利设施改造，保障群众饮水安全。经忻府区水利部门检测确认，庄磨29个村水质、水量、方便程度全部达标。

　　在扶贫金融信贷工作中，庄磨镇享受小额贷款的贫困户有

592户，其中四位一体贷款的有538户，年收入达3000元；个人生产经营贷款54户，政府贴息已经按时到位，未出现逾期现象。

生态扶贫工作稳步提升，庄磨镇享受退耕还林的贫困户有228户456人，生态收入年年有保障。

兜底保障工作中，庄磨镇一向注重扎实有效。全镇享受低保的贫困户有596户，享受五保的贫困户有123户，享受残疾人补贴的贫困户有296户。对这些人，镇、村领导更注重在精神方面的慰问，也让他们时刻感受到政府的春风和细雨。

在基础设施改造工作中，庄磨镇共投资168万元对23个村进行田间路维修，共修整、维护220400米，造地221亩，扩大荒地种植面积6720亩，扩大机耕作业面积14690亩。既保证村民们出行道路平稳安全，又提高了耕地机械化水平，农民享受现代化免除大量体力劳动带来身心劳累的幸福。

在贫困村提升工程的工作中，庄磨镇近期投资113万元，对园子梁、田庄、大保沟、南河、黄岭五个村进行贫困村提升工程改造。重点对残垣断壁整治、村庄绿化、街道硬化、墙体粉刷、村庄净化、公共场所等进行建设改造。

庄磨镇的脱贫攻坚工作涉及面全，工作方法灵活多变，更注重深入贫困家庭的精神生活，让贫困人在精神脱贫基础上，走上物质健康脱贫的康庄路。

王培军介绍贫困村扶贫工作时，对七个扶贫村的第一书记格外关注，重点介绍。他说，这7个第一书记都是来自忻府区住建局、卫计局、环保局、工信局的精兵强将。

田庄村第一书记齐杰，原古城广场管理处主任，现忻府区九龙岗森林公园管理处主任。进驻田庄村以来，进行危房改造4

户，低保户3户6人，健康双签约22户25人，2018年建立发展养驴扶贫项目基地。

原秦家沟村第一书记黄蓉，忻府区房屋征收服务中心副主任。进驻秦家沟村以来，重新修建了村级活动场所，购置了办公桌椅、文件柜等办公设施，硬化了村委会广场，进行了环境整治，重修和拓宽了田间小路5条，总长度约9000米；动员村民种植柴胡160亩，在秦家沟建起了柴胡种植项目基地；解决了5个贫困户的危房改造问题。

小庄村第一书记侯敏，忻府区古城管理处、区住建局招标办公室主任。在扶贫工作中，善于调动村支委、村委开展工作，与贫困村民贴心相处。

园子梁村第一书记武秀卿，忻府区住建局党委办公室主任。进驻园子梁村，善于鼓励激励贫困村民在务工就业方面脱贫，让园子梁村不少人走上自救脱贫之路。

黄岭村第一书记于喜林，忻府区环保局副站长。进驻黄岭村，在开展精准扶贫工作中效果显著。

当然，王培军向我们重点介绍了大保沟村第一书记王成伟、南河村第一书记苏浩的感人事迹。他告诉我们，这两个村各有特色，各有亮点。通过这两个村的扶贫细节，就可以了解庄磨镇的脱贫攻坚全过程。

车窗外，绿油油的庄稼长势喜人，村舍街道整洁，让人看到庄磨镇建设几十年的可人景观。镇扶贫会议结束后，王培军亲自开车，大保沟第一书记王成伟陪同我们准备参观了南张村的采摘园。村里的女士们，花枝招展着，在广场上跳着整齐大方的广场舞，在体育器材上扭腰动胯锻炼筋骨，让人感到闲暇时农民丰富的精神面貌。

南张村的采摘园，菜畦里各种蔬菜长得特别有精神。连豆已缠绕上架，豆荚稠密地挂在繁叶间，茄子在紫绿色的叶子下，有的正开花，有的已经结下拇指大的茄果。西红柿枝干粗壮，叶茂花黄。小葱和韭菜已经有采摘过的痕迹，正是人们现时桌上的珍味佳品。山药的枝叶间已经看到开白花的好气象。同行的几人不免站在菜园中拍照，谈笑中露出满意的神色。

我们带着恋恋不舍的心情离开采摘园，向大保沟村飞驰。王成伟说自从扶贫工作队进驻大保村后，村民们看到村舍整齐了，道路硬化了，自来水安好了，干部和村民走近了，开始与工作队员坦诚交心了，逐步感到了党和政府的温暖。

进了大保沟村，村委院落前是宽敞的广场，有三五个村民在跑步机上悠闲地锻炼着，也有两三位上年纪的老人慢悠悠地散步，向我们点头，投来善意的目光。

村委正东边有一幢六间联建房，有三位老人正在椅子上坐着晒太阳。

村委办公室墙上赫然醒目地公开展示大保村一对一扶贫情况，以及村委近几年扶贫成绩和未来巩固扶贫成果的美好愿景。

回来路上，再次重温庄磨镇之行，让人感到党的"不忘初心、牢记使命"的丝丝暖意，精准扶贫的阵阵馨香。

庄磨镇奋战的扶贫工作队和第一书记，多为经验丰富的老同志，当然也不乏刚刚步入社会的年轻人。忻府区经贸局派驻大保沟村的扶贫第一书记王成伟，就是其中的一位典型。

刚刚参加工作就派驻农村，对小王既是锻炼，也是对他工作的一种考验。刚开始驻村，老百姓或多或少有一种距离感，涉及家庭收入，已享受政策问题也不会毫无保留地告诉你。而消除这种距离感的最好办法就是时间。他走进大保沟村，天天入户走访，坐下来跟村民拉家常。村民干活的时候，找准时机搭一把手、出一把汗，村民就会投以感激的目光，那距离感就渐渐消失。用真心真情去跟村民套近乎，讲一些村民最想听的事，才能渐渐走进他们的世界，得到他们的认同。这个时候了解情况，一定是真实有效的，做工作也是效果最好的。

　　作为扶贫干部，尤其是刚参加工作的小王，干工作有热情，又细心，他总想收集贫困户的不同案例，总想及时发现问题，让脱贫路上不落一人。然而，老百姓的情况也不是一成不变的，这让落实"两不愁三保障"的脱贫工作复杂化，执行起来就需扎扎实实，在变化中精准识别、精准施策、精准脱贫，让贫困的村民蹦上富裕路。

　　实际工作中，小王就曾遇到多种情况。如有家庭家中有人发生意外或患上重大疾病，导致丧失劳动力的情况，也有因为自然灾害造成房屋倒塌的情况。针对实际情况，只有及时排查，及时掌握情况，先从精神上安慰，再找到扶贫政策给予救助。这样，党的扶贫暖风才能吹拂进这些家庭中，让他们看到生存的希望，享受生活的阳光。

　　当然，在物质扶贫的同时，有时更需要精神上的扶贫。满三女住进统建房，已经有九十多岁年纪，年老体弱，尽管有低保收入和养老补贴，但生活的孤独让老人总是闷闷不乐。她有个儿子，也住在一个村，因为鸡毛蒜皮的小事，母子多年不说话，互不往来。儿子一家也是贫困户，吃苦耐劳，一家的日子还不错，只是母亲与他难以沟通。为了消除两代人的矛盾，让老人晚年有人照顾，小王与村干部多次上门了解具体情况，积极对话，终于让母子和好，满三女脸上也露出丝丝喜悦，与人说话也爽朗起来。

脱贫攻坚路上，突破产业发展难题，才能巩固脱贫成果，实现致富奔小康。大保沟村的产业发展，在庄磨镇党委的全力支持下，在驻村工作队的指导下，先后组织村两委、村民代表，参观学习先进地区的富农产业，对照大保沟村传统种植科技含量低的实际，引进谷子种植的膜侧播新技术，让大保沟村村民的农业收入成倍增加。针对大保沟村沟多草茂的特点，把喂养羊作为大保沟村的致富产业之一。经过五年的发展，在原来覆盖贫困户一只羊的基础上，变成户均三只。更可喜的是，在政策激励下，大保沟村涌现出"武引秀饲养百头羊"的致富典型。

别看小王是个毛头小伙子，到了大保沟村，他在加强党建、统领脱贫攻坚的工作中效果显著。他宣读文件时用有磁力的普通话，让村干部和党员为之震撼。他在讲解时，又能适时用忻州土话调节气氛，让党员干部感到格外亲切。他率先垂范，动员全体党员干部写心得、记感受，领悟党的"不忘初心、牢记使命"的为民情怀，用以补足理想信念之钙。支委村委实行三会一课制度，将全体党员干部都统一到支部周围，学习三农振兴，学习脱贫攻坚，增强带领群众脱贫致富的本领。俗话说：村看村，户看户，群众看着党支部。村民看到小王把大保沟村干部带动起来，自然乐意跟着小王一起脱贫致富。

一晃眼，五个年头匆匆而过，王成伟黑突突的头上已经夹杂着白发，脸也晒黑了，额头上也刻下三两道皱纹。当然，也显得老练持重。他眺望着在膜侧播技术下长出的一片片谷子地，听着暮归的羊群歌唱，夕阳余晖映着他光彩夺目的脸，他的心头不由得生发出幸福的满足感。

早在国家将每年的10月17日设立为"扶贫日"的第二年——2015年7月，苏浩就主动请缨，赴条件艰苦的庄磨镇南河村担任第一书记。进驻南河，开启了他平凡而伟大的扶贫旅程。

那时，苏浩三十九岁，正值人生的黄金时期。中等身材，胖瘦均匀，五官端正，浓眉大眼，脸上常挂着笑容，一看就是很阳光的男子汉。

碧绿的木瓜悬挂在堡子山崖畔，随风摇动，像是迎接这位即将扎根扶贫的亲人，向苏浩送来阵阵凉爽和幽香。时有虫鸣鸟唱，听见有人来，匆忙间向草木深处窜去。

刚进南河村，支部书记把他迎进村民郭玉怀的老院子。郭玉怀去世后，他的院子由弟弟郭天荣经管着。村支书接上级通知，忻府区要派第一书记进驻南河村，急匆匆把院子里还是毛坯的西房稍加修葺，让苏浩暂住。

苏浩生在平川农村，从中学到大学一直在城市，养成爱干净的习惯。落脚后，看见院子的尘土、屋里的灰渣，总感到不舒服。他随手拿起扫帚清扫了院子，拿起笤帚和簸箕，扫干净房屋。洗了洗脸和手，坐下休息片刻，又开始粉刷院墙。

院子的外墙用涂料加工美容，画饰以花草图案，用黑体大字书写"绿化村庄，共赴小康"。这样粉刷装修，给南河村平添了雅美风景。

苏浩的母亲居住在农村，曾经种过九年的大棚蔬菜。为了子女操劳过度，身体渐渐衰弱。苏浩工作在外，挂念母亲。母亲侯丽云对儿子到艰苦的山村扶贫也放不下心。为了让儿子放心工作，她便在2016年春节过后随儿子住进南河村。

侯丽云是个有心人，起身时把自己和儿子闲置的衣物和换下的旧彩电带到南河村，送给几家贫困村民。

当村民看着侯阿姨送来的彩电，收看到精彩的电视节目后，都露出会心的笑容。

侯丽云不是一般的家庭主妇，她在种地、种菜方面可以说是肯动脑子的行家。儿女们的成长成才，她的勤劳，她的爱动脑，给孩子们做了好的表率。她在村里口碑挺好，村民夸她能干，说她是个热心人。

这次苏浩到南河村，她跟随儿子居住，一为儿子安心工作，同时还做儿子的好顾问。当然，苏浩衣服脏了，她为儿子洗衣服；儿子工作忙，有时连做饭的时间都没有，她为儿子做可口饭菜。

苏浩工作中难免会遇到棘手的问题。他上大学时学过医药，知道中药可以治病救人，但很多中药单靠天然药材是很难满足患者需要的。针对这一问题，苏浩就有让南河人种中药材柴胡的想法。他想，种柴胡既能增加村民收入，让村民脱贫，又能解决治病药材不足的困境。

想是一个人的事，做是众多村民的事。做通村民的工作真的好难。当他跟村民商议时，村民们表示担心，南河的土地一直种玉米、谷子，从来没有种过柴胡，即使种出柴胡，销路在哪里？

这是他们最解不开的疙瘩。

针对村民的困惑，苏浩也没有气馁。他先在网络上认真学习专业知识，搜索柴胡销售渠道。在母亲闲着时，与母亲交流探讨，母亲用自己种大棚蔬菜的切身经历和苏浩一说，苏浩豁然开朗起来。于是在说服村民时，用母亲种大棚的经历进行开导，终于让35个贫困户接受了意见，第一年种植柴胡111亩。到了收柴胡时，他借助自己的人脉，请忻府区懂柴胡技术的专家到田间地头做具体指导。在销售时，为村民联系商家，可以说是服务到家了。

苏浩进驻南河村，首先倾听百姓的心声，与南河村的干部和百姓近距离接触交流。尤其是他在南河留下了勤快的脚步、贴心的话语、会心的微笑，打动了南河村民，村民们亲切地称他为浩哥。

南河村有87户186人，耕地面积800多亩，共产党员6名，村民代表10名。苏浩进驻初期，贫困人口75户144人。经济基础薄弱，大部分村民的经济来源主要靠种地和外出打工，是一个建档立卡贫困村。

苏浩在南河住久了，工作中有了群众的信赖，自然工作就好开展了。他为了帮助残疾贫困户办理残疾救助手续，不辞劳苦，在忻州市中心医院核实开残疾证明跑上跑下，到忻府区残联办理相关手续，到庄磨镇民政助理站办理手续，到定点银行办银行卡，可以说是全程服务。他知道，残疾人有的腿脚行动不便，有的与人交流存在障碍，所以，他用真诚的行动感化了这些残疾贫困户，也让村民们钦佩他的能力，钦佩他的人品。

庄磨镇领导看到他扎扎实实的工作作风，也对他寄予厚望，积极支持他在南河村的工作。卫计局领导和同志们看到他扶贫工作可圈点处多多，也经常给予帮助。在柴胡销售时，都想方设法为南河村民提供咨询服务，联系外地柴胡药材商户，后来南河村的柴胡实现了全部销售。南河村村民靠柴胡种植增加了经济收入，更坚定了南河人种植柴胡的信心，第二年南河村村民积极主动种植柴胡。

苏浩进驻南河村第二年，也就是2016年，南河村摘掉贫困村的帽子，苏浩成了脱贫工作先进个人。然而，苏浩在做脱贫工作经验总结时这样写道："庄磨镇党委政府工作扎实，措施得力。南河村支委村委同志们齐心协力，率先做脱贫垂范。村民们自身奋发图强，观念更新。这三支力量才是脱贫的有力保障。"

苏浩的谦虚，更赢得媒体的一再关注。2016年11月9日，《忻州日报》第二版发表了张六金撰写的《苏浩：带着母亲去扶贫》，让更多人受到苏浩忠孝兼顾的扶贫感染，关心扶贫，支持扶贫。2017年3月1日，《忻州视点》平台播出由王超主持、栗旭晨为制片主任的视频《母亲跟我去扶贫》，主体文字："忻府区卫计局宣教科科长苏浩担任忻府区庄磨镇第一书记以来，为了驻村工作能够顺利进行，带着母亲去扶贫，与当地群众同吃、同住、同劳动，真正沉下身子帮助群众谋思路，谋发展，让农民看到了脱贫的希望。"苏浩母亲侯丽云感触地说："把儿子的事业当成自己的事业，他的家当成我的家。"道出了一位基层扶贫干部母亲闪光的心声。苏浩手记中有这样一段话：

老百姓的生活确实有了质的改变。生活环境的改善，种植结构的调整，就业渠道的拓宽，移民搬迁的落实……一桩桩一件件，说也说不完。只是老百姓的需求太多了，满足感还在期待，因为人性的弱点就是这样的。

年满六十岁的郭满仓是南河村一个普普通通的农民。一家六口人，勤劳朴实的妻子在村务农。

进驻南河的第一年，初次见到老郭，岁月的雕刀在他的额头和脸颊上，密密麻麻地刻满艰辛的皱纹。嘴里的牙齿脱落了几颗，说话时有些走风漏气，说起来还絮絮叨叨，没完没了。一会儿念叨着庄稼收成不高，一会儿又数落大儿大媳妇打工没有好地方，一会儿埋怨身体不好有病只好硬扛着，一会儿又愁二儿子老大了没有个遮风避雨处。刚刚五十五岁的老郭看上去苍老得有七十岁。

尽管话多，可总是闲不住。在仲冬的田野，他拿起铁锹平整着早已耕过晒冻过的土地，要把耕地留下的深沟填平，明春播种、浇水省时省力，庄稼才能长好。太阳即将西落，照着他的驼背在土地上留下长长的身影。腊尽的小院，他用亲手栽的扫帚不停地清扫刮风落下的枯叶和灰尘。

妻子跟着他风里来雨里去，在贫瘠的土地上讨生活，看上去，分明是不爱多说的女人。在季节的轮回中，她迎来日出，送走晚霞，喜欢望着山崖上的枯草发呆。

苏浩带着他的工作队，走进南河村宣传党的扶贫政策，总是昂着头，眼神里充满自信。老郭喜欢看这样的眼神，苏浩让他茫然的眼睛里闪着晶莹的眼泪，让他看到脱贫的曙光。

走访南河村，苏浩先与村干部交流，一户一户的情况了然于胸。再一户一户走访，寻找贫困的根源，提出脱贫的具体方案，让村民们寻觅生活的美好未来。

老郭家劳动力充足，老郭夫妻俩勤劳，带动儿子儿媳养成爱劳动的好品质。苏浩与村干部商量，征得老郭家人的同意，首先让老郭二儿子当了兵，然后打探好城里用工信息。

老郭的大儿子和儿媳按照务工聘用信息所指的内容，顺利走进了忻州城，找下三年一聘的比较稳定的打工处。孙女正是上小学的年纪，可以享受"两免一补"的政策待遇，顺利就读北关小学。同时，苏浩又帮助办理独生子女光荣证，每年可领取1200元的独生子女父母奖励费用。大儿子一家随后又享受移民搬家的红利，安置住进75平方米的楼房，喜迁怡居苑。

老郭一直种植玉米，每年收入不多。为了让老郭能有更多收入，苏浩和村干部动员老郭种植柴胡，同时采用膜侧播技术种植晋谷21号小米（收益是传统谷子的三倍）。一年一个台阶，谨小慎微的老郭利用四年时间，逐步扩大种植面积，从种植30亩扩张到100多亩，收入稳步提高。二儿子复员回家后，积极参加了致富带头人培训，计划种植羊肚菌并养殖肉鸡，借助科学方法致富。同时，协助父母种植好100多亩土地，做一个新时代的"农场主"。

又是一个丰收的季节。郭满仓黝黑的脸上泛着高粱般殷红的光芒。他已经把脱落的牙齿补齐，时不时喜欢启开双唇，露出洁白整齐的牙齿。

他站在田埂边，看着沉甸甸弯弯的谷穗，他在微风中点了点头，扳着手指算起了收入。50亩谷子亩产800斤，合计4万斤，按照时下的行情每斤3.5元计算，毛收入就有14万，除去投入的化肥、种子、地膜、旋地、耕种、除草等每亩260元，合计1.7万元，实落12.7万元。还不说他闲暇时打短工也可挣几个零花钱。就这样的发展势头，盖新房，娶儿媳妇，那是一点也不用发愁。

"还是党的扶贫政策好。扶贫工作队的苏浩就是会说话，把他妈也领到南河村。他也有推销柴胡、谷子的门路。我种植，我放心。农合医疗执行，老百姓看病好报销了，咱也敢看病了。种植投资有扶贫融资，利息少，咱百姓贷款也放心。咱还是那句土话：启子里的脓——尽利（痢）没害。"

弓爱和是原南河村的党支部书记，在2019年并村减干过程中担任田庄村南河党小组长。六十四岁的他，担任村干部四十多年。在这四十多个春秋中，凭借热心、公道、贴心为民而赢得了群众的认可。

他担任南河支部书记，好品行赢得了村民的尊重。更让村民拥护的是，他有一张会来事的好嘴皮子。当村民有痛苦时，弓书记能为他找出开心的话题；当村民遇到困难时，弓书记总能让他紧锁的眉头舒展开，让村民寻找庄磨镇政府，求救于工作队，求助于第一书记；当村民家发生口角，吵闹得难分难解时，总能从他们往日的生活中找到开解的印迹，讲一两则小笑话，让夫妻破涕为笑，让父子和好如初……

在脱贫攻坚的工作中，带领支村两委配合扶贫工作队，配合第一书记的工作。从贫困户的识别到贫困户的脱贫，他都仔细研究，亲力亲为，生怕把党的扶贫政策落实歪了，让真正的贫困户享受不到党的精准扶贫的阳光雨露。他在村支委会上一再强调：

"党和国家没有忘记咱们农村老百姓。咱们有下乡工作队和第一书记的帮助和支持，让咱们遇到困难时有人帮忙，不理解政策时有人解释，执行政策不力时有人纠正。咱们还有多少解不开的疙瘩，破不了的难题。公正公平落实扶贫政策，是我们支委村委工作的红线。咱们要按照六个精准的要求，打赢脱贫攻坚战，让南河村民过上好日子，让南河村成为崭新的新农村。"

支部书记是村里的领头羊，在工作中赢得村民的信任和配合，对扶贫工作是最有利的。

工作队驻村后，弓书记领着工作队逐家逐户走访，把村民的困难找出来，让记录员记在村支委的笔记中。尽管在他人看来是多余的，但他依旧严谨。

弓书记用村民听得懂的语言为村民传达解释着国家的每一条扶贫政策，挨家挨户宣传贫困户精准扶贫标准，让村民在理解政策基础上，能够针对自身实际如实申报贫困户。为了让党的扶贫政策进一步深入人心，他动员支委村委一帮人，通过广播宣传、悬挂标语、发放宣传单等形式加大宣传力度，确保贫困户申报不漏一户、不落一人。同时，村委将驻村工作队驻地、职责宣传、"联系卡"等印发成告示来告知村民，提升了村民对工作队和扶贫工作的知晓度。

为了确保贫困户核实准确，对申报贫困户开展经济条件核实取证工作。农户的农业收入是多少，住宅占地面积是多少，电动车、自行车的购买价是多少，家庭成员的年龄是多少，有无上学的孩子，有无残疾人，有无老弱病人，都要详细了解登记。弓书记还通过与申报贫困户本人核实情况，与村干部和村民核实情况，与村民的工作单位核实情况，真正摸清申报贫困户的真实收入情况，确保找真贫、识真贫。最后，通过民主评议、乡镇审核等程序，确定了南河村的贫困户，为他们提供精准扶贫的最原始材料。

南河村不大，弓书记对每家每户的人口多少、家族组合、性格修养、宅院分布了如指掌。他最关心村里的老病号和残疾人，关心他们的生活，关心他们的身体健康。

村民赵金稳是多年的肺病患者，有嗜烟嗜酒的毛病，走起路喘起来没完没了，更不能下地劳动。因为不能劳动，生活自然难以维系，有病一直硬扛着。弓书记知道他的难处，就和工作队联系，为他制定帮扶措施，进行土地托管，由村民委员会主任帮助种植管理。工作队帮助购置农资，规划种植计划。村民委员会主任为他种植柴胡5亩，种植膜侧播晋谷21号20亩。秋收售后经济一核算，当年收入就可达3万元，除去投资用工等净收入就是2.4万元。2018年12月，赵金稳因寒冷和吸烟导致呼吸困难，被送进忻州市人民医院。在苏浩等工作队的努力下，赵金稳得到呼吸科吕大夫的精心医治，经过半个月的治疗和养护，基本康复出院。

出院时，赵金稳激动得双眼噙着热泪，握着众人的手，饱含感激地说："多亏有咱支部书记和驻村工作队，老弓和浩哥是俺的救命人。住院半个月，才花了500多块钱，主要是自己和陪侍人的饭钱。病好了，能健健康康地过个好年，我真的该谢谢你们啊。"弓书记安慰道："安心养病要紧，不抽烟，少喝酒，阎王绕过你家走。"逗得一家人都笑了。

2019年1月，村民郭天怀的残疾证到期了，本来郭天怀身体有严重的残疾，但办理人就是不给换，遇到了麻烦。热心的弓爱和找到苏浩，在苏浩的努力下，忻府区残联、忻州市中心医院、庄磨镇民政助理等部门，为郭天怀办理了相关手续。郭天怀终于领上了二级残疾证，他的五保金按时发放，日常生活得以保障。村支委和村委按照党的扶贫建房政策，为郭天怀建起崭新的统建房，解决了他居住的安全问题。

郭天怀领着五保金、残疾补助和护理补助，住进统建房，晒着光灿灿暖洋洋的太阳，嘴里不住地说："党的政策就是好，要不我早就活不下去了。咱的支部，咱的工作队，是真正的人民公仆，百姓的贴心人。"

精准扶贫贵在精准施策。扶贫，只有瞄准扶贫对象的个体需求，因人而异，因人施策，才能让扶贫工作真正取得成效。

弓书记针对贫困户的实际情况，与工作队、苏浩商讨，因户分别制定扶贫项目规划。

弓良和一家，地少，劳动力多。弓书记积极鼓励弓良和子女外出务工。他和工作队一起，寻找务工信息，联系工作单位，为有消防工作经验的弓剑威联系到高速公路的消防科工作，并签订了劳务合同。弓剑威有了稳定的收入，开启了新生活。

弓良和的女婿和女儿在同乡的拉引下到太原小商品市场务工，担任售货员和送货员。外甥在工作队的帮助下，在忻州十二中就读，同时享有两免一补的扶贫政策红利。

弓良和夫妻守在南河村，种植5亩柴胡和10亩膜侧播的谷子，10亩地的玉米。农闲时，也能打零工补贴日常家用。2019年，在集中安置政策下住上了忻府区怡居苑的楼房，奔向幸福的日子，日子越来越红火。

贫困户郭计海夫妻体弱多病多年，只有两个女儿。他俩提出申请办理低保。村支委针对实际情况，召开村民代表大会，研究郭计海、郭黄虎、郭引嫦、郭付堂等人的低保五保问题。经过讨论一致认为，郭付堂不符合政策兜底的情况；一致通过郭黄海、郭计海、郭引嫦的低保办理，并进行张榜公示，公示七日无异议后，送交庄磨镇政府按一般流程办理。郭计海一家在当年就办理低保手续。

2019年，郭计海因患有脑梗，先后到忻州市人民医院和省人民医院住院治疗。针对病情，弓书记和工作队及时帮助办理转院和报销手续，解决了郭计海的后顾之忧，直到他痊愈出院。

郭计海同时享受养老保险金、低保金、土地流转健康扶贫福利。郭计海的两个女儿都在外地打工，在他出院时，两个女儿才赶回来。她俩十分感激，看到满脸红润的父亲，情不自禁地说："真是多亏了咱的弓书记，咱的工作队。我俩长年在外打工生活，无暇照顾老人，要不是弓书记和工作队，我俩会落下一辈子的后悔。"

弓国萍一家三口享受移民搬迁扶贫政策的红利，实施易地搬迁住进怡居苑，有住处了。夫妻就业有困难，孩子上学有阻力，夫妻俩皱着眉去找弓书记。通过沟通联系，首先帮助弓国萍找到稳定的务工场所，随即孩子也在范围内及时上了小学，享受两免一补政策福利，夫妻俩还领着独生子女父母奖励每年1200元。党的扶贫政策的微风细雨滋润着弓国萍一家，让他们充满着对美好生活的憧憬。

党的精准扶贫，让南河村贫困户全部走出贫困。但是，要将农村工作和扶贫工作做到长远长效，就要努力壮大村集体经济，变扶贫输血为自身造血，村政才能更好地为村民造福。为此，弓爱和书记充分利用村集体现有资源，努力为村民创造财源，营造福源。

针对村民年老体弱的现状和移民搬迁的实际情况，村支委村委决定，将有种植困难的村民土地进行流转300多亩，引进种植大户和先进种植经验，在南河村打造中药材种植园区和小杂粮种植基地。为了提高村民增收技能，组织村民参加创业培训＋面点等技能专业的配套式培训和致富带头人培训。目前，已经培训了32名村民，提升了村民科学种植的素质，更新了村民的种植理念，南河村有了一批高素质的种植人才队伍。在南河村，涌现出建档立卡贫困户脱贫先进李喜爱一家，获得忻州市2019年度建档立卡贫困户脱贫的"三好家庭"，这是忻州市扶贫开发办公室、忻州市妇女联合会给予李喜爱脱贫事迹的肯定，更是对南河村扶贫工作、庄磨镇扶贫工作的肯定。

在贫困村提升过程中，修建花篮墙300米，对残垣断壁进行改建、亮化，硬化广场2处，安装太阳能路灯11盏，悬挂宣传标语10条，硬化街道1000米。人居环境在整治中清理四堆积存垃圾，安置垃圾桶，扩大植被面积，拆除违建乱建多处，建起公共卫生厕所，安置健身器材2处8套，组织活动场所和村卫生室，添置秧歌、广场舞配套设施等。如今的南河村一改往日的颓废守旧，成为到处生机勃勃，到处花香鸟语的文明新农村。

乡村振兴的到来，扶贫工作的推进，激活了群众对美好生活的向往，也为村干部前进的路上点亮了明灯，更为党和村民之间架起了一座连心桥。多年来，弓爱和书记总是用心倾听村民的心声，竭力解决村民的实际困难。他用务实可靠的工作作风，向村民们诠释了一个基层党员的党性操守和思想信念。南河村向好发展的每一步，都洒下弓书记的智慧和汗水，见证了弓书记的容颜衰老，让人感触到一位山村党支部书记在平凡工作中闪现出的人格魅力。

庄磨镇南有赤塘险关通往省府太原，南河村西的融城山庄景色秀丽，吸引着游客前来观光；西有翠岩山伞盖寺、香泉寺的人文自然美景，连寺沟的古戏台在诉说着历史的沧桑，伞盖寺的铁桥在诉说着庄磨人为了脱贫致富祖祖辈辈的努力。然而，总有不少人为修路愁白了头，为饮水吃尽了苦，为旱涝不均而烦恼不休。

如今的庄磨镇扶贫工作让困扰庄磨人的问题逐步得到解决。

庄磨镇的工作落实，首先对照国家、山西省、忻州市、忻府区对庄磨镇脱贫攻坚工作中检查出来的问题，逐一开会研究、整改，分门别类，对涉及不同部门的问题有针对性地建立台账，确定整改时限，保证整改效果，防止再次出现类似问题。整改涉及资料档案、易地搬迁、项目规划、项目资金、驻村帮扶、政策落实诸方面。经过庄磨镇党委、政府的不断努力，逐项落实，目前已经全部整改完成。

庄磨镇扶贫工作站更注重开展自查工作。就2019年镇里组织第一书记、扶贫站工作人员，由镇党委书记、镇长带队组成两个检查组，对29个村的扶贫资料及贫困户脱贫成效进行了两次检查，并提出整改意见60条，到2019年已全部整改完成。

庄磨镇扶贫工作经常接受忻府区扶贫督查第六组的检查，主动邀请督查第六组对全镇29个村进行回头看，对扶贫整改问题进行再检查，再次细化。

近期，庄磨镇的扶贫工作重点，放在合理调整种植结构、建设高标准农田、提高农业机械化水平方面，借助这三方面工作巩固脱贫工作，防止脱贫家庭再次返贫。

在合理调整种植结构工作中，庄磨镇一直以种植玉米为主，人们思想观念落后，种植经济作物面积小，人均收入低。在充分调研市场需求基础上，结合庄磨镇丘陵山区地形，近期加大种植调整力度。庄磨镇调整种植谷子3868亩，动员贫困户增加谷子种植面积，并种植口感好、价值优的21号谷子，市场销路好，脱贫致富效果显著。调整种植高粱5027亩，以太河、黄岭、峪口、田庄、南河、新社、坡头南七村为主，扩大高粱种植面积，以订单农业的方式与太原酒厂洽谈，签订销售协议，以保证产出有销路，农户有好的收益。调整种植辣椒625亩，在原有200亩基础上，在南张、北社、西社、庄磨、大保沟、上曹、南社扩大种植面积，经过辣椒经纪人的介绍，直产直销，从地头到收购商，给农户最大利润，进一步提高贫困户收益。

2019年以来，庄磨镇注重建设高标准农田，向忻府区农业综合办公室申报10278亩集中连片高标准农田区域建设项目已经成功。这一项目涉及庄磨、小庄、平社、上曹、下曹、上冯、下冯、连寺沟、南窑头9个村，各村都不同程度涉及贫困户。这一项目实施后，极大地提升了农田基础设施建设水平，提高了抗灾害能力，达到了增产增收的效果，对9个村贫困户的脱贫、防返贫起到积极的带动作用。

庄磨镇还注重提高农业机械化水平。在小杂粮种植大村太河，争取上级资金28.3万元，购置打捆机、旋耕机、犁、1504

拖拉机各一台，提高了机械化能力，帮助贫困户提高产出效率，形成一定产业规模，提高脱贫户奔小康信心，带动大家共同致富。

如今，庄磨镇的七个贫困村已经脱贫，村村通公路，户户打开水龙头就可接上自来水。整村移民搬迁，不少贫困户住进整齐干净、遮风避雨的楼房。孩子走进好学校接受正规的义务教育，老农民也可以享受养老补贴。生病了，国家有农合医保，贫困农民不愁看病难。遇到冰雹、洪涝灾害袭击，经济损失有农村意外保险补贴。互联网基本落户山村，手机信息为老百姓提供就业渠道，提供农副产品销路。出门硬化路，风雪无阻，几辈人望眼欲穿的梦想，如今终于变成美好图景。

这一切的一切，得益于国家经济的繁荣、科技的进步，更得益于忻府区、庄磨镇党委政府的领导与关心，得益于驻村工作队扎根农村，扶贫第一书记详细落实党的扶贫政策，基层村党支部村委党员干部的模范带头作用。三级扶贫工作一体化，这一批党员干部无愧于"人民公仆"的称号。追踪庄磨镇扶贫的足迹，我们看到庄磨镇扎实的工作业绩。当然，脱贫攻坚离致富奔小康尚有距离，离高度文明乡镇尚有距离。国家呼唤基层出成果，呼唤基层出英雄。让我们翘首企盼庄磨镇更加美好的未来。

2020年10月16日

淋圪塔与凤嘴地

淋圪塔是北肖村明清祖先淋盐土三四百年堆成的大土丘。我的记忆里，村东口有一个李家淋圪塔，那个淋圪塔上到处生长着山雀草和圪针草。山雀草可以摘来玩，连梦里也是山雀草陪伴着我，它化成叽叽喳喳的山喜鹊，绕着我欢喜地唱歌，让我从睡梦里笑醒。圪针草盘旋着缠绕着土坡，到处都是，嫩嫩的时候还温柔些，可以挤出嫩黄的水汁来；一旦老到干枯水分少时，那狰狞的圪针一粘腿，扎得人钻心地疼，用手轻轻取下，也扎我稚嫩的小手。稍一用劲，小刺断在皮肤里，血流不止，用嘴一吮，又扎在舌头上，舌头也流出血来。那是刻骨铭心的记忆，我想去摘山雀草，又害怕招惹圪针草。

沿着李家淋圪塔北边的土路向东走一百多米，路北边就可以登上四淋圪塔。四淋圪塔比李家淋圪塔小些，上面的花草没有什么稀奇的，雨水足时，可以割几棵水莘子草，回家喂猪、喂羊、喂兔。这里可以锻炼爬上爬下，也不怕有狐狸出没，没有菜花蛇让人胆怯。后来，定襄宏道飞机场的飞机经常在天空盘旋，四淋圪塔正好在飞机跑道线上，有飞机场的技术人员在四淋圪塔上安了一个高大的钢铁航标架，为飞机导航。从此，我感觉四淋圪塔开始神秘起来，也对它开始敬畏起来。

060

沿着四淋圪塔南的土路再向东走一百多米，就有一条用于浇洪水的大渠，从南边的南肖方向修过来，一直向北，这条渠的洪水从牧马河引过来，可以浇灌南、北肖村的土地，也可以浇灌西楼村的土地，它养育了这三个村的老百姓，社员们打心里感激它。

过了这条渠，渠东边有一条斜堰将土地隔开，堰北这块土地像一个巨大的凤凰嘴，北肖村的人们把这块土地称为凤嘴地。父亲说，这凤嘴地是一块宝地，张家老祖雨田从马邑迁到北肖村，就种这块土地，雨田老祖去世后就埋在这里，这里埋着张家十几辈的先人，是张家的祖坟。

沿着凤嘴地西的大渠西边修了一条向北的土路，沿着这条土路向北不足百米，是一条从太原通向阎锡山故里河边村的铁路。这条铁路从太原向北，到忻县城沿东北绕行再向北，过了张家庄村向东拐了一个弯，一直向东到定襄，再向东北到蒋村，再向东北就到河边村终点站，可以参观阎锡山故居，看神山下文河水流淌而过。

跨过这条铁路向北走二三百米，有一座北肖村最古老也最大最长的盐淋圪塔，这座淋圪塔在早年成群居住着白色的狐狸，形状又长，村人叫它长狐淋圪塔。这里，苍黄的老狼也在丘顶号叫，草木繁盛时，还盘踞着两三米长的大蛇。狡猾的野兔多掘三五个洞口，以便逃避凶兽猛禽。淋圪塔的上空，成群的喜鹊惊慌飞过，成群的乌鸦飞起落下，寻找狼蛇吃剩的腐肉。秋收过后，常有三两只凶猛的鹰雕展开强有力的翅膀悠闲地在上空盘旋，一旦发现野兔便迅速扑向目标，三五个回合便把野兔抓起，鹰雕可以饱餐了，野兔小命就没了。老辈人说，狼嚎还可以躲着，蛇舞也可别看，最难缠的是狐狸，谁一旦遇上狐狸，便追魂索命。大人们晚上不敢近前，小孩更是怕得要命。那里，从小就贴着一块"禁地"的标签。

当共和国旗帜第一次在北京天安门城楼飘扬的前一年七月，中国人民解放军的红旗已经胜利插上忻县北城门楼。北肖村经过战争洗礼的退伍解放军，与穿着褴褛的人们一道，开始改天换地，大胆治理淋圪塔。先是人拉小平车，而后赶着牛车、马车、骡子车，再后来手扶拖拉机、小四轮拖拉机，每年冬春之际，几十杆红旗从长狐淋圪塔插到低佳湿地。坚持二十多年，大搞农田基本建设，参加劳动的有我的父亲，有我的伯伯叔叔，也有我的舅舅，硬是把那一个长狐淋圪塔给扯平了。劳动的姑娘们与小伙子们一起扛铁锹，一起拉车推车，一点也不输口，男的是钢铁汉，女的是铁姑娘。在劳动中，有好几对男女产生了爱情，组建起幸福家庭。从此，长狐琳圪塔那凶恶的狼不见了，毒害人的大蛇不见了，狡猾的野兔叫鹰雕猛扑的场面只能成为街巷里的故事，狐狸再也不用索魂追命了。村里的百姓可以安心种庄稼了。

四淋圪塔，据说原来有四姓人家淋盐土，是什么时候开始淋，是什么时候停止，父亲也说不清楚。不过，这四淋圪塔与父亲有几十年交情：人民公社化时，家里养羊、养猪，父亲拉上淋圪塔的土垫羊圈、垫猪圈，用来积肥；包产到户时，父亲虽然是生产队队长，可他从不自私自利，而是等别人选择完土地后，剩下四淋圪塔所在的那块地就归他种了；分了四淋圪塔占的那块地，父亲也分到一匹驯顺的白马。父亲赶着白马，拉上四淋圪塔的土垫马圈，等淋圪塔上的导航铁塔被拉走后，淋圪塔最后也让父亲把这个土丘挖平，种地才少了障碍。而这块淋圪塔也耗尽了他老人家的心血，让他长眠于牧北排水渠边的土地。

四淋圪塔，曾经是父亲耕田、种地、浇地、收获的障碍与拖累，也是父亲劳累时休息的场地。种田时，父亲得用犁耧种了淋圪塔北面的土地，再用铁锹翻好后，亲手补种淋圪塔南边的土地，每年如此。从1985年到2000年十五个年头，比别人多付出多少辛苦，多流多少汗水，他也说不清楚，从来没有怨言。浇地时，也比别人多浇一两个小时，往往在夜里才能浇完，不知有多少次赶上刮风下雨，受了多少风寒，浇透了几次衣服，他拖着瘦弱疲惫的身体回家，吃过饭，倒在炕上就闭眼睡着了，响起了美妙的呼噜声。收秋时，拖拉机进地，得绕过淋圪塔才能拉上，又背工又误时。

凤嘴地是父亲年轻时从祖父那里继承的五亩地。我的祖父、我的祖母、我的父亲、我的母亲、我的大姑、我的二姑，都曾在那块地里翻地、施肥、锄禾、锄草、收秋，有过他们的苦与乐，留下他们的脚步声，留下他们的笑声，留下他们的叹息声。凤嘴地是父母灾难时寄身的福地。

在农业合作社时，因为父亲在凤嘴地种高粱总能保全苗，无论旱季涝季，受到村人的拥戴，就担任小组长。人民公社化近二十年时间，父亲担任生产队队长也有十三四年之久。包产到户后，父亲依然分到凤嘴地的三亩责任田，依然种了十多年，他喜欢凤嘴地风吹高粱玉米发出的声响，喜欢看东山边和煦的日出，更喜欢看西边村后山坳里的落日余晖，看头顶白云与雄鹰比翼，庄稼地里青蛙与蛐蛐儿和鸣。更有趣的是，他曾经累倒在田间，睡梦里有金黄的凤凰盘旋在他身边，让他醒来精神倍增。每每讲起梦里奇景，他脸上就露出灿烂的笑容。

童年时，我在淋圪塔上留下奔跑的身影，也曾眺望北边的金山，南边的系舟山，勾起我追求探索自然和神话的梦。在凤嘴地，我也曾经与父亲一起翻地，一起下玉米，一起交流祖先的故事。我曾一个人徘徊在四淋圪塔，感恩父母的深情；傍晚时分，也曾在凤嘴地北的铁路桥上，倾听高大的加拿大杨树上成百成千的鸟雀奏响的天籁之音，与唢呐曲《百鸟朝凤》有异曲同工之妙。

淋圪塔，家乡祖先曾经奋斗的历史见证。凤嘴地，父亲与祖先喜怒哀乐演绎的舞台。淋圪塔与凤嘴地养育我成长，赐我以绝妙的灵魂。

奶奶的腊八节

　　奶奶总是比别人起得早，今儿比往日起得更早。从挂着棉絮窗帘结着冰花的窗缝向外瞧，扶起纸糊的窗户猫眼向外瞭，天黑得伸手也看不清五指，月亮不知是已经落下去了，还是没有升起来，应该是半个月亮，连个银白的锄头也不放在天上。那遥远的天际，星星像老天爷眨着的眼睛，这只睁开又合上，那只合上又睁开，比淘气的小孩还淘气。奶奶从枕头边找条裹腿布、找双尖脚袜都很费事，我躺在她身边，刚好睁开大眼睛，一骨碌爬起来，帮奶奶找件裹腿布和尖脚袜子。奶奶一边穿袜子，一边打着裹腿布，小声夸我："二苟，长大了。能小使薄唤了。"

　　奶奶摸着黑，先伸手取上火柴，点着放在锅头渠灯竖上的煤油灯，再穿上别致的尖脚鞋，戴好已经戴旧了的黑色圆口寿字帽子，一手端起半盆子尿，一手挂着拐棍，从屋里向茅房蹒跚走去，留下一串熟悉的脚步声。

　　爹一夜打鼾，睡到半夜又到茅房一次，刚进入梦乡，又被奶奶惊醒，心疼兼埋怨奶奶不该起这么早。奶奶打开屋门，小脚一跨进门，把拐棍立在门后，微笑着悄声说道："今儿过腊八，早些起来做粥，误不了出地劳动。"

　　奶奶用铜瓢再加水到锅里，点旺灶台下的柴，搭上炭，打开风箱摆杆发出"叮咣——叮咣——叮咣"声响，宛如腊八节的歌谣，唤醒了睡在后炕的二姐。二姐知道熬粥需要人看火、搭炭、烧风箱，就自觉穿好衣裳，下地当起奶奶的下手。

腊八粥的配料有豇豆、黄豆、连豆、玉米、红枣、红薯、山药蛋、小米等，早几天奶奶就准备上了。豆类需要去掉砂粒、土粒、豆角皮、豆梗，提前清洗好，并泡一泡。红枣提前选出来，前一天洗好，放在瓷盆里。红薯、山药蛋在前一天削掉烂把子、黑皮处，洗去泥巴并切成小块。老百姓有讲究，腊八节早上不动刀工，怕有血光之灾，并有故事警告儿孙们。小米也要拣出砂土粒、谷秸残存，并淘上好几遍。烧火的干柴提前抱到炕沿下的炕窑里，烧的煤提前倒满炭炕窑。这么多工作，奶奶一道道把关，她才放心。

风箱的响声不断，灶火里的火苗照亮整个土屋，铁锅里煮粥的水唱起甜美的乐曲，盖锅的木锅簰四围开始冒气。气大了，奶奶坐在炕沿边，吩咐二姐少搭炭多围灰，风箱也放慢节奏。老辈人留下的古话："紧火涝饭慢火粥。"熬粥需要文火，靠文火工夫把豆子、红枣、山药蛋、小米在水里黏和在一起，营养才丰富，粥才可口，不至于焦了糊了，火候到了，才能看出主妇的能干。我长到九岁，奶奶的粥从来没有焦过糊过。

我躺在锅头边，享受着热炕的温暖，闻着从锅里送来的缕缕粥香，有一种独有的幸福感。我不住地问奶奶："红粥糊糊能喝了不能？"奶奶耐心地告诉我："再等等，快能舀了。"红粥糊糊是熬粥时熬到水不太多时，用铜勺从粥浮面舀出的稠乎乎汤，奶奶、爹爹说那喝在肚里最养人了，小孩子喝了长精神。

奶奶揭开锅的时候，红豆、黄豆、红枣、小米等开始爆开了花，从粥里喷涌出来，锅里形成了热烈的红泉景观。奶奶轻轻地从泉口舀着乐开花的红色琼浆，盛满一茶碗放在锅头的灶爷爷边，另两碗又分给众人，我和三妹最小，也嘴馋，分得也最多。

喝完红粥糊糊，奶奶在锅边用铁铲铲着粥，铁铲在那瘦小褶皱的老手的操持下，红粥精脱脱的，不用吃，闻着看着也香死个人。奶奶的额头、脸颊汗津津的，她不时用毛巾擦着汗。二姐依旧坐在灶台前，不紧不慢地拉着风箱，偶尔用火铲围围灶火周边的灰。

我自己穿衣服，爸爸给三妹穿她的肚兜兜和叉叉裤。哥哥从东边的正房里急匆匆走进来，顺便取下窗玻璃挂的帘子，麻利地叠着一家人的被子。膝布已经用湿布子擦了两遍，晴朗的太阳从东南边斜射过来，照得膝布上的金黄凤凰仿佛要飞起来。

我从炕边一骨碌溜下去，正好踩在绣有红花的毛钵鞋上，趿拉着跑着上茅房。门口的枣树上两只喜鹊追逐着，向着我喳喳喳地叫着。西墙边的两棵大榆树上飞满了多嘴的麻雀，吵得整个院子也不得安宁。南边猪圈里的白猪和黑猪低头喷喷喷地抢吃瓷盆里的食物。东边羊圈里的奶羊一边吃干草，一边咩咩地跟我打着招呼。

我上完茅房，小跑着回到天窗口冒热气的奶奶的老屋，正想吃红粥，奶奶喂了我一口，说："别着急，先给你姥姥和大奶奶送去，回来再吃。"我提着糕单子包着的热乎乎的钵碗，先给东边桥上的姥姥舅舅送了一趟，大队的高音喇叭响起了歌曲，我听着，心里暖融融的。回来，奶奶已经把给大奶奶和大大的粥准备好，我一手提一个，送给房后边的大奶奶和大伯家。听着这两个亲人的夸奖，我的脚插上了翅膀，飞回家去。

圆圆的木锅盖翻过来放在了炕当中的膝布上，圆桌放上粥碗、热菜和凉菜。这是多年吃饭的规矩。一瓷碗萝卜片子烩豆腐，还冒着热气，放在中间；一盘芥末丝子、一碟胡芹放在瓷碗两边。爹爹像往常一样，坐在锅盖后正中间，靠着铺盖，盘着脚腿。奶奶坐在锅盖靠近锅头的位置，小脚悬在炕沿边，是掌勺的位置。二姐盘腿坐在爹爹右边，三妹坐在奶奶的身边，哥哥坐在锅盖靠后炕的炕沿边。每人面前放着一碗热腾腾的红粥，谁也没有动筷子。爹爹招呼我坐在他左边一直空着的地方。我坐好后，爹爹端起粥，夹了热菜，口里念叨着："腊八枣，豆子粥，萝卜片子烩豆腐。吃哇。"一家人这才一齐端起碗，品尝香甜可口的红枣粥。

我端起碗来，才发现今天的碗不是塑料碗，妹妹的碗也不是塑料碗了。我俩端的是细瓷小茶碗，碗外绕着画着两头威风的红狮子，昂着头向我送来和悦的目光，我才感到今年的腊八节与往年不同。爹爹、二姐和哥哥端的碗也换了，虽然还是大碗，却在碗外有红边或蓝边围了两圈，显得金贵了些。

爹爹吃完一碗粥，趁奶奶盛第二碗的空档，笑着说："今儿说两件好事：一是1964年塌下的饥荒今年打完了，有些闲钱，买了一打子嵌边子大碗；二是三妮子快不用吃羊奶了，二苟上学戴上红领巾了。咱这叫双喜临门，多吃些粥，这顿尽饱吃。"

奶奶递过爹爹的粥碗，呼吸有些上气不接下气，右手捋了捋苍白的发鬓，笑了一笑，说："大小子、二妮子这几年帮忙，总算余下三五十块钱，也积攒下两八担瓮子麦子。院里买了些砖头，过出年来，拆盖拆盖这两间老房子，就是死了我也心安了。"说着，瘦干的眼角和鱼尾纹沁出了苦涩中闪着些光亮的泪花。

哥哥吃饭嘴快，两大碗粥吃完，一边又盛了半碗，一边夸奶奶做的粥好，说："今年比往年红豆也多，红枣也肉大，小米也比往年精软。"

二姐吃完一大碗，也盛了多半碗，对爸爸说："三妮子也用不着吃羊奶了，奶羊也该卖了。腾出手来，我多挣几个工分，又省一份心吧。"

我一直品尝碗里黏乎乎的粥，听着亲人们说话，看了看锅角放的煤油灯，不紧不慢地说："咱家盖了新房，就该安上电灯，再也不用让奶奶黑灯瞎火取东西了。"

我的话说完，奶奶、爹爹、二姐、哥哥都看着我，脸上都洋溢着灿烂的笑意。爹爹说："二苟越来越懂事了。盖了新房，第一件事就是安电灯，全家能明明亮亮地吃晚饭。躺在被子里，伸手一拉灯开关的绳子，家就亮了。"

听着爹爹的话，奶奶满是皱纹的眼皮上下动了几下，暗灰泛黄的眼睛转了两下，泛出了以前从未有过的光亮，嘴角翘起，与端端正正的鼻子、圆得自然的脸蛋分明组成一朵灿烂的花朵，笑了。

奶奶的粥还有半锅，准备剩下的八天慢慢分享。用爹爹当劳模领回的花瓷盆盛好，留在锅底好大好大的黄澄澄的锅巴，经过灶火一烤，用铁铲慢慢地铲着，边铲边烤，一大块锅巴出锅了。这是我和三妹年前的美味零食，每天饿了没做好饭时，就吃这又薄又甜又脆的锅巴。后来，看到小辈孩子们从小卖部、超市买来丰盛小食品，感到那时近乎寒碜。但奶奶的锅巴含着情、带着苦，包容着劳作的泪和汗，小辈们再也体味不出，我泪眼模糊了。

那年的腊八粥，从初九到十六，奶奶一铲一铲分给亲人，夹带着荬壳、荬子鱼鱼，混着玉米窝窝下肚了。锅巴从腊月初九分享到廿九，解了一年的馋，噎了饭前的饥。奶奶那双老手一掰又一掰，我和三妹稚嫩的小手争抢时也夹着童年的欢笑和恼火，总算在鞭炮齐鸣声中，在红对联、红窗花、新衣服的渲染下过了一个平安年。

我们一家的苦涩和欢乐，没有留住奶奶的小脚再忙碌。正月一过，奶奶就淘高粱、煮小麦，准备一家的口腹供应。在她老人家一晚在磨坊磨面的劳作后，早上提着半斗细白面回家时，还没有打开大木门的门环就昏倒在大门口。早上也没有多大的风，太阳刚刚从东南山洼里爬上来，看不出是哭了还是笑了。

邻居根龙奶奶最先发现奶奶倒地的，而后让她儿子怀子先叫来村里赤脚医生孙贵庆大夫，又到地里叫回爹爹。孙大夫说赶紧去专署医院急救吧。众人铺上褥子，取上被子，把瘦弱如柴的奶奶轻轻扶上车，爹爹是拉着小平车走到专医院的。专医院大夫诊断，又做了B超，是脑出血，需要做手术。在输液的情况下，奶奶已经醒了，说话有些吃力，听说要做手术，就对爹爹和姑姑们说："回家吧，快七十的人了……做什么手术。"

问大夫，大夫说："只能保住命，十有八九手术后就瘫痪了。"

无奈，爹爹只好又拉着奶奶回到老屋里，在陪伴了不足半月，叫亲人们吃了一顿告别饭后，走了。走时，眼看着纸幔屋顶，来不及合上眼，就永远地走了。

爹爹看着奶奶未闭上的眼睛，哭着说："啵丫，我一定盖新房，安上电灯，让一家人明啦啦地过好日子。"一边许愿，一边用手抚摸着奶奶的眼睛。奶奶的眼睛终于合上了。

出殡那天，我由舅舅搀拉着，舅舅见我没有哭出声来，狠狠捏了我的胳膊一把，我的泪水就止不住流了下来。泪眼蒙眬中，幻化出奶奶背着我回家，我的同学们围观的情景，我不知道瘦弱的奶奶在小脚的支撑下怎么背我回家的。泪眼蒙眬中，奶奶背着在队里场面里剥下的一大捆玉米皮回家，背着一捆高粱茬子回家，背着一布袋高粱面回家了。院里的五棵歪脖子枣树下，捡红枣的那不是漂亮精干的小脚奶奶吗？腊八节天不亮，就忙碌做腊八粥的白发老人，那分明就是我日里劳累夜里陪伴的奶奶。"奶奶，奶奶，我的奶奶……您慢些走！我还没有长大，我还没有孝敬您，您还没有住上新房，您还没有坐在有电灯的家中！奶奶，奶奶……"

"爸爸，您怎么了？""老爸，你哭什么哩？"先是已经上初二的小儿子的声音，接着是二期士官探亲回家的女儿在隔壁卧室的呼唤。妻子埋怨好端端的不知道哭什么。我眼里满含着泪水，看着柔和的吸顶灯照满温暖的卧室，说："我又梦见我的奶奶了，她老人家守寡多半辈子，受苦快熬到头了，还来不及享福就走了。"

其实，我已经不止一次从梦里哭醒了，尤其是每年的中秋枣树挂满红果的时候，过腊八节吃腊八粥的时候，孩子们不懂我的红枣情结，不懂我品尝腊八粥时那杂陈的五味。爹爹还住过新房，看过彩电，坐过小汽车，奶奶连有电灯的新房也来不及住，带着遗憾迈着她蹒跚的小脚永远地走了。

　　如今，我两鬓斑白，不少同龄人化作泥土、化作青烟，我的眼睛里常含泪水。我吃起妻子用天然气灶做的含有莲子、葡萄干、糯米、薏米、花生仁等珍贵食材做的腊八粥，可谓丰盛，吃到嘴里软软的、黏黏的、甜甜的、津津的，咽进肚里舒舒坦坦的，躺在床上，享受着暖洋洋的太阳，那是难以言表的幸福。孩子们吃着却说："吃腻了。"我对闺女、儿子说过好几次了，闺女还好："理解，理解。"儿子却说："爸爸，你烦不烦？"我听着他们的话，心里酸酸的、涩涩的，眼里咸咸的液体总是不值钱地流淌。噙着眼泪进入梦乡，见着我亲爱的奶奶，缠着小脚，眼里放着光。我望着她老人家，有万千话语却说不出口。奶奶微笑着，只是抚摸我的头，还是那一句："二苟，长大了。"

2022年1月10日

辛丑年腊八吃粥时节

忻州古城今昔

    忻州古城，是从童年记事开始认识的。母亲姓米，出生在北关七贤巷南的老巷，姥爷在母亲三岁时即去世，只留下年轻守寡的姥姥与孤独的母亲，再加上战乱，在太姥爷的几次动员下，姥姥在母亲九岁时只好改嫁到城东北肖村。父亲正是在祖父去世后第三个年头，在母亲十五岁时娶母亲进门的。从北关迎娶母亲进北肖村时，陪嫁的穿衣镜和炕柜木料好，做工精致，让村里人羡慕不已。母亲手巧，长得细腻，又聪明，能看书写信。

    母亲是城里人，我从记事起，就进城探望北关大姥爷家的亲人。每年春节、元宵节、中秋节，总要送些馍馍、花糕、月饼，尽管没有大姥爷、舅母的好，但他们总是留下一两个，让我们饱食一顿，热情地送我们出门，礼仪格外隆重。

    踏进七贤巷，父亲总要面带笑容地介绍七贤巷的传说，诉说与母亲同宗的米进士和"翰林府第"。从那时起，我的骨子里就刻入文化的因子，我自信一定也会像米进士那样出人头地。

    元宵节盛会，我几乎每年观看，站在古雅雄伟的北城门边，看从红旗广场彩旗引领来的游行队伍锣鼓喧天地开道。彩旗仪仗威严，南关的狮子舞总让人心壮，匡村的九龙灯总能舞出忻州人的自信，牛斗虎让人感受到正义与邪恶的较量。一家又一家高轿，让人感到家乡传统技艺的高深和百姓对生活的追求；一家又一家的地皮秧歌，也给人带来红男绿女的青春靓丽和黄昏风姿。彩车一年一个新花样，随着十二生肖的更换而翻新，随着时代脚步的起落而更迭，曾经的辉煌企业在转型中渐渐失落。我就在每年观看元宵节中从童年走向少年，从学生变成教师，从农村走进忻州老城，青丝脱落，霜鬓平添。

上初二时，远在十里外看到过忻州古城的滚滚浓烟，竟然二十天一个月才渐渐稀落。听大人们说，那是忻州文庙意外失火所致。文庙的大院，我在幼年时曾经踏入，建筑的宏伟是别的古建筑难以企及的。听大人们讲，主殿的大梁用几百年才长成的松杉做成，支柱、檩、椽都是精挑细选的木料。我对建筑术语是外行，但对文庙的精巧结构惊叹不已。尤其是大火烧毁时间长，毁灭的瞬间才更感到它的弥足珍贵。且不说工匠的建造工艺、塑像及文庙与忻州人的文化渊源，单从被毁的木料也让人惋惜不已。

我对古城印象深刻的，还有城隍庙的铁算盘。忻州的城隍庙在现在的东街小学、忻府区教育局所在的巨大空间内，占地面积大，我小时候进城总要到东街小学、东街初中（今忻府区教育局）转转。从东街小学到东街初中要经过一道古式建筑通道，这个建筑墙上最显眼的就是城隍爷的"铁算盘"，长近八尺，宽近三尺，算盘框、直柱由优质木料精制，横梁、框角由铁叶固定。算珠比大人拳头还大，串珠的直柱有小胳膊那么粗。算盘的上部横框从右往左镌刻四字："不由人算。"父亲几次跟我讲，做人要正直，不要做亏心事，不然就会被城隍爷代表上天惩罚。可惜，城隍庙的"铁算盘"不知所终。

当然，消失的还有火神庙、州衙、古城墙、东南西古城门等。忻州古城是古文化的积淀，修复起来谈何容易？

我走进忻州二中工作后，集资添置宿舍，我的二姐在东顺城街建了瓦房，我的连襟在西街城墙底盖了小二楼。如今，二中搬迁后，我住到开发区，二姐的瓦房、连襟的楼房也在旧城改造中推倒，到政府安置的新楼房里居住。古城焕新，虽不能修复原貌，然而，四座城门由新城墙连在一起，走进新古城，心生敬意。

进北城门，穿过石条铺设的南北大街，元家祠堂对外开放，步入其中，为忻州有金元一代文宗而骄傲。忻州各县的标志建筑、文化展馆、风味小吃琳琅满目，真让人目不暇接。崇云阁也叫明月楼，虽然向南移了位置，但给人以回归古城之感，尤其是晚上明月舞台的嫦娥奔月、貂蝉拜月舞蹈，让人想起嫦娥、貂蝉，心醉，不忍离去。

泰山庙看戏、秀容书院雅拜，是文人墨客的好去处。可以品味二人台的生活情趣，可以品味北路梆子嗨嗨腔的美，那才更能感到忻州文化的地方特色。书法展览、绘画剪纸展览接连不断，让人赏鉴陈巨锁、张启明、王利民等人的书法，赏鉴李斌杰等人的剪纸，赏鉴殷渭凌等人的山水画，其精妙独到的创作技法与才情让人心生敬慕。秀容书院的古建古木残碑，与新修葺的建筑、楹联等融为一体，相映成趣，让我们享受古今忻州文化的夺人气魄，忻州人智慧尽显。

登上寥天阁，可以环视忻州风物。东边，虽看不到古时双流合抱的奇景，但可以闭目想象往日的牧马河的曲折向东北与云中河在百里外汇合的景观，好不快哉。西边，虽然看不到九峰雄峙的古景，但也能看到九龙岗上高楼处处，再不是往日的荒凉，让人感受到人间温暖，现代生活的节奏。南边东面，近可看到南城门楼凌云秉势、泰山庙古建依然，可窥探到古城的冰山一角；远可望到南山山腰的禹王洞若隐若现，勾起我一探究竟的冲动。向北，北关旧迹已殁，低层建筑已经没有多少，更换成十几层、二十几层、三十几层的大楼，如同忻州巨变的年轮痕迹，忻州精神风貌与日俱新。

往事如烟，往景如烟，忻州百姓欣赏古城，期待更美好。

仁爱博学育桃李，学子感恩念终身

——田象贤先生传略

作为一位教育工作者，能让众多学生几十年后依然怀念他，那是幸运的，更是值得骄傲的，田象贤老师就是这样一位仁师。田象贤老师曾经在五台县东冶小学、沱阳高小担任语文教师，曾经在忻县中学担任初中、高中语文教师兼班主任，他的学生不少成为专家、学者和重要岗位的领导。这些学生在与田象贤分别后，一直保持联系，一直关注老师的生活。在田象贤老师去世后，不少学生在报刊、网络上撰写怀念文章，感恩老师在上学期间的教育和关怀，在毕业后的期待和引领，田象贤老师的敬业精神和人格魅力可以从学生的字里行间深深地感受到。最有代表性的就是沱阳高小时的张烈炯《往事如昨》，曲润海的《忆田象贤老师》《忻县中学里的初中师生（三）》，董全庚先生的《田象贤老师》。如果一位教师无论走到哪所学校，能在学校留下深深的足迹，被载入校史，那是值得敬重的，田象贤老师就是这样的一位名师。《五台东冶镇沱阳学校史》记载："田象贤，1945年曾任沱阳高小校长。"《百年忻中》中《1947—1948年忻中教职员名录》《建国后至"文革"前教职员工名录》《回忆篇》中都有田象贤老师的记载。养育他的滹沱河畔的东冶老镇，他曾经读书、练字；山西省立第一师范培养他成为名师；书法家常赞春盛赞他的书法天赋并悉心指导他，为他书法奠定了扎实功底。忻县古城曾经接纳他，他在忻州古城留下珍贵的墨迹，他在秀容书院曾经呵护莘莘学子步入文化大门，走进文化艺术、科学技术的高级殿堂。学生有成就，固然与自身的努力、社会给予发展的机遇有很大关系，但老师的引领、关爱、鼓励是托举他们成才的层层阶梯。

一、沱阳高小时的田象贤

张烈炯，著有长篇回忆录《往事如昨》。他是田象贤在沱阳高小时的学生，对田象贤老师记忆尤深，评价极高。五台县东冶镇沱阳高小虽然只是山区小学，却名望极高，共和国布衣元帅徐向前就是沱阳学校的学生。

"沱阳学校里的教师多系本地的头面人物。校长康佩程是五级村人，毕业于山西大学文学院，曾在大学任教，长于文学，书法习黄山谷，字体秀丽俊逸。国文老师田象贤，字伯尊、必真，因居东冶之敦古巷，又自号敦古居士。曾毕业于太原国民师范，书法超群，真草隶篆，样样出色，尤擅金石，古典诗文为其所长。"一所学校，一名教师能与校长并称，可见田象贤老师德高望重，学生有口皆碑。"那时授课老师主要有：代数罗明琨，几何白一清、郭其昌，物理熊允文，化学梁崇秀，语文田象贤、蔡荣芳、李良和，历史李亚陶，地理贾铣……"忻县中学在秀容书院办学时，田象贤同样榜上有名。

"田象贤先生上课时，有时只带粉笔。先在黑板上写出要讲的诗文，等学生抄完后，然后开讲。即便是《长恨歌》《前出师表》那样的诗文，田先生也同样要求我们背诵默写，逢年过节时，东冶街的大门面上的对联大多出自田先生之手。我记得他曾给一家炭店大门上写有一副春联，颇能表现田先生的为人："争先恐后，不喜锦上添花客；送往迎来，唯接雪里送炭人。'学校并开设《经学》课，我当时学的是《孟子》和《学记》。""我非常羡慕康先生和田先生写得一手好字。"这里透露出两个信息，田象贤老师博学强记，对学生要求严格；田象贤老师的书法赢得了学生的爱戴。《孟子》《礼记》的学习，对张烈炯先生影响深远，以至于他的文笔不错："前堡村北面靠着高高的土崖，南面临着滹沱河。在村落与河岸中间，就是通向平山的车马大道。村的西面是一条卵石沟，每逢大雨卵石被洪水冲得滚滚而下。滹沱河涨水季节，哗哗的流水声不断传到村子里。冬天，河水全部结冰，人和车马可以从冰上走过。河的南岸是连绵不断的山，山脚下曾经一度有忻县通往甲子湾的火车道。"一位漂泊在外的游子，怀念自己的家乡，一是自然山水美，二是亲情乡情令人牵挂。但谁能否定，幼年时的沱阳的田象贤老师心灵深处早已埋下了思乡的种子，如今已经开花，已经结果了呢？

二、曲润海心中的田象贤

曲润海，1951年考入忻县中学初中九班的学生，后到范亭中学上高中，1957年考入北京大学中文系。他曾多次撰文怀念他的启蒙老师，尤其是初三语文老师兼班主任田象贤先生。《忆田象贤老师》一文中，用大量的笔墨怀念田象贤老师对他的谆谆教诲，感恩质朴纯真的师生情。

　　"田老师身材修长，穿一身灰色的干部帽，干干净净、整整齐齐，还配着一副不太深的眼镜，文质彬彬，令人尊敬。""田老师文化知识广博，尤其是古文底子厚实，诗词曲赋记得好多。他是模范教师，语文课自然讲得不错。""他是语文老师，自然要说语文的重要，但他说起来与众不同。他往往讲古人的故事，背一段古文古诗。"曲润海先生回忆文章是2002年写的，此时，田象贤老师早已不在世，曲老也年近古稀，五十年前的人和事如在眼前，刻骨铭心。

　　"他对五台、定襄、崞县的一些革命家、文人也很推崇的，他讲过徐松龛、续西峰的故事。他背诵徐松龛的诗《驮炭道》《啖糠诗》，十分动情。'富食米，贫啖糠；细糠犹自可，粗糠索索刮我肠。八斗糠，一斗粟，却似抟来沙一掬'，听得人喉咙里都难受。"田象贤老师讲故事、背古诗，如泣如诉，令人听之动容，这种教学情境放在现在的教学环境里，依旧有无穷的魅力。

　　"田老师的办公室是原来的一个男厕所改的，就在我们九班教室旁边。他住进去以前，粉刷了一下，干净明亮，另有一番气味了。墙上挂了几条傅山的字，桌上摆着笔筒、笔洗，还摆着一个细茶壶。有几个作文写字好的同学常去领教，如胡全福、赵义元。我也常去，但我的作文不如胡全福，我的字不如赵义元。田老师和王守和老师一样，这几位同学来了不用汇报，只是听他讲文化知识。他给我们讲傅山的字如何好，但我有好多字不认得，因为那是大草。他的那把细瓷茶壶上面有好多纵横交错的裂纹，我看着很担心壶是漏的。田老师抚着壶说那叫窑变，是一种烧窑的工艺。好多年后，我终于懂得，那是钧窑的产品，田老师讲得一点不错。田老师对我很关心。冬天突然到了，我还没有来得及回家取棉衣，田老师就把他的一件有大襟的棉袄让我穿上。"这是一幅教师课余辅导学生的挚爱真情画。教师个别辅导，用自己的学识和友爱教育学生、引领学生、感染学生，在纯真的少年时代播下文化的种子，追求卓越艺术的种子。化腐朽为神奇的办公室内已经洒下和煦的希望之光，怪不得曲老有那么非凡的艺术成就，曲老在成为文化领军人物后仍然怀念恩师，这是何等的教育佳话呀。

"田老师的书法很有名气的。在忻县城里，不少大牌子是他写的，一律是正楷，不是小字放大的，而是直接写上去的。就是我的小学母校'定襄河边第二完小学校'的牌子，也是他写的。他的字以颜体打底子，兼容欧、赵，自成一家，真、草、隶、篆四体皆美，多次参加省、地举办的书法展览。他的字笃实凝重、工整刚劲、质朴文雅、自然流畅。他的这种风格是经过勤学苦练而造就的。"田象贤的语文教育艺术影响曲润海的艺术人生，田象贤的书法艺术是曲润海一生为之倾倒的一门才艺。

"遗憾的是，初中毕业后上高中我到了崞县范亭中学，离开了他。1957年我考入了北京大学中文系后，给他报信并寄去北京大学未名湖风景照片书签。他十分高兴，抱病给我回信，对我既祝贺又勉励：'您考入自己最满意别人最羡慕之学校，得遂素志，心旷神怡。当能使带病之身，日益转化为康强也。假日市游，可于故纸摊上留心搜购古籍。价既便宜，亦易获得佳本。倘能得汉魏丛本一类的书，则便于博览矣。此外要趁记忆力强之时，多背诵些典范作品，并旁及金石文学。'"初三一年得教益，别后师生深情未断，依旧书信往来。学生寄来喜讯，田象贤老师身染疾病，寄信表达学生进步是疗病妙方，个中滋味只有师生为知己才能体会得到。

"1958年，田老师调回五台县东冶中学。本来是施展他才学的时候，不久赶上了……"我不忍心把田象贤经历的沧桑与不幸诉诸笔端，包括田老师的身心、田老师的书法、田老师的金石字画……

"他身体不像从前那么直，腰有些弯，且消瘦多了。依然穿着一身灰制服，依然干干净净、整整齐齐，知识分子的文气尚存。他希望能够纠正……"这是曲润海在特殊时期在太原见到的饱经沧桑的田象贤老师。"就在这时还记得给我写字。"田老师即使遭受磨难后，对书法艺术的执着依然还在。

"1968年夏，我的母亲在老家河边养病，我回去陪伴，在火车上碰上了初中同班同学田美华。她是东冶人，且是田老师的本家。说起田老师的处境，不禁唏嘘悲叹。田美华回到东冶后见了田老师，说到了我。田老师很快给我写起真、草、隶、篆四张字，交给田美华，田美华亲自到河边跑一趟，送给我。省里搞革命的书法展览，有一位书法家看到了田老师的字，说借去学习学习，谁知一去不返，永远丢失了。"田象贤老师的书法艺术，从这一个小故事可以想见，内行人喜欢之至，以至于连人格也不要了。

三、董全庚笔下的田象贤

董全庚，曾参加《百年忻中》的策划撰稿工作，感恩秀容书院的井水浇灌之情，感恩忻县中学老师们的哺育之情，尤其是为他的初中、高中语文老师兼班主任专门撰稿。可见田象贤老师对他的影响之深。

"1948年忻县解放，忻中、农职校合并于文昌寺，成立晋北区联合中学，先生任语文教师兼班主任。当时我在先生主教的四班小戏台上，年幼个矮坐于首排，先生的教学功力、音容笑貌历历在目。先生中文功底很深，三百篇、三百首，倚马可背。备课充分，人、地、时，词源尽皆考究，课堂至少三分之一时间抄写来源出处，后开讲事半功倍。凡在先生台下聆听教诲者，因之也渊博起来，小小讲台，古往今来，纷繁人事，缩略于三言两语之中，使人终身受益。""作文时，先生要求用毛笔写，不许打草稿，在腹稿上下功夫，一旦落笔，再不准改，如此严训，不觉中步入高的起点。""先生工书法，真、草、隶、篆，娴熟自如，笔力苍劲，自成一家。"这是田象贤担任初中语文教学时的真实写照，教课文学经典，信手拈来，让学生学识渊博，打下扎实语文基础。写作文要求用毛笔小楷字写，不允许打草稿，只让打腹稿，学生们在田象贤先生的训导下，自然起点颇高，从董全庚的回忆录可以感受到其作文功夫的厚实。田象贤老师的书法艺术高深莫测，说明一位教师如果是专家型的人才，肯定会让学生为其倾倒，更会影响学生以先生为榜样，向着艺术的高峰奋斗。

田象贤于董全庚可以说有再造之恩。"这年秋收，家父染病，我辍学回乡。先生派许国华等同学多次来家叫我复学。我实有难处，违心居家。后来先生让考上军事院校的刘兴楼给我写信，寄来穿军装的照片。又把韩俊信（彬）留苏的事特意告我。劳动略有积蓄后，1952年我重返学校。先生光照分班，奔走评公费，几经周折。我上高一时，先生又出任班主任，每与我个别交谈，多动感情，临毕业离校，先生又送我一张小照，背书：'小像一帧，赠予全庚。多年学谊，永念弗谖。'先生对我的重望可见一斑。"

四、仁师已逝，名留史册

作为一位毕生奉献教育事业的仁师，他的事迹将永留史册。

田象贤（1907—1977），别名伯尊，又必真，五台县东冶镇西街村人，祖居田家巷。1926年太原国民师范毕业后，即在东冶小学、沱阳高小任教。抗日战争爆发后，沱阳学校被迫解散。1938年初，中国共产党东冶四区区委会做出恢复沱阳高小的决定后，田象贤积极投入恢复学校的工作中。复校后，师生抗日情绪十分高涨，并增加政治课，讲解抗日救国的道理。田象贤自编教材，曾有"来来来，来团结，去去去，去抗日"之句，很受师生赏识。1938年10月，日军占领东冶后，田象贤受晋察冀第二军分区司令部联络处指示，在敌占区工作，曾多次设法营救和掩护抗日革命工作，为党做了不少有益工作。在田象贤个人档案中，保存着在八路军二区联络处的派遣证。在任伪职期间，曾营救革命干部徐镇河、赵佐阳、续秀娥、于三溪等。

1947—1958年，田象贤在忻县中学先后任初中、高中语文教员，凭博学与书法艺术赢得师生和社会的尊敬。任教期间，于1955年秋加入民盟忻县支部，成为民盟忻县支部的早期盟员之一，并担任第一届、第二届忻县政协委员。曾被评为忻县优秀教师、忻县地区模范班主任。1959—1961年，先后在晋北工业学校、工农师范学校（地址在匡村）任教。在此期间，多次应邀为行署高层干部培训班讲授《国语精编》。

1962—1965年，调东冶镇中学任高中语文教员。任教期间，兼五台县政协委员。

1965—1977年这十多年间，田象贤身心备受摧残，1977年2月1日，因脑溢血病发作，与世长辞。

田象贤先生自幼喜爱书法。初学书法时，因家贫不能置笔墨，常用烟煤代替墨汁，用笤帚蘸水在大方砖上练习写字。在太原学习时，为著名书法家常赞春所看重，并亲自指教，启发他书写篆文。为求得书法真谛，他悉心研究《说文解字》等典籍。他先以颜字入手，后改学柳体，再后兼容欧、赵，自成一家，楷、草、隶、篆，四体皆工。字体奇而正、健而美、雄而逸，古朴文雅、自然流畅，于平淡中见秀美，于端庄凝重中见功力。他的四体书法曾多次参加山西省、忻县地区书法展览，赞语颇高。

现尚存遗迹有：忻州古城北城门楼"晋北锁钥"（20世纪50年代，在修复城楼时，原匾字已无形破损，忻县政协责成田象贤担任主笔修复），五台县东冶镇五级村戏台牌匾"可以观"，五台山一些村级寺庙上的牌匾等。田象贤生前为山西省、忻州市不少车站、学校、机关、厂矿、村庄等写牌匾数不胜数。《东冶赈灾会施粥碑记》有文字记载，落款"前清儒学生员李汾源撰文，敦古居士田象贤丹书"，碑存在否，不详。现有楷书《田象贤书滕王阁序》贴行世，落款"辛巳盛夏象贤书"，从万年历推算，这是1941年的作品，当时田象贤年仅三十四岁。田象贤书法，笔墨夺魄摄魂，让世人赏美称羡，止步忘返。

田象贤在教育岗位耕耘四十年，奇桃艳李满天下，五台、忻州到处有口碑。书法自成一家，奇峰卓立。无论是才学还是人格，堪称学习者的典范。他是为忻县、五台教育事业有大功的教育工作者，他用自己渊博的才学，用自己敬业的精神，用善于晓之以理、动之以情的教学方法，用全部的心血献身于教学教育工作，用他那书法家的灵魂之笔，书写出忻县五台教育的辉煌。

心碑

　　有时候，睡梦中，我会见到一位可亲可敬的老者向我微笑。尽管他已经去世，但他与我有过多年的交往，我常常想起他，怀念他的人，回忆他的事，欣赏他的才，敬重他的人品。我拿起手机，记下我心中的怀念和记忆。

　　从我记事起，村里人家家都养猪，捉回的小猪，不论公母，都要劁掉成为肉猪。来我村里劁猪的只是固定的三个人，都姓杨，来自东石村，两位年老些的是兄弟俩，岁数小的是最年长的那位的儿子。可是，在劁猪的技术方面，最年长的技术最好，无论公的还是母的，做完手术后，小猪健康生长，没有任何异常。而另外两位技术就存在问题，往往善后工作是老杨给处理的。我在当时都叫不上名字，但对技术最好的老杨心存敬慕。慢慢地，人们宁愿多出一两毛钱等老杨劁猪，也不愿让老杨的弟弟和儿子做，以免担惊受怕。

　　后来，人们用老杨的次数多了，就喜欢与老杨交流。有人问老杨除了劁猪技术高，还有什么本事。老杨幽默地说："我原来是教书的，教书是我的本行。"又有人问："你劁猪技术好，书教得怎么样？"他笑了笑说："我是好劁猪的，更是好教书的。"

　　等老杨骑车走了以后，人们坐在街上依然把老杨当成话题。

有的说："老杨是北京大学毕业的。"也有的说："北京大学毕业的就是不简单，在县城里教书教的高中初中，数理化全套子，还会拉手风琴。"还有的说："还是有真本事好，倒霉了也饿不死。看人家那劁猪，来到咱们村，人人都想用，一天赚咱三五天的工钱，真了不起。"

从那时起，我在心里就种下念书的种子，好好念书，长大后靠知识文化养活自己。所以，总想到学校去，上课时，能坐得住，专心听老师讲话。

当我考上五寨师范后，有一年放暑假，我家父亲养的白马，因为连阴雨下得多，生病了，不吃草，不喝水，活动也没有精神。父亲牵上马在街上转了好几圈，还不见有好转，去公社兽医站也没有办法，就让我相跟上到忻县（今忻州府区）城里兽医院看病去。去了县兽医院后，医院的工作人员说，那个最懂牲口病情的人开始到忻州二中上班去了，等他来了才能治。我和父亲交流，和兽医院的工作人员交流，他俩说能给牲口看病的人，就数老杨在行，其他人都是半瓶醋，看不好。

父亲说，老杨那几年劁猪是没办法的时候干的，后来村里队里牲口铲蹄子、看病，难看的病只有老杨最在行。兽医院的人说国家开始落实政策，给老杨平反了。本来老杨应该去青海大学教书，老杨说人老了，家里还有老母亲需要照顾，县政府最后安排他到忻州二中当生物老师，课余时间来兽医院为老百姓的牲口看病，忙得很。我心里也为老杨走上教书的岗位而高兴。

谈话的时候，太阳在不知不觉挪移着。还想再与兽医院工作人员交流时，已经有些白发的老杨已经笑嘻嘻地进来了。他一边说："实在对不起，让你们久等了。"一边摸摸白马的头，一边拉开白马的嘴，说："这白马还年轻，六七岁了，正是受苦的好时候。不要紧，给它灌上些药就好了。"然后问兽医院的工作人员要了些药水，拿上医用勺子撬开嘴，很麻利地灌进药去。同时，牵着马在院里转了好几圈，马一会儿就出了汗，病轻了许多。他见白马有了些精神，又看了看马蹄子，说："铲一铲蹄子，顶如给人剪指甲。马走路也苦轻了。"

等父亲交了十元钱，牵着白马走的时候，老杨拍了拍马背，捏了捏膘，笑了笑说："老哥，你这马遇上你，算有福了。你有这马也有几年的福，这马能给你下几个驹子，换几个零花钱。"父亲说："养马，马听话，能帮我受地。马，比我儿子强。"

我站在跟前，脸都红到脖根了。可是，父亲说的是大实话。我哥哥刚刚结婚，又生养一儿一女，哪里能帮上父亲的忙。况且，我身小力薄，农业劳动的事没有一样在行，有时还帮倒忙。我考上师范，无非不用父亲养活，一年将近十个月在外，哪里能帮上忙。而白马每天与父亲相依相伴，父亲十多亩地，多半是白马春起拉肥、耕田、耧种；秋收时拉高粱穗，拉玉米棒子，拉高粱秆，拉玉米秆。它是父亲忠实的帮手。

而这时，父亲向老杨招了招手，心存感激地说："老杨，回去吧。马有病还找您。"老杨说笑着说："马不生病最好，生了病送过来，我还好好看。只是又让您掏钱了。"

我看着他俩的热乎劲，也没有多说一句话，只是向老杨招招手。老杨的白发，老杨的热情，老杨的真本事，让我对他再次生出敬意。

我五寨师范毕业后，先后在北义井联校、东楼联校任教。在教学的同时，积极参加山西省教育学院组织的中文、数学专科文凭的培训学习，同时也大量阅读文学名著，尝试诗歌、散文等文学创作活动。我在1993年3月调往忻州市第二中学校工作。

来到忻州二中后，结识了忻州二中的许多名师。数学名师刘澍民、张和意、崔志新，物理名师阎俊仁、张适等，英语名师陈兴、王建平，语文名师王喜才、张书利、郭仲康、郭君连等，更有幸亲自与老杨相识。原来，老杨大名杨国栋，北京大学动物解剖学专业毕业，他是1949年后忻州第一位北京大学毕业的高才生。后又获得"全国模范教师"荣誉称号，为高中生物高级教师，他是忻州第一批获得高中特级教师的人才之一。可惜，我调到忻州二中时，他已经办理退休手续，并被返聘到生物实验室工作。

听二中的老同志们讲，忻州二中生物实验室配备了相当多的生物仪器。同时，杨国栋老师最善于制作动物标本，什么兔子、青蛙、麻雀，以及蝗虫、蝴蝶等都不在话下。

与杨国栋促膝交谈，是在一个暑假东石村相遇的时候。那时，因为在学校集资住房累积下饥荒，为了赚几个零钱，我利用多年学习的针灸知识，到村里为老百姓针灸治病。说实在，用我针灸的人虽然不多，每天也有三五个。杨国栋老师正好回村里探望他母亲，退休后，依然在院子里种菜，劳作，闲不住。他看到我后，主动和我打招呼，并领我到他老宅看了看。他说："你敢出来给人看病，确实需要底气和勇气。我也懂医道，妻子开门诊，有时候也帮忙。这是积德行善之举，但一定要谨慎，再谨慎。"那时候我们无话不谈，从教书到医学，从生活到做人。

我加入中国民主同盟后，经常参加民盟活动。我总喜欢坐在杨国栋老师身旁听他说他的过去、现在，听他讲对社会现象的看法。在民盟组织活动中，杨国栋老师因为曾经担任过忻县政协委员、民盟忻州市支部副主委，又是唯一一位北京大学毕业的老同志，领导们总是让他先发言，提社情民意，提合理化建议。他讲话声音高，总是环视一下所有盟员，面带笑语，把自己看到的人和事讲得活灵活现，把党和政府的政策与人和事做一番比照，做出一些评判，结尾总是谦虚地说："这是我不成熟的意见，希望批评指正。"当他要坐下时，总有人把他唤起，让他唱一首歌。早几年，他去的时候还要带上手风琴，边拉风琴边唱歌，有些歌是传统歌曲，如《让我们荡起双桨》《年轻的朋友来相会》；也有流行歌曲，如《长江之歌》《牡丹之歌》。那时，他已经七十出头，总喜欢唱年轻人的歌，与年轻人拉近距离，年轻人也觉得他还不老。

他虽然进入古稀之年，却有着年轻人的朝气和活力。他与一群退休同志自主组成潇洒旅游团，他被公推为团长。在忻府区境内骑车加步行游览山水，感受自然的美，品味古迹的文雅，他与一群喜欢唱歌的朋友，自愿组成开心合唱团，他依然被推为团长。他主动印制歌谱，或用音箱伴奏，或者几位业余乐器弹奏者伴奏，每天下午在老干部活动中心唱歌、演奏，丰富了这群人的生活，驱走了老同志的寂寞。我虽然没有音乐细胞，但偶尔也去看看，听到那些老同志们的歌声、乐声，心怡神往。

2017年开始，我接受民盟忻州市委、民盟忻府区委安排，准备编写忻州盟史。因为杨国栋老师曾经担任民盟忻州市支部副主委，我便有亲近杨老师的机会。杨国栋老师一听要写盟史，刚开始曾经拒绝了我的要求。不过去的次数多了，他也渐渐地把自己的过去端出一些来，说出他的曲折人生来。后来，我因编写盟史去忻府区档案局有幸看到杨国栋老师的档案，同时，我收集到一本他的回忆录《默识人生》。经过多次斟酌，整理出杨国栋老师的人生轨迹，命名为《杨国栋先生的悲喜人生》。

接受民盟忻州市委、民盟忻府区委史料编写工作后，我便开始研究杨国栋先生。2017年10月12日曾专程拜访杨国栋老师，根据杨老师口述，参考《百年忻中》《忻州民主同盟组织发展简史》，为杨老师撰写《杨国栋同志简介》一文，总觉得内容不够翔实。

杨老师可写的东西太多了，诸如新中国成立以来忻州第一位北京大学学子，错划成"右派"后的坎坷人生，为忻州教育做出的卓越贡献，作为中国科学生物学会会员的学术成果，加入民盟后参政议政真知灼见，退休后丰富的业余生活，与疾病斗争的养生心得，都有可歌可泣、可圈可点之处。

可惜，当我搜集整理杨老师材料未尽如意时，杨老师不幸于2018年9月18日因医治无效逝世，享年八十八岁。几个月未曾动笔，算是寄托对杨老师的哀思吧。

杨国栋，1930年10月出生于忻县（今称忻府区）东石家庄（今称东石村）。原名杨黄绪，1950年，东石庄村村公所记账先生刘应升给开介绍信时，易名杨国栋。

1937年，日军占领忻县，小学与中学全部停办。1938年春，杨国栋上东石村许金牛老师自办的私塾。学习《三字经》《百家姓》。后来转到焦得贤老师办的私塾，学习《大学》《中庸》《论语》《孟子》等书。

1944年，杨国栋的父亲杨金义托乡贤许连生送杨进云路高小，校长卢世贤。1945年8月日寇投降后，云路高小由国民政府接管续办，校长石子山。

1946年秋，考入忻县农业职业学校。1948年7月21日，农职校与忻县中学合并为晋北区联合中学校，不收学费，名师有范怀仁、梁崇秀、姚树桑、李良和、杨向之、张星文、田象贤等。姚树桑老师于1950年受聘为山西师范学院教授。

1950年，考入太原省立进山中学上高中。1953年考入北京大学生物系动物专业。

1957年在北京大学读书期间，被错定为"右派"，留校考察一年。1958年分配到青海省民族学院任教员，1961年退职回村务农，1962年至1965年8月在忻县城关公社民办中学任教员，同年因自然减员回村务农。

1979年1月，在征得本人同意后，在忻县二中担任生物教师，时年四十九岁。担任忻州二中教师后，因成绩优秀，1984年、1987年两次被评为忻州市模范教师，并取得高级教师职称。教学期间，先后成为山西省动物学会会员、中国动物学会会员、山西省教学研究会会员，兼任忻州地区校际生物教研组组长。

1982年加入中国民主同盟，1985年5月担任民盟忻州市（今忻府区）第六届支部委员会副主委，1986年3月担任民盟忻州地区首届总支委员会组织委员，第八届（1987.10—1990.6）忻州市（今忻府区）政协委员。

教学教研成果方面，杨老师的成果也是卓著的。在忻州市二中生物实验室，曾自制了维修显微镜的工具，在显微镜中装上指示针，组装了探针。发动学生收集玻璃罐头瓶作为生物培养器，从伙房找来废坛子作为收藏器，并与学生共同制作了大量的动物标本，为教学实验提供材料。

1982年至1988年，先后撰写《鼠妇的形态及生态习性的观察》（山西省动物学会交流稿）、《基因分离规律是解细胞核单因子遗传题的钥匙》（忻州地区生物教号研究会交流稿）、《在光合作用教学中运用"纲要信号"图表的尝试》（1984年发表于《教材教法研究》）、《腔肠动物——水螅》（1985年《中学课程辅导报》）、《科学小组活动中的心理学研究》（1986年《教材教法研究》）、《运用中学生的心理特征开发学生的生物学能力的研究》（1988年3月《山西省动物学会通讯》）、《课堂实用袖珍标本的制作及用法》（忻州市1988年科技竞赛二等奖）。在担任忻州地区校际生化教研组组长期间，曾指导忻州三中王春杏、解原中学段兹田、义井中学杜冬梅、东街初中赵变玉和任淑珍、五台中学郭占山等教师完成教育教学课题的研究。

由于有上述教学教研成果，1988年被评为山西省中学特级教师，1989年被授予全国优秀教师的光荣称号。

在退休后，杨先生积极参加体育锻炼，听音乐愉悦身心，用夕阳的余晖汇集成一本《默识人生》回忆录。《默识人生》是一匹受伤的千里马的呐喊。

教学随笔

——"读、议、讲、练、拓、写"六环节语文教学法

语文教学是一个复杂而又有规律可循的教学过程，是在学生读中思考、议中理解、练中提高、写中思考与教师精讲中引导、拓展中完善有机结合的过程。这个过程往往需要用一两节课甚至五六节课才能完成。因此，教师要熟悉教学内容，积累大量有关材料，了解学生的实际情况，巧妙构思，精心安排，并在教学中灵活调整，才能提高教学质量，学生才能在融洽和谐的情境中掌握好知识，在艺术享受的氛围中形成能力。

一、读是语文教学的主旋律

作为语文教学的基本手段，读是语文教学的第一环节。学生预习，正是通过读课文、读相关材料，在读中接收信息，在读中发现疑难问题，在读中感受诗文的韵律美、文采美。因此，教师要善于激发学生读的兴趣，培养学生读的习惯，提高学生在读中思考的能力；引导学生在朗读、默读中体会诗文蕴涵的妙处；教会学生精读、范读、跳读等不同的阅读方法。要让语文课堂上书声琅琅，要让学生尝到读书的甜头，感受到读书的魅力。

二、议是学生认识升华的阶梯

学生在预习过程中就会对文章有独特的感受，有读书中产生的疑问，有读后获得的惊奇发现……这些内容，只有通过议这一教学环节，让学生交流各自独特的感受，互相提问，集思广益，解决疑难，把各自的发现阐述出来；以小组为单位把讨论结果整理出来，逐渐把学生的认识从感性上升到理性的高度，从而对诗文的思想和艺术性的理解逐步清晰、条理和准确，得出比较满意的结论。这一环节，学生的主动性得到充分发挥，学生的个性得到了淋漓尽致的张扬，学生在讨论中能体会到发现的乐趣。

三、精讲让"议"开花结果，异彩纷呈

各小组的总结发言是教师精讲的切入点。教师应肯定他们的讨论发言，适当地点化，撇开学生片面的内容，汲取学生合理的富有活力的内容，用概括性的语言把学生的发言加以归纳，引导学生从诗文的感情基调语言（诗眼或文眼）出发，找出文中的议论性语句、抒情性语句、富有哲理的语句，作为赏析诗文的依据，缀锦成文。对于学生不同的观点，可求同，也可存异，力争让学生体会到文学鉴赏"仁者见仁，智者见智"的合理内涵。

四、练是化知识为能力的转化剂

无论课后作业还是优化设计题，或是教师给学生提供的导读

题，目的只有一个：强化训练。把学生曾经一闪念的东西化为永恒，把学生的灵感激发出来，积累起来，教师的点拨成为学生的航标灯、导航系统，成为启迪学生心智的金钥匙。这就需要教师慧眼识金题，金口点化习题要点，启发学生主动演练，实际操纵。课堂上抓好契机，给学生一定的时间和空间；课后及时检查，尽快反馈，争取有的放矢，事半功倍。

五、拓是放飞学生心翼的发射舱

在教学中，我每讲一篇文章，都要围绕课文给学生补充一些相关内容：文学小常识、文学鉴赏小知识、文海拾贝等，给学生端一盘丰盛的"大杂烩"，供学生积累、消化、品尝，收录在他们的"大杂烩"笔记本上。这一积累，有可能是打开学生借学习范文掌握赏析相关文章的金钥匙；也有可能是学生提高文学修养、培养浓郁的学习兴趣的紫砂壶；还有可能是让学生积累语言、丰富作文素材、提高学生口才和文才的导弹基地。

六、写作是学生由泡茶到品茶的高级享受

学习《沁园春·长沙》，让学生积累整理有关"秋"的名句后，来一个"秋"的思考话题；读了《再别康桥》，给学生众多"愁"的美语，给学生安排作文，写写"少年不识愁滋味"；赏析了朱自清的《荷塘月色》，端出几十句写莲诗文、赏月妙语，让学生品味，然后布置作文"月下漫想"；细读了史铁生的《我与地坛》后，送一些赞美"母爱"的诗词，给学生咀嚼，不妨让

学生以"母爱"为话题，写写他们的心里话……

读是学生在文海中徜徉和漫游，议是学生在文海中经苦涩海水呛口后初尝畅游的滋味，讲是学生经过老师的点化后学习花样游泳，练是学习如何穿洋过海的本领，拓是学生在体会"翻江倒海亦英雄""别有一番滋味在心头"，写作使学生学会如何由鲲化鹏，驰骋宇宙，以至于尝试孙悟空蹦出如来佛手心是何等逍遥。

以上这些文字，是我执教二十多年的心得体会，肯定有许多值得商榷之处，望领导和同行多提宝贵意见，我将诚恳接受，不胜感激。

2004年12月一稿

2010年5月二稿

注：

此文2005年获忻州市教育学会教育教学论文二等奖。

我的语文教育观

参加研究生进修班培训学习归来，在课程中所习得的思想在我的脑海激起经久不息的浪潮：有时如大江东去，惊涛骇浪般壮观；有时如小桥流水，微波荡漾般幽雅。这思潮的冲击，以及回到工作岗位的惊喜和诧异，迫使我拿起笔，随那饱含激情的思维而去……

一、语文本质的新认识

"什么是语文？平常说的话叫口头语言，写到纸上叫书面语言。语就是口头语言，文就是书面语言，把口头语言和书面语言连在一起，就叫语文。"

叶圣陶先生的话，从"工具性"方面阐述了语文的特质。

"语文是以语言为工具对知识经验进行思维加工成思想，并通过听说读写进行思想交际的行为。"

这是对"语文"的语言心理学的阐述，启发我们在进行听、说、读、写能力训练过程中，注重思维品质和思维能力的培养。

"'先天下之忧而忧，后天下之乐而乐'，寥寥数语，人生观包蕴其中；'两情若是久长时，又岂在朝朝暮暮'，短短两句，爱情观渗透在内。瞧，语文多厉害！它是春风化雨，润物无声的。语文（这里当然指母语）是民族之根。它无声地记载本民族的物质文明和精神文明，记载着民族文化的地质层，母语教育学必须与民族文化紧密相连。"

这是对语文科的形象描述，也是语文科教育教学的诗性描述，正是语文科教育教学的魅力所在。

经过同语文学专家学者的对话，我从中得到启发：在语文教学中，我们既要注重教学生学习语言，教给学生如何学习、思考和交际；同时，我们又要教学生如何做人，如何审视自然和社会，如何在审视过程中感受真善美，创造真善美……

二、理论和实践的碰撞

"中学时期，学生广泛地涉猎古今中外优秀的文学作品，接受文学艺术的熏陶。这使他们对文学写作产生了强烈的爱好和向往，期待着用诗一般的语言来表现诗一般的生活，这就促使他们的创造性思维取得迅速的发展。"

"到高中阶段，学生则可以通过想象调集头脑中的有关表现，按照自己的意图进行排列和组合，创造新的形象。一部分学生已能进行散文、诗歌、小说的创作，以文学的形式来反映生活，表达自己的思想感情。"

"创造性思维中，只有将情感融合于想象之中，才能创造出感人的形象。……在高中阶段，学生的情感趋于稳定和理性，这使他们能够较好地将情感和想象有机地融合在一起，塑造出倾注着主观情感的形象。"

正因为此，我在教学中鼓励学生大量阅读课外优秀读物；鼓励学生勤写日记，把阅读后的感受，把观察自然和社会生活后的人间美景写进日记，把自己思想中璀璨和激动的火花写进日记；鼓励学生在确立目标基础上自由作文，写出自己的喜怒哀乐，写出自己经过千思万想生发出的精品来。

"功夫不负有心人。"在我的启发鼓励下，学生写作兴趣浓厚，创作热情高涨，写作水平有了较大的进步。我所带的183班，有8人12篇习作登上校报，还有一位学生的习作发表在《忻州日报》上。

三、素质教育下的连锁反应

上学期，我给180班、183班分别举办"创造性写作思维"讲座，讲授了灵感思维、求异思维等新概念，并给学生讲解写作思维的三种境界。"凡作文之意，第一番来者，陈言也，扫之不用；第二番来者，正语也，停之不可用；第三番来者，精意也，方可用之。"这是戴师初先生的写作理论，也是我从山西师大李德龙、谢志礼的《写作思维学》讲座中获得的启发。我的讲座结束后，学生逐渐养成思考的好习惯，有了创作的激情，并把创造性观念渗透到其他科的学习中，取得了意想不到的效果。

四、刚刚开始的结尾

如今，无论回到家中，还是坐在熟悉的办公桌前，或是登上狭小的讲台，我无时不在思考，想着叶圣陶先生"教是为了不教"，张志公教授语文教学的"科学化"和"现代化"，于漪老师的"人文性"和"工具性"的统一，魏书生老师的"引导学生自学法"……当然，想得更多的是，教育的今天和未来。

2001年3月一稿
2010年5月二稿

读《三国》，悟智慧

　　《三国演义》中的诸葛亮，可谓是亿万读者心中"智慧"的化身：从卧龙岗上的《隆中对》到决定三足鼎立之势的赤壁之战，再到三气周瑜、七擒孟获、六出祁山，乃至于他死后用木偶吓退曹军，可以说，几乎时时处处闪烁着智慧的光芒。

　　但掩卷闭目，细细想来，他的智慧用得过分频繁，事无巨细，事事皆用。正因为此，他才被具有全局眼光的司马懿看出致命弱点，认为诸葛亮"事必躬亲"，身染重病，他的"时日不会太久"。为此，当诸葛亮阵前挑战时，司马懿高挂免战牌，等待战机。当诸葛亮给司马懿送去女子衣服时，司马懿并不生气，将计就计，身着送来的女子服装，站在城楼让诸葛亮观看。诸葛亮一看司马懿识破他的激将之计，口吐鲜血，摔倒在地。没过多少时日，诸葛亮病逝于五丈原。从这里，我们可以看出司马懿有着能忍受小耻辱来保全大局的大志风采，这正是他最终战胜诸葛亮的一个重要原因。当然，司马懿战胜诸葛亮的原因是多方面的，而另一个重要原因是在培养人才和接班人上。

　　诸葛亮用人要求过严，再加上他"事必躬亲"，这是不利于培养锻炼人才的。在蜀将中，除了五虎上将外，别的将领极少有领兵挂帅的机会，为此，在五虎上将相继去世后，再无几员良将；在对后主刘禅的态度上，过于盲从，过于迁就，不敢执言相谏，留给后世诸多遗憾和感叹。而司马懿在培养人才和接班人上却是成效卓著的，正因为他韬光养晦，善于培养和笼络人才，等他去世后，司马集团羽翼丰满，最终历史走向"三国归晋"的结局。可以说，司马懿是这场历史的总导演。

总之，从《三国演义》中，我们可以得到启发，办事要有全局观念，要重视培养和锻炼人才。

2010年5月4日

巧借"他山石"

元好问诗，今存一千三百八十一首，题材丰富，内容多样，他的诗歌受到历代文人墨客的高度评价。读遗山诗，仿佛置身于优美的自然风景中，仿佛步入金元衣食无着的环境里。自然美景使人陶醉，战火纷飞让人忧惧。

遗山先生诗作之所以有如此的艺术效果，是因为先生博学深思，学习前人的创作精髓，创造性地运用前人经验。在语言方面，遗山先生更善于借鉴前人的语言表达技巧，灵活运用，达到出神入化的境界。巧借前人的诗句入诗，信手拈来，变化万千。

巧借前人的诗句入诗，遗山先生采用的方法很多。有直接袭用的，有将前人诗句改动一字用的，有加一字或减一字用的，还有用前人句注明出处的，还有连用两家以上的。更有一种是变化使用，另创新意，则面目纷呈。由于裁剪得体，为己所用，不知为前人的诗句。

如《铜川与仁卿饮》中的"诗卷长流天地间"，《歧阳三首》之二中的"十年戎马暗秦京"，《晨起》中的"多病所需无药物"，《寄杨正卿弟》中的"东阁官梅动诗兴"都是直接借用杜甫的诗句；《诗书山雪中》中的"主人奉觞客长寿"用李贺《致酒行》原句；《淮右》中的"细水浮花归别涧，断云含雨入孤村"用韩偓原句。据粗略统计，元诗所袭用的前人诗句超过六十句之多，袭用范围从古诗一直到金初诗人的句子，其中以陶渊明、杜甫二家最多，可见元好问对陶、杜是推崇备至的。

又如《自题〈中州集〉后五首》之四："文章得失寸心知，千古朱弦属于期，恨杀溪南辛老子，相从何止十年迟"，首句借用杜甫"文章千古事，得失寸心知"，末句用苏轼《次荆公韵四绝》"从公已觉十年迟"句意。这样信手拈来，自成一家之诗言，实在是巧之又巧，与一般的抄袭大相异趣。

正因为元好问勤于学习前人，善于学习前人，才使他的诗作流传后世，经久不衰，被后人评为"集先人之大成"，名冠金元一代的伟大诗人。他的学习精神和创作思想，是家乡后学的人生楷模。

大美忻州赋

　　大美忻州，考文可证：文跻九原，雅出秀容。九原秀容，忻州仙境，双流合抱，果香谷丰。龙岗宝地，九峰峥嵘，祥云常绕，紫气自东。南有石岭晴岚呵护，北有忻口古隘水兴；东有云中河、牧马河哺育，西有双乳山出岫，陀螺灵石不老松。至于传说，白胡老者，心知肚明，出口成章。古晋阳湖碧波荡漾，自生奇石异洞；禹王爷系舟治水山有名，仙居深邃溶岩洞。汉高祖平城突围，至谷口"忻"喜，口以忻名，城借忻荣。尉迟恭隘口驻兵，神鞭开启金山洞，故事曲折，至孝自警。陀罗山文殊显灵，龟蛇石镇压黄龙；康熙爷愁缘生梦，马头村姑美眷修庄院，题字留证。

　　载美忻州，沃土古迹衍生，故事延承；卧牛灵孕古城，传奇扬名。向阳村遗址，新石器石斧瓦陶敬摆博物馆，独担山下，牧马河畔，遗古碑为证。伞盖寺无梁殿，寺以伞盖青松留名，松以庙宇香火尊崇。古雅铁梁桥盛唐建造，龙柱狮桩威武，"泉涌灵岩漱石浮"。至若忻州秀景幸遇有识县令，欲筑城池至诚，感动系舟山神，借神牛显灵，牛角锃亮身卧池，启发县令智明，城池龙岗坡动土成功。东有牛邀（叫），西有牛尾庄，村载牛名；牧马河出土，程婴祠石牛做实证。

忻州古城，东汉至今，一千八百年文明。历经三展而规整，城门四座而恢宏。嘉靖知州周梦彩，万历巡抚魏允贞、知州张尧行，两次展城，功在大明；同治知州戈济荣，三展忻州城，繁荣于圆明园被焚，城固隐耻于国痛。新时代共产党百年大庆，国运昌隆，四次修缮，恢复古城旧貌，创新于十四县区淳朴民风。城门城墙公路环绕，彻夜辉映彩灯；楹联文字凝秀，书法苍劲融动。南北街石条厚重，举步从容；店铺星罗棋布，县区风味情浓。崇云阁因赏月又名明月楼，入夜"貂蝉"舞袖，人造月亮宝光玉容。草市巷、打磨巷，古宅苍老，砖雕木构，依稀有商贾尊弘；泰山庙、财神庙葺复旧基旧貌，钟鼓戏台犹现老城遗风。

街巷小吃，馋坏老翁幼童，吸引靓妆说爱谈情；秀容巷杂耍艺人竞秀，古雅装饰融融，招揽四海贤才俊达争雄，五湖骚客画家访景。秀容书院，借白鹤观之灵气，兴州教育之新风；融文昌祠之雅慧，赐州学子以前程。碑记鲁潢知州之高见，山长院留忻州贤达之遗踪。高低错落，四合院楸槐气茂，松柏常青；拾级而上，诸学子步步登高，学养修成。仪门励志联写意联，雅美境界；亭阁雕彩柱绘彩檐，眺远气清。书院古，学堂兴，人才辈出，史志留名。民做主，学校变，师范中学，百姓龙腾。新时代，完成使命，旅游胜地，招揽四海宾朋；瞻古迹，追文宗，诗赋抒发心声。赏美景，悦视听，北路腔，二人台，地方戏异彩纷呈。书法绘画，名家笔墨舞凤龙；琴棋鼓筝，艺术天地展民情。穿越有古装，飞梦入苍穹。人说山西好风光，秀容书院浓缩影。忻州品牌，古城晋北明珠，书院地方博雅展示厅。古今交汇儒道境，乾坤橱窗满目秀容情。老学子故地重游，感慨万千；新毓秀觅景幡悟，醉痴鼎铭。魂飞霄外，魄留阁亭。月圆月缺美无憾，风雨鸟声共和鸣。忧乐家国事，境界更高明。

　　忻州聚宝盆，载美"忻"舟扬帆跟党走，高唱《东方红》。大美忻州，载美"忻"舟，高速路四通八达，百姓安居脱贫赴新程。云中河四桥雅美竞秀，春季花草吐香，夏日鱼鸭戏水，秋月映水澄明，冬雪覆盖河冰。夜景路灯辉映，两岸行人面带春风。放眼四境，胸怀畅通。五台山霞光东升，九曲黄河老牛湾喜迎长城，河曲西口古渡夕阳映霞虹。昔日三关有晋北锁钥江山秀；如今，大境界忻定原合唱新联城。载美"忻"舟，是大禹治水之古舟，是黄河走西口扁舟，更是中共起航之新舟。载美"忻"舟，融入中华红船锦绣前程，奔向中华民族百年富强文明梦，开创一个又一个红色征程。唱起黄河号子，敲起威风锣鼓，吹起秧歌调子，创造幸福光景，掌舵，有北斗导航，入海洋捉鳌，采月畅游星空。

北肖村简志

北肖村位于忻州老城东北5公里处。东至西楼2.5公里，南邻南肖1.5公里，西邻后郝0.5公里，北至符村2.5公里。隶属东楼乡政府管辖。

北肖现实有农耕地两千多亩，属牧马河北洪干渠末，位于盆地低洼处，地势平坦。原来多为盐碱地，后来北肖村民在农业学大寨时偕同邻村村民挖了牧北总排水渠，又多年平田整地，现在土壤改良，适宜种高粱、玉米等作物，现在种高粱的人家渐少。经济作物以辣椒、西瓜为主。

相传唐时南肖村叫萧村。以后为了耕作方便，部分萧村人向北迁移至此处居住，依浇地大渠而建，故名北萧村，后演变为北肖村，迄今近八百年历史。如今南北二肖村，李氏同宗同祖，可见此话不虚。

另传说，元末明初，常遇春抄杀秀容县，北肖村百姓多被杀，只留村北大水道中藏匿的解姓两三人幸存。可见解姓当为北肖村最早的居民。解姓疑似萧姓误改。

北肖村一直为依渠而建的村庄，一条大渠从西南向东北后改向北流去，外村人称五村渠或七村渠，北肖村民把此渠当作车马人畜通行的道路，称为斜山道。清末民国时因为"渠道之争"打官司，后州衙县衙同情弱小，怕北肖村民无法安居断北肖村赢，并立石碑作证。1949年后该碑还立在通往卢家窑村的马路旁。1949年后，该渠改走村西，现在西渠因废弃而填平改道。

北肖村现在有近一千五百人。村民以张、李姓为主，杂有杨、郭、赵、郝、董、解、孙、石、刘等姓氏。张姓现仍有电子版《张门家谱》传世，已传至十三世，从第一世名"大金"，明朝时从朔州马邑迁居北肖村。除世居北肖村的村民外，也有从忻府区偏远山区及其他县迁移来的人口。

在民国十二年（1923）阎锡山修太原至河边的铁路时，铁路穿过北肖村北街道，导致北肖村北几十户人家迁居五台等地，尤其是石姓48户人家迁居在外。村北的五道庙移至村西南村口。至今铁路北面还有五道爷道可做佐证。

北肖村现在全村基本改造一新，街道全为水泥硬化路面，自来水由水塔供应。主要街道有路灯，专门有供村民文化娱乐、健身活动和泊车的广场。

北肖村村镇建设用地位于北同蒲铁路以东，东临东外环路，北靠忻州——河边铁路、忻阜公路，属于《忻州市城东片控制性详细规划》范围内。按照正在编制的《忻州市城中改造专项规划》，北肖村已划入城中村，属于远期改造村。

北肖村一直重视基础教育，张树文、曹惠莲夫妇，孙鸿谋先生是北肖基础教育的先驱，后来有石旭贵、董春花、崔招弟、郭全先、董计银等老师，为北肖的文化教育曾做出不可磨灭的贡献。如今，由于交通便利，村民观念更新，村民们上学不在本村。北肖小学校舍一新，基本上无学生。北肖村民从幼儿园到初中多到后郝村或城区中小学上学。

北肖村村落不大，人才辈出。

北肖村曾建有文昌庙、龙王庙、五爷庙、张家宗祠等，富丽堂皇、高雅精致，先后于"文革"、村建中尽毁。

心乡

年过五旬，总有些恋乡情结，总想在田野里寻找家乡的田园美景。

我的家乡北肖村在现在忻州市忻府区东边，离老城十里，现在已经纳入忻州东外环公路区域内。

夏日，渠堰土坡长满葱绿野草，偶尔开几朵蓝色、白色、紫色小花，幽香入鼻，也是一种享受。花草间有蜂蝶飞舞，蟋蟀欢跳嬉戏，蝉在密树繁草间长鸣，可爱的鸟雀飞起飞落，让人耳濡目染，心摇神荡。这里，我们剜草摘花，追蝶捕蜂，与蛐蛐儿捉迷藏。

如今，我往日的村庄已经大变样。泥泞坎坷的土路消失了，柏油公路可以通向忻州市各个村乡，可以通向省城太原，可以穿过五台山，走出雁门关，可以通向首都北京，通向祖国的四面八方。低矮破旧的土屋土院不见了，一排排崭新的砖瓦房，一家又一家漂亮的小二楼别墅，水暖电一体化，家电时换时新，让人感到农村城市化的步伐之神速。

我梦幻中远去的沟渠填平了，看不到鱼虾游荡，听不到蛙鸣，很少见鹰翔。小孩子都被坚固的围墙包围，家里的电视、电脑、手机疲劳了身心，遮住了明亮的心窗。吃不完的零食、喝不完的饮料、看不完的影视剧、玩不够的电子游戏……小孩子失去风雨的洗礼、霜雪的历练、泥土的滋润，失去了对家乡的眷恋，炊烟、鸡鸣、牛羊满圈只能是书画中、影视中看到的美景。

人，在得失中迷失自我，在醒醉间寻找自我，在生活中寻找梦境，在梦境中寻找朴实纯真！

春的遐想

从沉寂的山谷口，从静立的杨柳枝头，慈祥的春风驱逐着冰寒，抚摸着干枯的野草，在春鸟的呼唤声里，带着春神的使命，姗姗而来。

面对这迷人的春色，不免被这盎然春意所感染，人们都想抒发胸中的无限感慨。

稚气的孩童吹起悦耳的柳笛，捕捉依恋春花的彩蝶，拨弄着鲜嫩嫩的春芽，寻找春天的顽皮。

多情的少男少女挽着手臂，漫步在绿茵茵的田野。清清的小溪，摄下他们依偎的倩影；依依的杨柳，映衬着他们甜蜜的笑容。他们在寻觅大自然爱的真谛。

孤独的老人围坐在敞亮的屋檐下，享受着春日的温暖，注目着成群的大雁漫过辽阔的蓝天。他们想回味曾经拥有的欢欣和乐趣。

啊，多姿的春天，更是多思的春天！

满足于现状的人，愿春天永驻人间。着眼于未来的人，珍惜着春天，编织着春天。

悲观厌世的人感到春天来也匆匆，去也匆匆。生活充实、正视现实的人，从消融的积冰上，也能感受到春光的信息。

瞧，茫茫的春雨滋润了田野，滋润了农人们充满希望的田野，滋润了每个欣赏春景、拥抱春机的人。

愿春雨能滋润世界上每个绿色的生命，滋润每个萌发希望的生命。

劳碌度平生

——回忆我的父亲

庚辰年七月初二，慈祥、善良、劳苦功高的父亲猝然病逝。噩耗传来，亲人们心撕胆裂、肝肠寸断，呼天有泪，落地有声，哀鸣九转。

父亲的一生，是在黄土地上耕耘的一生。早在他十三岁，祖父因感染风寒而早逝，父亲便担负起支撑门户的重任。从那时起，他便与土地结下了不解之缘。在他心中，土地是他生命的依托，无论时代怎样变化，土地姓公姓私，他都背负青天，面朝黄土，冬夏春秋，起早贪黑，在土地上耕种收获。作为全村的种田能手，耕地、耧种、锄田、收获，他心中有一本厚重的种地经。他一生眷恋着生他养他劳他累他的土地，直到生命结束的前一天下午，他还在村南菜地里整理菜畦。

父亲的一生，是苦难深重的一生。他未见过祖父，九岁丧祖母，十三岁丧父，十六岁赶着牛车应差，挨过日本人的皮鞭，遭过阎匪军的狠揍。因种地不足以养家，到山西省崞县同川镇驮过梨果，到太原卖过榆皮。几十里、几百里坎坷路，全凭两条疲惫双腿来回奔波，两头不见日头。可怜他为人憨厚老实，自然赚不了几个辛苦钱。

他对种地有乐趣，但更多的是苦头。早起晚回家，风来顶败风，雨来顶败雨，苦处有多大，头顶的蓝天知晓，脚下的黄土知晓。

对他打击最大的，还是1970年母亲遇事，五个孩子，除大女儿出嫁外，大的才十三岁，小的刚过满月。多亏有六十四岁的祖母为他分忧解愁，打里照外。谁承想，1975年祖母积劳成疾，离开人世，致使父亲大病一场。

随着母亲的回归，子女们长大成人，父亲也曾有过舒心的日子。老夫妻相敬相爱，日夜苦乐相伴，儿女们你来我往，亲人们你探我望，天伦之乐自在不言中。

父亲的一生，也曾有过属于自己的辉煌。在他担任村干部期间，身先士卒，劳动带头；能顾全大局，公字当头；从不强迫命令，以权压人；爱惜粮食，颗粒归仓；培养能手，从不偏心，使一批又一批年轻人成为那时的种田行家。

他为人耿直，乐于助人，曾为不少人家操办过红白喜事。他还是村里的泥瓦匠、纸匠，为不少人家盘过锅灶、盖过房、打过纸幔……

父亲，您辛勤耕耘的土地果实累累，记录着您生前的辛劳；您患难与共的儿女瞻仰您的遗像，还想听您讲些趣闻逸事；您的父老乡亲仍在谈论着您的过去，称赞着您的为人……

红高粱，金玉米

红高粱，是父亲生前的最爱，是父亲苦涩多难人生坚实的根本。生，与高粱同起同卧；死，与高粱唇齿相依。红高粱，是与父亲心脉相连的命根。

金玉米，是母亲顽强生命的印证，是母亲顶风冒雨、灾难连连的象征。生，有玉米供食，毫无怨言；死，有玉米乘凉，自觉满足。金玉米，是与母亲灵魂对话的载体。

红高粱，有挺直的腰杆，耐旱的根基，深红的脸膛，这正是父亲真实的形象；金玉米，长长的根须深扎于贫瘠的土地，茁壮的腰杆结满整齐密集的果实，再重的负担也压不垮耐劳的气力，这正是我对母亲原生的记忆。

父母是黄土地上结成的夫妻。黄土地上相逢，由媒妁之言高堂同意，黄土地上迎娶，黄土地上生儿育女，黄土地上创造属于自己的奇迹。就好像红高粱和金玉米，眷恋着生养他们、劳累他们，和他们生死相依的黄土地。

家乡的黄土地贫瘠，连耐旱的红高粱也很难成活。父亲从十三岁开始，至七十岁去世前一天，五十七年如一日，耕耘着自己热爱的土地，创造着自己辉煌的业绩。无论平整的土地，还是坑坑洼洼的土地；无论风调雨顺，还是旱涝不均，他都能摸清红高粱生命的脾性，苗全苗旺，茁壮成长，总能收获丰收的希望。

红高粱和父亲心心相印，品性相融，父亲的鲜血也如高粱珍珠般的果实光亮鲜红。父亲劳作高粱地，连呼吸都那么融洽、匀洽。可以说，父亲与红高粱同根同命。

金玉米是从外乡引进的品种，和母亲的生活经历相同。母亲自打进了我家门，就对金玉米情有独钟。喜欢用玉米叶秆、玉米阔大的薄皮生火做饭暖炕，喜欢吃玉米面做成的粗细食品。母亲的血液里储存的能量，大半来自玉米的滋养。

更有甚者，母亲的灵巧智慧也有不少是玉米给予的。用玉米秆围成院中可爱的篱笆，用以种菜、拦堵禽畜的捣害，可以说是母亲拿手的艺术品。用玉米柔韧的苞谷皮扭成厚墩墩的蒲团，是母亲给全家制成的好坐垫，更是增进亲情、友情朴实的好礼品。人们坐上它，夏天享受枣树下的阴凉，冬天沐浴暖阳的温暖，过年时更是亲人敬跪神灵、祖先和老辈的莲台。

红高粱和金玉米对土地有深深的眷恋之情，是他们共有的品性。而高粱玉米轮种的智慧，是他们合作友谊爱情的结晶。只有这样，高粱玉米才能生生不息，共同应对土地的贫瘠，共同改造生命的贫瘠。父母就像他们一样，共同面对苦难，共同养育子女，共同闯过天地设置的难关。

红高粱和金玉米好比我的父母，是天造地设的绝配。如今，父母双双回归泥土，然而，子女们怎能忘记。

父母长眠的地方，依傍的除了高大的杨柳，柔软的野草，更多的是成片成片的红高粱、金玉米。父母与高粱玉米融为一体，成为永恒的自然，成为自然风景的壮美。

有意思的是，年轻时我吃饭奸馋。我时不时喜欢吃高粱面食，讨厌吃玉米食物。如今，白面大米每天有，鸡鸭鱼肉随时吃，吃着也觉得再平常不过，居然回味起幼年时的高粱玉米面食来，时不时让老妻为我改善生活。高粱面鱼鱼、高粱榆皮面、高粱面窝窝、高粱面饸饹面，玉米面糊糊、玉米面饼、玉米榆皮面。高粱玉米食品配上酸菜山药蛋，配上西红柿炒鸡蛋，配上蒜拌苦菜，品起来，各是各的味，感到那丰盛比满汉全席都好，香在口里，美在心里！

　　当然，品味高粱玉米，我往往眼含热泪，心里思念我入土长眠的父母。

父亲与我的童年

人生中的许多往事留在脑海，印迹往往很容易擦掉。然而，刻骨铭心的童年记忆，尤其是牵肠挂肚的苦痛，总会留下深深的烙印，历久弥新。父亲于我，那种如影随形般不灭的灵魂，就是一种割舍不下的亲情挚爱。

记忆第一幕，当是冬季的夜晚，月亮几乎是见不到的，天空黑得怕人。后来与亲人交流，当时正是我大姥爷出殡后，一家人从北关回北肖的时候。从城里出来的一段路宽而平坦，路上也有路灯。不知从哪里开始，就是坑坑洼洼的土路。姐姐哥哥在前面已经走远了，落在后面的是爹妈和我。爸爸骑着一辆自行车，在平路上还可以走，却不会带人，在坑坑洼洼的土路上就只好推着走了。天真冷，爸爸的自行车，我坐着感到冰凉冰凉的，十里多的坎坷路，妈妈哭丧着脸，拖着疲惫的身体，一路抱着我，走一走，就找个桥墩坐着歇一歇。经推算，我当时才四虚岁。

记忆第二幕，我骑在爸爸的肩膀上，看《列宁在一九一八》电影。我们村北靠近太原到阎锡山家乡河边村的铁路。当时，村北铁路边还设置北肖养路工区。铁路上，巡回为工区工人演电影，村里人跟着沾光。记忆中，第一场电影就是在爸爸肩上看完的。

记忆第三幕，坐在热炕上，或躺在被窝里听爸爸给我讲故事。爸爸讲故事，往往在农闲时，或过节时候。当我考试考好后领回奖品时，是爸爸最想讲故事的时间，这也是爸爸对我的一种奖赏。讲的故事，多是老辈人口口相传下来的。原平寇五子背鼓的故事，忻州宋丑子捣鬼的故事，尉迟恭神鞭打开金山的故事，母人熊与端午节的传说，这些故事沾着家乡浓郁的乡土气息，都是那时候最先从爸爸那里听来的。爸爸讲故事，虽没有讲评书的演员绘声绘色、有头有尾，但他讲得也很认真，往往喜形于色、怒形于色，让我心中有爱憎，我百听不厌，总是问个没完没了。

爸爸文化不高，能认识几个字，但不会写。能背一首诗《一去二三里》，能背《三字经·人之初》，但我并不嫌弃他。我一有时间，就缠着爸爸背诵给我听，我边听边对应着学汉字，尤其是上了小学后，我基本上能把爸爸背的诗对上对应的汉字。我把字讲给爸爸听时，爸爸睁大眼睛，夸我有两下子。

记忆第四幕，是陪爸爸在饲养院切草的故事。那时，我还没有上学，当时村里也没有幼儿园。爸爸切草，在冬春农闲时节。爸爸先后跟玉根伯伯、银卯叔叔搭档，爸爸负责整送玉米秆，谷子秸秆，玉根伯伯、银卯叔叔负责用切草刀轧草。在生产队里，爸爸整送切成的草料不长不短，马、牛、驴、骡这些牲口肯吃，冬春养得膘肥体壮，这是一般人做不到的。我在这段时间基本上坐在草堆旁，边看他们干活，边听他们讲话，还不时寻找挂在玉米秆、谷秸上的绿豆荚、茳豆荚、小豆荚等。每天收获的豆类，剥下来带回去，煮上豆子粥喝，那才真叫香呢。

记忆第五幕，我拾粪，爸爸接我回家的那个端午节。那天，其他拾粪的孩子为过节日早早回家了，我却想到这是拾粪的好时候。路上的牛粪、马粪多得拾也拾不完。我送到生产队饲养院两趟后，又跑到村北公路西边很远的地方去。

一头汗接着一头汗，擦也擦不完；一身汗又一身汗，流着身体通畅，腿软腰酸。我拾满一箩头粪，才感到太阳即将落山。我只好恋恋不舍地往回走。挎箩头的胳膊总是不听使唤，路旁的庄稼也长得高过我腿根部了，在风吹下发出声响。因为害怕，我走进路旁的深渠里，累得实在走不动，坐在沙土上歇一歇，总希望有人帮我提这沉重的粪箩头。

天上的弯月露出洁白的牙齿，向我送来甜甜的微笑。

终于，我听到熟悉的声音，看到熟悉的疲惫身影越走越近，从檀村桥那边向我走来。爸爸，就是爸爸，是爸爸接我来了。

爸爸见到我，他又是高兴，又是生气，问我为啥不早早回家。我把我的想法、我的发现、我的收获一股脑告诉给爸爸时，爸爸沉默了。

回到家，一家人还没有吃粽子，都等着我。奶奶从来没有今天这样发脾气，她说话比平时高，比平时快，还喘着气。她说："汽路上到处是汽车，万一汽车不长眼睛，二苟万一有个三长两短……"还没有说完，她的眼泪止不住从满是皱纹的眼角流出来了。

从那以后，奶奶和爸爸商量，再也不让我拾粪了。

童年记忆中往往有很多难解的情结，往往有模糊不清的图画，往往牵人步入人生的新殿堂。随着情结解开，随着画面清晰，随着经历青春的洗礼、家庭的变故，头顶爬满丝丝白发，额上刻下几多褶皱，这时的记忆才更显得难以割舍。想回味，泪满心头；想品尝，五味杂陈；想穿越，须多喝几杯水。傍晚多徘徊公园，夜里在被窝里翻身无数，眼睛才在疲惫中渐入梦境。

　　梦中，我好想再见到父亲，听他朴实的叮咛，看他始终不改的微笑，再次看到他摇耧耕种、提锹浇水、弯腰捆葱、持镰收割高粱玉米；那太阳下的火红，秋天里的金黄，是父亲一生绘制的丰收图画。汗水、泪水为墨，犁、耧、锹、镰为笔，他的牛与马，他的生产队的社员是他图画的合作者和赏识者……

2020年4月1日初稿

2022年11月7日二稿

两位裹脚女"神"

我从求学期间就耕耘自己文学的土地，那田地由狭小而辽阔，由贫瘠而肥沃，由单一而丰富多彩，到如今，苗木繁盛，花奇果硕，自感欣慰。

心田中，珍存着两位裹脚女"神"的幽雅芳香，虽然提起倍感伤心，但又舍不得抛入遗忘的空间。每每想起，同情她俩的不幸，敬重她俩的人品。好想让她俩再生，我便能敬上一份孝心，再次与她们相依相伴，诉说我对她俩的歉疚之情、感恩之心。好想——好想——再聆听她俩亲切的呼唤、严厉的训话，与人说话时能坦然面对灾难的开朗笑声……

两位裹脚女"神"，一位是伶仃小脚，一位是粗壮笨脚，可却都勤劳善良、善于持家。

伶仃小脚女人美丽端庄，浓眉秀眼，嫁给一位种地为生、比她大十岁的农民为妻。家中虽不甚富裕，但所收粮食还略有节余。夫唱妇随，育有一男二女，生活虽苦，但也乐在其中。

然而，命运之神总不让你太舒心，赐你灾难，把你捉弄。1942年，正是抗战白热化时期，百姓流离失所，田地几近荒芜，四处传播着伤寒瘟疫，村落中人十有八九染此重病。她丈夫也难逃此厄运。因生活所迫，需要到田中劳动，忍不得饥饿的煎熬，染伤寒又饱食一顿，犯了病中大忌，硬生生的汉子便直挺挺倒下去，再也站不起来，家中顶梁柱就此折断。伶仃女人便三十七岁守寡，十三岁、个子矮小的儿子挑起这个家，与两个小妹成了苦命儿女。

粗壮笨脚女人体格健壮，因父亲在忻州城帮工，有幸嫁给北关体面人家。齐整的四合院，讲究的摆设，本也光景好过。然而，在那动乱年月，战争不断，货币贬值，纺纱工人工作量不断加码，收入却不见长。丈夫为多赚工钱，拼命干活，单薄的身体如何担得起沉重的劳动。这时好吃懒做、沾染毒的兄长，又偷偷把齐楚的四合院卖出去。心强的丈夫雪上加霜，最终染上当时无法医治的痨病，二十几岁就撒手而去。可怜，撇下粗壮笨脚女人和三岁的闺女。笨脚女人年仅二十四岁便成寡妇。

后来，粗壮笨脚女人迫于生计，在众人劝解下改嫁。城中妇女见多识广，找了个郎中。郎中在城中有医堂，凭独门医术养家，有的是活钱，光景还算好过。谁承想，频频战争，灾难降临，生活中再次遇不幸。

先是药堂遭到炮击，一颗炮弹不长眼打到药堂药柜上，一场大火，将药堂药材、药柜烧了个精光。虽然未伤人，但行医人的根据地化为灰烬，好好地烧了行医人的命根子。丈夫像蔫了的高粱回到家，长时间闷闷不乐，抽闷烟，急火攻心，瞬间断了气。只可怜笨脚女人四十岁出头再度守寡，女儿刚刚出嫁，只带着年龄尚小的俩儿子艰难度日。

两位女人娘家同村，又是同龄人，后来又聚到同一个小村庄。同样的遭际，一样的不幸，见面总有说不完的话，诉不完的苦，时间长了便成了知己。

　　因为常来常往，难免要提到儿女。伶仃女人的儿子与粗壮笨脚女人的闺女同龄，也曾见过面，她俩觉得这俩孩子该成家了，又门当户对，一说合便成了亲家。命运之神便把她俩紧紧捆在一起。

　　她俩的这对儿女成了夫妻，开始了苦难的新旅程，整日面朝黄土，背负青天，耕耘着脚下苦涩的土地。随着岁月的流逝，开始生儿育女。我就幸运地走入这个家庭，幸运地感受着这两位裹脚女"神"的温馨呵护。这两位女人，便成了我的祖母和外祖母。

　　两位裹脚女"神"为我们流淌的血汗有多少？天知道，地知道，孙辈们更是刻骨铭心。在我的记忆长河里，时刻荡起两朵美丽的涟漪，算是送给她俩的祭奠花环吧。

　　小学一年级时，因为自己体弱，蹲在一个便坑起不来，小伙伴们也顾不上臭气熏天，围了一圈又一圈，欣赏我的蹲姿。祖母看到我时，一句话也没说，用她那瘦弱的身躯背我回家，用家乡的土办法，帮我脱离了痛苦的折磨，解除了我被人围观的尴尬。我忘不了祖母背着我走路艰难的伶仃小脚。

　　幼年时，每逢秋收后，我和外祖母常常一起去生产队场面剥玉米。剥下玉米归生产队，玉米棒上的皮可用于冬天做饭取暖。我身体瘦小，剥下的玉米皮老是背不回家。外祖母好多次用她那宽大而弯弓的臂膀，迈着粗壮笨大的脚步，蹒跚中背着玉米皮帮我送回家去。那高大而又高度弯驼的背影令我终生难忘。

　　这两位老人留给我们的是勤劳、节俭、善良，能坦然面对灾难的精神。只可惜，她俩因身背沉重的生活负担和精神负担，过早地离开我们。她俩没有吃过一顿体面讲究的饭，没有享受过一天安稳的日子。我想为她俩"捶捶后背揉揉肩",可惜那只是写入歌曲的梦想。

她俩是生长在冬季傲雪报春的红梅,送给我们温暖和美好的生活,却在春天到来时含笑九泉。

虽然生已无缘,还有梦在,梦中相聚也是缘。这两位裹脚女"神"在我梦中殿堂陈列着,成为我记忆中的两座丰碑。每逢佳节,吃着香甜可口的饭菜,便在心中祭奠,默念她俩登上天堂,点燃不熄的心香!

我敬爱的祖母。彭全芳,生于1907年10月10日,农历岁次丁未年(光绪三十三年)九月初四辰时,忻县(今忻府区)前郝村人。卒于1976年3月17日,农历岁次丙辰年二月十七日丑时。

我敬爱的外祖母。马玉芳,1909年3月15日,农历岁次己酉年二月二十四日生于忻县(今忻府区)前郝村;卒于1991年3月2日,农历岁次辛未年正月十六日。

同胞姐弟情

也许是缘分，我俩生在同一家庭；也许是情深，我俩悲喜连心，命运相通。

您长我八岁，当我出生时，您本该上学读书，您却因为我委屈家中，一是因为家中贫困，二是我需要您相伴才成。

我学会走路了，学会说话了，又成了您的跟屁虫。您上学，舍不得丢下我，背我进教室，我两岁就成了特殊学生。我从小喜欢听琅琅的读书声，每当听到它，好比欣赏婉转的鸟叫，美妙的琴音。

您只进了三年校门，学习一直很好。因为家中又添一人，您被迫丢下课本，拿起牧羊鞭，在田间草丛为三妹放羊。我也跟着您，享受大自然的美景。风在唱歌，草在舞蹈，我和羊群成了您淘气的士兵。

三妹断奶了，我进学堂了，您却做了未成年的社员一名。回到家中，您还教我认字、数数，直到我字认得多了，学的数字变大了，您因为文化有限，只好光荣下岗了。

尽管如此，我读书仍然得到您的关心和支持。每当家里人让我做家务时，您总是代劳，给我腾出点滴时间，我读书安心，其乐融融。

我读书，衣服破了不管，脏了不知。是您，硬是帮我补补丁，拉着换下衣服替我洗洗涮涮。

我文化深了，初三走进社办初中。是您，给我送饭，给我鼓励。病了给我送药，冷了给我送衣。您是我的后勤部部长。

我读书如痴如醉，也赶上了好机会。初中毕业，师范正好招生，我有幸考中，这意味着我将彻底跨出农门。我的成功，有您的功劳在其中；我考中，您为我高兴，我看到您从来没有这么美丽灿烂的笑容。

我上师范了，开始教书了。因为我教书有点苦，您也依然忘不了再帮忙。姐夫和您在社会上善于处事，在城里找了份好差事。因为你俩的帮忙，我才走进高中教书，个人的才学才得以施展。

我未成家，上班离您家很近，您家成了我吃住的美好家园。您有耐心，姐夫有涵养，我的学业、事业在你俩的帮助下终于大放光芒。

成家，集资房，少不了您给予的精神上的安慰，经济上的帮忙。

好心终有好报。如今，您也光荣退休，姐夫对您一直很体贴。孩子们相继长大，学有专长，找工作的找工作，成家的成家。我想，您的晚年一定会心情舒畅，幸福绵长。

姐，我俩是一棵藤上的两个瓜，苦甜相连；我俩是一条河中的两只鸭，冷暖相惜；我俩是一棵树上同栖的两只鸟，同声相和，声声相知。

今生情，永难忘，愿我们来生有缘。

2010年6月2日一稿
2017年8月2日二稿

蜂事

　　家住开发区桃李苑，学校教工宿舍有两栋六层高雅楼房。我住南楼，五层，断桥夹层玻璃窗户，三室两厅一卫，一家四口居住，宽敞有余，供水、供电、供气、供暖，冬暖夏凉，怡然雅居。闲暇时，坐卧随心，看看书，写几首小诗，发在文学、文化朋友圈，点赞者、美评者众多，何其美哉。暑假里，倚南窗，窗外逶迤南山向东南远去，古雅老城已经被一栋又一栋十几层高楼挡住，实为遗憾。伫立北窗口，小院中，月季红粉斗艳，木槿逸枝飘来雅香，怡人耳目，诗意盎然。

　　小儿淘气，写作业时而认真、时而马虎，字写得难叫人观瞧。关于字写得东倒西歪，他的语文老师一再提醒，也曾让他跟着书法老师练习，还是效果甚微，我看在眼里，急在心上。不过，儿子并不是一无是处。他脑子好使，做数学题往往笔下有神，应用题、巧算题总有新奇做法。朗诵文章满口普通话，京腔京味，读起来童声绕耳，讨人喜欢听，得到语文老师的多次夸赞。背诵古典诗文，往往三遍已知大概，五次诵读生情，那个本事，让他姐羡慕不已。

　　昨天中午，我正睡午觉，小儿在手提电脑上看动画电影，偶然发现阳台外背阴角落有一处风景，惊得他招呼我一同抬头观望。不算太大也不算太小、近乎球状的蜂窝吊在檐角处，十几只细腰蜂簇拥着扒在倒过来的蜂窝顶端，头上触角一晃一晃不停地动，振翅欲飞。

我为小儿的发现而高兴，迅即拿起手机，准备拍照。谁知儿子逞能，抢在手中。儿子颤抖的手平稳后，拍下几张或清晰或模糊的照片，经过筛选，存入照片库，并写下文字，作为对儿子发现的奖赏。

每逢轻捷的细腰蜂在阳台上落脚，或作窠或憩息，我静静观赏，凝神发呆，心空升起插翅的时空奇鸟儿，载我悠然飞向逝去的童年乐园。

春末，缤纷灿烂、馨香入鼻的花草间，我追逐白、黄、黑、花斗艳采花的蝴蝶，捕捉沾满花蕊酿造生活的蜜蜂。入夏近伏时，村中的井台小池边，村外浇地的池沟边，捕捉汲水衔泥的细腰蜂或蜜蜂，轻挤蜂尾毒刺，系线牵着蜂儿，瞧着蜂儿带线沉重地飞翔。

玩蜂最久的，是入秋后的白露时节，将近半月二十天，榆树槐树粗壮的身干上，架电线的木杆水泥杆上，房檐椽头，成群结队的红牛马蜂、白头蜂儿（又叫白露）在热辣辣的阳光中飞起落下，晾晒自己的娇小身躯。这时候，正是放学的中午，三三两两的男孩女孩，有的围着榆树仰望，有的手拿着长木杆轻轻敲打、捕捉无毒刺的白头子蜂儿。胆子壮的孩子攀梯上房，爬在屋檐檩头或椽头，瞄准暗黑红的白头蜂，迅速一落，轻轻一扣，装入有细孔瓶盖的瓶中，看蜂儿活动，听蜂儿歌唱。白头蜂成了孩童们的玩伴。

孩童们不怕脏了手，不怕伤了脚、蹭破皮，在毒辣辣的骄阳下，汗水从头上流了一脸，用满是土的衣袖一抹一擦，变成了大花脸，相互一瞧，笑得前仰后合，赶紧跑到就近的人家洗一把脸，继续乐此不疲，饿着肚子也乐呵、开心。

最悲伤的，莫过于被蜂蜇后的狼狈时候。春末，被蜜蜂蜇一下还好处理，肥皂水一洗，或碱面子一抹，一个时辰，中午睡一觉后，肿红即散去。细腰蜂不轻易蜇人，一旦蜇了以后，那个疼劲真让人吃不消，不过劲过了，肥皂水或碱面子也能消毒散肿。最可恼的是，秋后白露时节，中午被红牛马蜂蜇了以后的痛苦，我是深有体会的。

记得那时奶奶还活着，我上小学三年级。也是白露时节，那天真不走运，白头蜂少得可怜，我爬在屋檐左瞅右瞅，瞧不见暗黑红色的白头蜂儿。也许太累眼花了，也许盼望心切，脑中产生了幻觉，居然，一对蜂儿落在檩头上。我出神地望着，伸出满是尘灰的小手，一扣，两只蜂儿被我扣住了。谁知手心一疼，下意识地张开手，一只蜂儿冲上我眉心，只一碰，就疼得我几乎从房上摔下去。

手心的疼不怕，怕的是眉眼肿得几乎让我睁不开眼。接下来，一星期七个难熬的日子，待在家中，每天让奶奶用肥皂水轻轻擦抹脸颊，坐在我身旁，用平时从来没有的严肃口气问我："看你还敢不敢疯扑？"我笑了笑，没有说话。当然，这七天是感受奶奶呵护的温馨七天，我好怀念她老人家。

奶奶对我特好，新做的好吃的总让我多吃三两口，对我的贪玩总睁一只眼闭一只眼，这助长了我探险自然的胆量。

我敢去齐腰的渠水中游泳，敢到水草少时有马鞭（水蛭）戏水的沟渠中捞鱼，敢去蛇出没的草丛中逮蛐蛐儿、板担坡（学名蚱蜢）等昆虫玩耍，带回家用来喂猫、喂鸡。而最胆大的举动，莫过于敢捅蜂窝，品尝蜂窝中的蜜饯。

捅红牛马蜂窝，应该选初夏、仲夏马蜂即将繁殖时候，那时马蜂只有三五只，蜂窝底部存有点点蜜饯，虫儿还小，捅下后，总有每餐三五点解我馋意。如果到夏末连秋，蜂窝洞已经封闭，洞中养着只只蜂蛹，那时我舍不得打扰蜂窝，一是因为蜂多势众不好惹，更主要是因为蛹将化为白头子蜂。白露时节，少了许多白头子蜂供我玩耍，我会很伤心。

然而，有一次例外。房前的志英家红牛马蜂在上厕所必经的南房门顶上筑窝，蜂窝有大半小子巴掌那么大，出进的马蜂有几十只之多，他家人已经被蜇伤三次了。这可愁坏了他们一家。

志英和我同岁，比我生月迟。我俩打小一块儿玩耍，一块儿上学，形影不离。他知道我有胆量，也有捅蜂窝的实战经验，跟我说了这一情况。我告诉他："以前蜂窝小时好捅，现在这么大的蜂窝，那得等下雨时或阴天，红牛马蜂翅膀湿了飞不出去，全回蜂窝歇息时，才能一窝端掉。"

等了三天，终于等到下大雨，蜂窝上爬满了马蜂，活动也很少。我让志英妈事先准备好装过化肥的大塑料袋，戴在头上，蹑手蹑脚，端了滚烫的开水，将茶缸瞄准蜂窝泼上去。一瞬间，蜂窝上的马蜂狼狈地落了满地，我迅速用脚踩了几下，大多数给踩死，只有三五只在雨中飞上枣树落在枣叶上。我用一小棍捅了三五下，蜂窝才掉落下来，看着即将化成白头蜂儿的蜂蛹，我心里在流泪。

细腰蜂窝可以捅好几次，因为细腰蜂出了一窝又一窝。出窝后，细腰蜂王会吐新蜜在窝洞底部，然后产下幼卵，这时是捅蜂窝的最佳时候。因为不少细腰蜂会另觅新地，筑新巢去了。留守的细腰蜂儿刚刚产卵，比较弱。这时，我就乘虚打劫，捅下蜂窝，有十几点蜜饯品尝，甜汁入口，味道好极了。

土墙上的土蜂、大黄蜂往往筑巢好几年，蜂窝大得如小锅盖，住的蜂儿成百上千，一般人是不敢碰的。曾经在北肖村家乡公社化时期，生产队的一队、二队场面的土墙上发生过人蜂大战。好几个淘气顽皮的大孩子不信邪，平时欺辱弱小同伴，这次用棍棒与土蜂大战，确实打死了不少土蜂。然而他们打杀一大片，更多的土蜂围住他们，把他们蜇得鼻青脸肿，头上像沾满带刺的苍耳蛋，看了真让人毛骨悚然。看到他们几个的狼狈相，躲在远处被他们欺负过的小伙伴偷偷捂着嘴，悄悄诅咒他们："恶有恶报！"

祭岳父文

父亲师保红，曾用名师宝红。1941年7月12日，岁次辛巳年六月十八出生于忻县（今忻府区）田村；2019年1月3日，岁次戊戌年十一月二十八日子时，卒于田村家中，享年七十七周岁，七十八虚岁。

祖父师俊龙，原来从东石迁到田村，因为有文化，能记账会算账，曾在田村当过大队会计。随祖母迁往田村落户，生有四男三女，父亲是老大。因为兄弟姊妹多，父亲有机会外出当兵。

父亲1960年9月光荣入伍，属北京410部队，1964年2月退伍转业。先在忻县专署医院当电工，后又调到忻州地区建筑工程公司安装分公司当电工，到1996年光荣退休。

父亲与母亲石改变于1964年结婚，相继生养我们姐弟三人。光景从无到有，从贫穷到富裕，全靠父亲在外奔波，母亲打里照外。我们一家靠勤劳致富，儿女双全，可以算个幸福之家。

父亲排行老大，当祖父过早过世后，曾协助祖母拉扯帮助叔叔姑姑相继成人，为弟妹们遮风挡雨，算是有功之人。

父亲更是一位能吃苦耐劳的男子汉。他既有力气，又有技术，更能吃苦。所以，即使在最困难时期，也没有让我们姐弟饿过肚子，穿破烂衣服出门，更没有冻着手脚。他除了上班挣工钱之余，还曾干些手艺活，干些劳累活，挣点零用钱养家糊口过日子。小时候常听父亲与亲人们聚在一起讲年轻时去山西省孝义县驮瓮子的故事。父亲骑一辆28型加重永远牌自行车，能在后车架上捆绑两个八担瓮，肩上扛一个四担瓮，骑着自行车一路不休息带回忻州，令一起出行的人羡慕，更令亲人们敬重，儿孙们听来好羡慕父亲的英雄气概。

母亲在家从来不闲着。那几年人民公社时期，母亲年年当劳动模范，奖状贴满墙。上工之余，母亲要喂一两头猪。那时喂猪需要从地区酒厂带酒糟，这个任务，是父亲每天下班后必须完成的任务。总之，父母为这个家能过上幸福日子付出了一生的心血和汗水，我们姐弟将没齿难忘。

改革开放后，母亲开起了小卖部，父亲也能紧跟形势，靠电工手艺发家致富。总之，我家那时节是田村令人羡慕的人家，是田村最早拥有彩电的人家之一。

当然，父亲一生也有自己的爱好和乐趣。父亲是建筑工程公司老一辈的象棋高手，曾经拿过工程公司的象棋冠军。退休后，每天下午总要带上马扎，骑着自行车到忻州城街上下棋，后来力量不足后，要么在田村，要么在北场下象棋。一边抽烟，一边手舞口喊，与棋友们切磋棋艺，那种快乐，从他老人家笑眯眯的表情就看得出来。

父亲平时又一爱好，就是喜欢自斟自饮，边喝酒，边品尝肉菜。那种快乐，往往可以消除疲劳，消除心中的烦闷。有时，他还高兴地说这才是神仙般的生活，即使"拿县长让他当"，与他交换，他也不干。

当然，抽烟喝酒有害健康，这是大家公认的，看到他喝酒抽烟后咳嗽得厉害，众人劝他少喝少抽，或戒酒戒烟，哪里能劝住。

如今，我们姐弟三人班子还算不错，子女们成家念书，有的也有像样的工作，有了可观的收入。只可惜，父亲却在没有享受孙辈们孝敬的时候因病离开我们。儿女们、孙辈外孙辈哭得好伤心，尤其是远在北京当兵的外孙女，不能见最后一面，不能送行，那种牵肠挂肚的心情是难以表达的。

父亲退休后，从来没有轻松过。与母亲一起耕种六亩地，又要协助母亲养猪、养鸡、养狗。直到今年夏天才感到身子软，干不了活了。到忻州市人民医院一检查，肺叶上有大量积水，住院治疗半月，又到山西省第三人民医院抽了两次积水，然后回家药物疗养。满以为病会好转，谁知脑梗发作导致出血，再次住忻州市人民医院，医治无效，接到病危通知后，回家离开人世。

父亲是听着牧马河的歌声、喝着牧马河的甘泉长大的，是牧马河养育成的汉子。如今，即将与牧马河终身为伴，但愿他老人家能与牧马河融为一体，精神随牧马河永远长流。

父亲是吃九龙岗的沃土长大的，但愿他长眠于九龙岗坡土中，与九龙岗融为一体，滋养九龙岗的松柏万古长青。

父亲，一路走好。有什么需要，托梦于儿女，儿女将尽心送去生者的祝福！

呜呼哀哉！呜呼哀哉！呜呼——哀哉！尚飨！

儿男：国庆　　　孙男：辰安

儿媳：范改青　　孙女：琦荣

长女：美玲　　　外孙男：王凯　　　外孙媳：张瑛

长女婿：王建云　　外孙女：王姣

次女：美芳　　　　外孙男：张天翼

次女婿：张建明　　外孙女：张瑞

2019年1月17日吉时

祭父文（堂叔伯兄）

慈父张公讳青贤，1943年11月30日，农历癸未年十一月初四某时，生于山西省忻县北肖村；卒于2018年8月11日，农历戊戌年七月初一辰时。享年七十五周岁，七十六虚岁。

去世后，母亲与我们兄弟姐妹悲痛欲绝，亲朋街邻哀伤感叹，高天厚地为他落泪悲啼，为这位慈善老人送行。

父亲生于日本侵略者入侵时期，三岁（两周岁）丧母，与他孤凄的祖母高氏相依为命。祖父张公讳来金正值壮年，续娶南肖任氏进门。

尽管如此，父亲童年还算幸运，在他上学时已经解放，家里还算宽余，初小步行八里到东楼村，高小步行二十里到安邑村，学习成绩比较优秀，算术更为突出，尤其擅长打算盘。求学期间，祖父经常往返送饭送衣。父子间说笑不多，感情深厚。提起这事，叔父姑母们没有这么幸运，总羡慕父亲有文化。

继祖母任氏进张门，劳苦功高，先后生养四男三女，家丁兴旺，祖父因子女多而生活越来越艰难，继祖母每天高粱窝头玉米饼，一蒸一大锅，二十多年一直如此，把手捏弯了，关节肿大了。缝缝补补、洗洗涮涮，那份辛苦我们这一代想都不敢想。

父亲当时算一位精明的读书人，1965年11月便参加工作，在忻县（后改忻州市忻府区）食品公司上班，短期当过出纳、会计，后来长期担任冷库工，2003年12月20日退休。

食品公司工人收入微薄，加上父亲兄弟多，房屋拥挤，父亲也眼高，因此相对于同龄人推迟结婚了。在爱贤姑姑的撮合下，于1973年，父亲与樊野村的原平农大（即后来的原平农校）毕业生王良鱼（即我母亲）结婚。结婚后，虽然少不了锅碗瓢盆交响曲，却也在艰难中相濡以沫，生有二男一女，算得上文明幸福的一家。

父亲初工作时工资虽然不多，有了家庭后往往入不敷出，然而时刻忘不了感恩尽孝。曾祖母在世时常给买这买那，断不了给个零花钱；过年过节或多或少孝敬祖父、继祖母，不忘老人们的养育之恩德。

20世纪70年代，买猪肉需要供应证，有供应证没有熟人也买不下上等猪肉。父亲在食品公司上班，尽管职小位低，比平常人还是好办事。因此，左邻右舍、亲朋好友找他帮忙，他总是有求必应。至今，上辈人提起这事，对父亲表示感激。

随着儿女们长大成人，儿女们建房起楼，父亲的负担才逐渐减轻。父亲退休前后，因为擅长修理冷冻设备，经常有人电话约请，门前诚邀。父亲此时除了工资外，还有少量外快，这或许是父亲人生中引以为豪的事，这段时光是父亲人生中最幸福的时光。

这段时光，子女带着一家你来我往，经常探望，天伦之乐，美哉优哉。

然而，岁月不待人。父亲渐渐衰老，腿脚迟钝了，说话渐渐困难了，高血压、脑血栓困扰着他老人家。终于，身体扛不住病魔的重压，在医药无力回天的时刻，离我们远去了。

　　父亲生前与异母弟妹相处亲如一家，有矛盾能忍能让，一笑置之。突然离去那天，叔婶们跑前跑后，姑姑们及时奔丧，这是晚辈感激不已的细节。越在关键时候，越能感觉到叔父们和姑母们以及兄弟姐妹的温暖。

　　父亲的憨厚忠实也是有名的，尤其深得舅父舅母的好评。母亲曾经承受不了生活的压力，有过特殊病折磨的时候，父亲从来没有抱怨过，对母亲一如既往、忠心不二。那时，舅父舅母看到我家的困境，总是给予精神上的开导呵护，经济上的全力帮助，让我们度过最艰难的岁月。我们这个家能发展到今天的模样，多亏了舅父舅母鼎力相助。我们全家深深感激他们。

　　七月的雨还在不停地下，我们对父亲的怀念也不会终止。我们不会忘记他经历的苦难，更不能忘记他的养育之恩。

　　系舟山、金山、银山云雾笼罩，云中河、牧马河水哺育家园。高粱玉米从古至今守护家乡，公路、铁路织网遍布秀容山川。父亲音容宛在，精神长存！

　　呜呼哀哉，吾父尚飨！

　　长子：张会文　　长孙：张凯胜

　　孙女：张琪悦

　　次子：张俊文　　孙女：张悦容

　　女儿：张丽华

　　敬叩祭拜

2018年8月27日

农历戊戌年七月十七日吉时

祭父文（本家伯父张二亮）

　　慈父张公讳二亮，1930年9月30日，岁次庚午年八月初九某时出生于山西省忻县（今山西省忻府区）北肖村；2018年9月27日两点四十五分，农历戊戌年八月十八丑时卒于家中，享年八十八周岁，八十九虚岁。

　　寿终之时，母亲及我们兄弟姐妹都在场，父亲是在享受天伦之乐中离开我们的，尽管姐妹们哭得伤心欲绝，但父亲是平安地离开我们的。儿孙满堂，是他值得骄傲的财产。村院中人为他平安离去送来羡慕和祝福。

　　父亲值得骄傲的历史，是参加了中国人民解放军和中国共产党。这是他一生的光荣。到父亲去世时，国家每年发给他的荣军救济金达八九千元，这笔救济金足够父母亲生活开支之用，减轻了子女们的经济负担。同时，父亲晚年有病，住院费全由国家负担，我们真心地感谢党和国家送来的温暖。

　　父亲一生第二个值得骄傲的是，他曾是北肖村响当当的羊倌。在人民公社时期，羊倌负责北肖村牧羊、放羊、宰羊等事务，他是放羊人中唯一的共产党员。父亲虽然没有文化，但在放羊时，他能数清近百只的羊，无论在村里，还是在山上，对羊群的管理井井有条，非常称职，很少出现羊丢失和意外死亡事件，受到大队干部和社员们的一致好评。

春季剪羊毛，冬季宰羊杀猪，是父亲最忙碌的时候，也是父亲最自信的时候。剪羊毛时，围满收羊毛的男女老少，端茶送水，收羊毛的笑脸、称赞的好话，让父亲高兴好多天。冬天杀羊宰猪，除了帮忙的大人外，围观最多的是好奇的小孩，还有他喜爱的忠实的黑狗。父亲能把羊和猪的骨头与肉麻利地剔剥开，心肝五脏尤其是肠肠肚肚清洗干净，父亲除了劳累外，也享受着劳动的快乐。杀羊宰猪时，羊尿泡、猪尿泡奖给围观的听话小孩，洒在地上的血和些许肉腥是送给黑狗的最好奖励。小孩与狗一起分享着他老人家送来的快乐，心存感激。羊与猪的主人，则有了一冬的下水和暖身的羊肉猪肉，足够过年丰盛的团圆饭，感激之情，常挂在嘴上，暖到父亲的心里。

父亲当羊倌二十多年，每天领导着几个年轻人，在牧羊犬的护卫下，与羊群为伴，他是领导羊群的将军。

父亲出身贫苦，兄弟四人数他人缘好，虽排行老二，大伯伯俏亮无妻无子女，父亲是全家的主心骨，家族中大小事总是与他老人家商量。

因为父亲人勤快，又会事，嘴好，因此十来岁过继给本家无儿无女的书田老奶奶，继承了书田老人家的宅院，才有了现在的宽敞大院。

正是因为父亲人勤快，在阎锡山统治山西时期，因为征收常备兵，本村比较富裕的孔兴伍用几斗小麦雇父亲去当兵。去当兵时，连长看见父亲年龄小，人又眼活，就留在身边当勤务兵，照顾连长太太，基本没上前线。后来，又被解放军俘虏，父亲幸运地参加了中国人民解放军，不久全国解放，父亲因没有文化，主动要求回村务农。

回村后，父亲人缘好，1954年与后郝村的侯巧灯结为夫妇，先后生养了我们兄弟二人、姐妹四人。虽然日子过得清苦，锅碗瓢盆经常磕磕碰碰，姐妹兄弟相继成家立业、生儿育女。父亲去世时，子女孙子外孙满家团团围坐，称得上幸福一家。

父亲在村里家族中人脉非常好，靠的是帮穷救苦，与人相处和睦，遇事善于处置。

村里至今还传说着父亲与狼搏斗救三叔的故事。据老一辈人说，父亲与三叔还是十几岁光景，到村北庄稼地里割草，大晌午，人们收工回家，那时狼出没是常事。正割草时，父亲听到三叔凄惨一叫，回头一看，一只苍狼双腿已搭在三叔背上，血盆大口已经张开，眼看三叔就要被狼咬着脖子。情急之下，父亲顾不得害怕，屏住呼吸，轻手轻脚，绕到狼的背后，举起镰刀，狠命向狼背砍去。狼在几声号叫中，放下三叔，急速逃去。父亲扶着三叔，顾不上割草，迅速回到家中。三叔虽无大碍，背上却留下狼的爪痕，后来的精神失常或许是那时受到惊吓所致。

父亲晚年，虽有国家救济，却还辛苦劳动不断。除了种地之外，到处捡破烂，忘记了自己已是七老八十，直到最近三两年才停止了东奔西跑。

父亲虽然离我们而去，但他老人家的音容宛在，他老人家的精神永存。我们全家瞻仰他的遗容，时刻不忘他的教诲，堂堂正正做人，善良办事，时刻记着党和国家的恩情，做对村人对社会有用之人。

呜呼哀哉，吾父尚飨！

长子：张四清　　孙男：张发蝶

长媳：吕爱云　　孙女：张玉珮

次子：张建清　　孙男：张红斌

次媳：杨芳珍　　孙男：张迎斌

长女：张爱清　　次女：张改清

三女：张秀清　　四女：张月清

2018年10月17日

农历戊戌年九月初九吉时　祭拜

祭慈父梁公维德文（张建明代笔）

维：

2021年5月9日，岁次辛丑年三月二十八日吉时，不孝女儿、女婿及外孙虔备素酒、鲜花、纸扎之奠，致祭寿考慈父。

慈父梁公维德翁君，1927年7月8日，岁次丁卯年六月初十某时，出生于东北沈阳；2021年5月5日早六时整，岁次辛丑年三月二十四卯时卒于忻府区家中。寿终正寝，享年九十四周岁，九十五虚岁。

叩首先父灵前，吊之以哀曰：生死永诀，伤心断肠，不幸吾父，一别辞乡。生于乱世，书香将军之后。道德仁礼传继，文化精神永存。一生坦荡为人，虽经历坎坷，仍坚持信仰，三民主义转为共产主义，矢志不渝。

祖籍河北丰润区南陀庄，生于沈阳，因日军犯东北，落户北平东城区。华北沦陷，随祖父流离落难异乡，赖祖父中将荫蔽，继祖母开明教育，读书习礼不倦。幼儿启蒙，小学识字，初中博学，终于有志，主动投考黄埔，保家卫国，抗击日寇。专心研修通信技术，一生赖以生存之本。军校严格训练，吃苦耐劳精神养成，受益终身。

吾父毕业初，抗日正当时，参加老河口战役，荣获抗日纪念章。1948年受训延安，光荣加入中国人民解放军，通信修理技术显神通。有幸知遇贺龙，喜见首长刘邓。转战大西南，先西安后重庆，抗美援朝荣调中央军委，通信电台护理立新功。

战争结束转和平，转业忻县城，卫生科坐守为公。千里姻缘一线牵，幸得书香闺秀杨东兰，美丽年轻水灵，郎才女貌，证婚县长王在中。政府礼堂礼成，和美幸福家庭。

吾父敬业为公，新婚九天奔赴部落村，征战未名瘟疫，冷落家妻守房空。吾父常愧疚，哀叹伴终生。短期离别可忍，泪洗长痛后衍生。吾出生不足三周岁，吾父蒙受冤屈，抛下年轻妻子、稚嫩女儿落难山西省原平县（今原平市）。吾母可怜孤苦伶仃，泪水洗面女儿怎能懂？

1958年至1978年，吾父吾母生分两地，信守诺言苦苦等。吾父幸有电学技术，信仰坚定，1962年脱帽，1979年改正。等白了头发的夫妻总算重逢，可惜吾母抑郁成疾神智出现障碍，吾父只好用陪伴服侍来感动……

吾父居家不幸，回到工作岗位，加倍奉献才能，日月可以作证：

修理医疗器械，组长技术全能。忻州市农村城镇，守护医院诊治明灯。施展电学天赋，研究探索发玥，虽有困惑阻力，纵老依旧攀高峰。

组织召唤入民盟，执着参政议政，辅佐鑫淼主委，三届常务副主委，五届政协常委。十五年奔波骑车或步行，积累忻州盟史资料，自有后人续写完成。

黄埔同学山西分会，首任会长众望所归。积极呼吁统一。遗憾驾鹤西飞。儿孙继遗志，承传统，入学会，完成未竟事业。

吾父如若有灵，请安息吧。梁家老弟老妹为您祈祷，女儿女婿为您祈祷，两位有为外孙为您祈祷。呜呼哀哉！尚飨！

女儿：梁星（忻）

女婿：赵静

外孙：赵梁斌　　外孙媳：张彦亭

外孙：梁赵军

泣拜

祭父文（代志英友笔）

维：

2022年1月8日，岁次辛丑年腊月初六日，先父仙逝近一月吉时，不孝男志英领诸孝男、孝媳、孝女等至亲，谨具香烛酒箔、牲醴庶馐，致祭于父亲大人灵前茔前也！时，朔风切骨金山泣，唤慈父兮不归乡。牧马云水其冰封地，儿女哀号兮近断肠。

呜呼！一月前，2021年12月10日0点16分，岁次辛丑年冬月初七子时，慈父因心力衰竭，溘然离世，可谓寿终正寝，享年八十五虚岁，八十四周岁。

吾父仙游，音容宛在，儿女积孽，祸延父身。苍天黯淡，阴阳两分。挥泪执笔，抚涕铭文，援笔慰痛，忆吾尊亲。

一九三七，岁次丁丑，三月十一，时逢战乱，苦诞郝村。九岁而孤，生活无依，随母入住北肖村，随继父张翁太根姓，讳名天元，改换门庭。少年机敏，聪明天性，家虽穷贫，志向远迥。适逢国泰，穷人翻身。初小四年，识字断文；半耕半读，乐趣铭心。会试完小，五百余人，名列第二，光大家门。亲友庆贺，入驻忻城，年仅月余，继父囊羞，家给不足，忍痛辍学，回家务农。养家重任，尽孝甘承。农活苦辛，秋收春耕，顶天立地，酷夏寒冬。最苦严冬，冰水掏井；烧酒半斤，忍痛节省；卖与他人，换钱家用。十八年轻，任队保管，账目繁多，底清数明，队长放心，社员称颂。

慈父勤劳，收获爱情。岁次丙申，一九五六，慈父二十，与母芳鱼，赵家长女，秀气水灵，相互敬爱，结发成亲。没有婚房，寄住德邻，苦乐相伴，翘楚村人。

肖村伴铁路，工区遇贵人。一九五八，铁路招工，慈父中标，运顺路通。北肖工区起步，敬业耐劳吃苦。领导同事喜爱，工队多次立功。定襄工区调动，买旧自行车助行。工资收入微薄，捡拾废砖旧石，抬柴拾粪弥补家用。继祖父近视务农，工分难以糊口，祖母、姑母生活依赖父亲。三年困难时期，家人饥饿难忍；父亲忍痛卖车，高价买粮孝敬老人。定襄上班须步行，三十里行程，从未耽误做工。凌晨三点吃饭，四点定襄未启明。没有计时工具，抽烟计算行程。定襄工区人未到，打水扫院立头功。辛苦换来好名声，诚信赢来红运。先调义井，后回北肖，提拔班长，开启幸福门。

在外辛劳阳光照，归家瑞气入门庭。先有土院居住，后有两男三女出生。供养儿女上学，最喜晨夜读书声。割草养羊换钱来，唤羊归家伴歌红。最喜入党跟党走，养路护路好声名。

从北肖工区到忻县大工区工长，慈父常引以为豪。1981年，原平工务段调慈父去平型关任领工员，管辖三个工区。平型关地处山区，隧道又多又长，线路长而地形杂，工作难度大。慈父亲自巡线，了解路情路况，制定切实可行方案。前几任又愁又苦，干不够三年就辞职，慈父却一干五年，任劳任怨，深得工务段领导认可。1986年3月调忻口领工区任领工员，两年后调中修队干到1990年12月退休。

退休回家，身闲人不闲，热爱劳动是他一生本色。奉养老人，收捡废品，开荒种地，忙碌劳作，汗衔甘辛，黄土铸铁骨，雨露凝灵魂。

前人栽树，后人乘凉。志杰弟顶班，成一代新工人，享受慈父余荫。儿辈孙辈，人才辈出；教书育人，书香绕门；家兴业旺，亲睦德馨。

吾辈儿女，跪立慈父柩前，伫立先父墓前，泪目沉思，感激涕零，愿吾父一路走好。

忻定铁路起步，京太铁路穿行。系舟山牧马河育精灵，金山云中河铸魄魂。平型关铁路洒汗水，忻口工区枕木留声影，忻县大工区的工房回放带笑乡音。共产党哺育下的工人，有情有义，勤劳为本。忻定盆地崛起的精英，土生土长，忠孝真诚！至亲享福泽，工友忆老朋。

吾父德望，吾辈楷模。恩比天长，情比海深。如若真有来生，吾辈转身为奴，回报慈父深恩。高香升烟，纸箔化灰，以泪洗面，寄吾哀悲。呜呼哀哉！吾父尚飨！呜呼哀哉！吾父千古！

长子：志英　　长媳：艳平　　长孙：张帅

次子：志杰　　次媳：宝凤　　　孙：晋豪

长女：未英　　长婿：耀光

次女：篆英　　次婿：存平

三女：丽英　　三婿：永红

2022年1月8日

岁次辛丑年腊月初六

祭母文（代后郝村午良）

　　维2022年3月27日，岁次壬寅年二月二十五吉时，不孝男携全家至亲好友等虔备清酌时馐，祭于先母灵前、先妣墓前。呜呼，树欲静而风不止，子欲养而亲不待……

　　慈母张翁讳喜顺妻，侯氏讳娥，1934年10月10日，岁次甲戌年九月初三某时生于忻县（今忻府区）后郝村侯家，一个比较体面的人家；2022年3月13日，岁次壬寅年二月十一丑时，安然卒于后郝村家中，享年八十八周岁，八十九虚岁。

　　金山低垂落泪，云水呜咽悲啼。长子富双天堂肃立，三子赋良余杭跪号。全村围祭掩泣，邻人珍惜回忆。

　　慈母系殷实大家闺秀，偏逢乱世，几遭变故。三岁时，外祖父这一顶梁柱去世，外祖母失去依靠，只好带慈母改嫁曹家庄郭姓。五岁时改嫁的外祖母也生病去世，郭外祖父续弦邢氏。十五岁因不愿在兰台村做童养媳，一时想不开跳井，幸遇芳邻相救才保住性命。十七岁因不满包办婚姻，整日痛哭流泪引起眼病，因未能及时医治致左眼失明。十八岁时，新中国颁布《新婚姻法》，母亲才获得新生，解除包办婚姻。同时，在后郝村两位舅父侯仲、侯玉的帮助下，在张家舅父的牵线后，与先父张翁讳喜顺喜结良缘。

婚后尽管缺吃少穿，慈母却甘愿与先父同甘共苦。先后育有四个儿子、两个女儿，并奶养邻居一女。慈母虽左眼失明，却心灵手巧，能说会道，吃苦在前，享受在后，尤其是面塑和针线活让村里人叫好称绝。村里红白事宴都请她帮忙，她都会忙里忙外，甘愿为邻居村人操心付出辛苦。从人民公社时期到土地责任到人，慈母总是白天下地干活，晚上为子女做鞋补袜，做衣缝裤，用勤劳双手保证一家吃饱穿暖。就是慈母的言传身教影响着子女，再加上舅父书香基因的遗传，我们兄弟姐妹多数喜欢读书。每年春节，我们家墙上贴满奖状，尽管贫苦但是家里充满喜乐，童年故事让我们记忆犹新。尤其是1979年、1984年，富双、赋良先后考上中专、大学，当时在村里和周边村乡传为佳话，我家成为文化之家。

　　随着子女们相继成家立业，家庭条件逐渐好转。慈母在邻居葛丽珍老师引导下与佛法结缘，每天早晚做功课，传递善缘积累福报，与先尊共同经历八十大寿，还被村委会颁发金婚奖状。先父六年前突然去世，我们兄弟姐妹们深感尽孝时日不多，都用心陪伴慈母直至无疾而逝，寿终正寝。

　　慈母一生经历坎坷，积善积德，给我们留下勤俭持家的宝贵遗产。如今，您即将驾鹤西去，长眠厚土，我们将铭记您的教诲，继承您的美德。愿您一路走好，灵魂升入理想的天国。

　　您的音容宛在，您的精神永存！

刘公碑记（代永明友拙笔）

先父刘公讳富贵，1929年12月，岁次己巳年十一月初出生；2015年11月30日7时，岁次乙未年十月十九辰时卒，享年八十六岁。原为南肖村人，年少时曾随祖父母赴内蒙古吉宁经商，历尽沧桑；曾当过晋绥军，并负过伤。1949年回家乡，入赘北肖村与母亲张未先结婚。1958年参加工作，1983年退休，铁路养护工。工作期间，积极要求进步，遗憾没有加入中国共产党。

先母张未先，1933年10月3日，岁次癸酉年八月十四出生；2008年5月24日，岁次戊子年四月二十卒，享年七十五岁。一生务农，家庭主妇。我们姐弟四人感谢父母精心养育之恩。

先外祖父张公讳自北，外祖母张氏存芳，劳苦功高，后辈永世铭记。

感谢共产党，感谢父母，吾辈才有了幸福安宁生活。父亲1983年退休日，就是我参加工作时，我接过父亲的班，当上铁路工人。仰仗父辈祖辈阴功，我的双胞胎二子刘刚、刘强双双大学毕业。刘刚中国民航大学毕业，如今在云南自创业开公司；刘强大连海洋大学毕业后，又深造中国铁道科学研究院，获工程硕士学位，晋升太原铁路局铁路工程师。我女刘丁榕在忻州创奇高中读高三，即将参加高考。

云中牧马双流环抱家乡，系舟云中金山银山围就聚宝盆。父母清明节双双合葬，团聚一处，该含笑九泉。

呜呼哀哉，祭天祭地祭父祭母，祭列祖列宗，尚飨！

不肖子　永明　携同辈晚辈祭拜

口碑

　　家乡北面有两条路，一条铁路，一条公路，都能从省城太原经过五台山通往北京。两路间是乡亲用血泪与汗水浇灌肥沃的土地，这大片土地养育了家乡人，更掩埋着历代默默无闻的祖先，也不乏值得传颂的传奇故事。1949年前的一位绅士，至今有口皆碑，家乡人将这个乡绅作为茶余饭后的谈资，教育人、激励人、启迪人、感染人。

　　他与我同宗，名叫张谦寿（《张门族谱》写作张千寿），一位慈祥而德高望重的老人。

　　他的祖先世代务农，到他的祖父张拱星，曾做过买卖人，因久尝经商机巧之习，后不忍再经商，便回家乡置田地，以耕读课诸子。其父张存礼生性聪明，长于种地，勤耕作、善经营，于是仓箱渐丰，在同治年间便拥有将近百亩田地。因慷慨捐巨资救国难，获六品军功衔（来自《张拱星先生墓志铭》，张谦寿在其长子北平师范大学毕业前做碑，由张玉珮拟文，张衡宇亲笔书，2010年5月我从家乡北肖的吕令道上观赏此碑）。

　　张谦寿接手家产后，积蓄更多。村里土地多达二百亩，因自己种不过来，便雇了三位长工，每年所收粮食四股均分，从不怠慢长工。平日吃饭长工与他家人品种差不多，改善生活时长工也跟着沾光。他与长工间有说有笑，遇事常商议，亲如兄弟。正因为这样，1949年在群众忆苦思甜大会上，村干部让张谦寿的一位长工发言。这长工上台后没诉苦，只说一句"俺谦寿叔对俺也不赖"，便被赶下台。

据说，张谦寿有两夫人，长房生两女一男，次房生次子。

长子张泌，字衡宇，小名为善，抗战前忻县中学13班初中毕业，后又在太原进山中学上高中，曾经考出全省第一的好成绩。高中毕业后考入北平师范大学，1933年加入中国共产党。抗战期间，曾任洪赵特委、山西省第六公署秘书主任、北方调查研究室秘书等职，1942年在太行山反"扫荡"中壮烈牺牲。遗体与左权等烈士葬于晋冀鲁豫烈士陵园（在河北邯郸）。山西太原成成中学、山西省文史资料、忻州文史资料、忻州一中校史中都有他的生平事迹记载。北京、上海图书馆有他的遗作留世。

次子张洎，抗战前忻县中学28班学生，在他哥的影响下参加革命。据村里人说，20世纪50年代他母亲去世后，他回到忻州城，由他的三名警卫回村安排他母亲丧事，从此再没回来。60年代曾任杭州市市长（其实是杭州市广播事业局副局长）——参加革命后更名张天，曾任杭州市广播事业局副局长，正专待遇。

这两个儿子可以说既是他老人家的冤家和心病，也是他老人家的荣耀和骄傲。

乡亲们也传说他仗义救人的故事。战乱期间，本村一位在太原上大学姓杨的年轻人，因阅历少，想找工作不仅没找到，却被拐卖到西山煤矿当苦力。一个读书人如何能吃得了那样的苦？同时劳动又没工钱，如同奴隶一般。后来张谦寿去煤矿探望一位有身份的朋友，被脸上布满炭黑的年轻人认出，喜出望外，拉住衣襟，口称："谦寿叔，救救我。"洗了脸后，张谦寿才认出，通过老朋友的干涉，用钱赎出，让年轻人脱离苦海。几代人口口相传，述说张谦寿的仗义和神通，传为佳话。

然而，张谦寿因为拥有土地多，又舍不得变卖，因此招致祸端。

父辈们传说，张泌与村里父亲包办妻子断绝关系后，领着与他一起参加革命的女子回家探亲。张谦寿领着儿子儿媳在他家大宅院转了一圈，炫耀自己的二百亩土地，炫耀自己的一进三穿四合大院。谁知儿媳妇不仅不高兴，临走时留下一句："有地不卖，终究是害。"走了以后，两人再也没回来。

后来，儿媳的话果然应验，并成为人们研究社会变革的经典。

1949年成立后，他的土地先被乡亲分了，后又充公，他的三穿庭院分了两穿；另一穿随着两位夫人的去世，孙女的出嫁，因儿孙参加革命无人继承家产，做了将近三十年的小学校，成了村中小孩读书玩乐的场所。

如今，他老人家已离开人世，但他的为人却一直被人们传颂。

他能培养出两位优秀的儿子，尽管由于世界观不同，父子间曾经断绝来往，但张老先生值得敬重。他是村里人心中的一块丰碑。

2010年5月12日一稿

2018年2月22日二稿

"高雅女性"家中的金太阳

古人造字时，在一个温暖的家中站立着一位亭亭玉立的女子，称作"安"，造得惟妙惟肖、合情合理。火冒喧天的男子，娶一位止静若水的女子进门，那心中的火气往往化作一团和气；男子在外受了挫折和打击，感到无助时，妻子就成了和煦的港湾。小孩在与小伙伴发生别扭，没有玩伴时，母亲往往是给他乐趣的最好搭档；小孩做错事，父亲严厉训斥时，母亲的疏导才是解开孩子疙瘩的开心钥匙。翻开历史，看看传说故事，古今女性协助丈夫成就伟业、教育帮助子女走向辉煌的事迹，是今人学习的典范，家庭健康的养分。

诸葛亮智慧的闪光往往有黄阿丑的一半。唐太宗创造的贞观盛世，离不开长孙皇后贤达的参与。如果没有贤内助吃醋的高雅正气，哪能捍卫房玄龄贤相的称谓；如果没有杨门女将的精湛武艺，忠心与智慧，哪里有杨家将抵御辽军而所向披靡，百姓口碑中的女性传奇。

孟母三迁写入《三字经》，成为中国家庭教育的经典，昭示后人：母亲是孩子成才的最好老师。岳母刺字"精忠报国"在岳飞的背上，深深刻入岳飞的心里。领兵挂帅抗击金军，"精忠报国"成为岳飞保家卫国的辉煌旗帜；就义风波亭，它又成了岳飞慷慨激昂的演讲词。

　　台湾师范大学曾仕强教授在《易经解密》中说："男人的创造，离不开女人的配合。"我要说，女人是男人心中的太阳，是家庭、国家、社会的金太阳，用一种神奇而无形的光彩照亮世界的每一个角落。

读书三悟

唐代诗人王昌龄说，诗有三境，"物境""情境""意境"。

近代国学大师王国维说，艺术有三境："昨夜西风凋碧树，独上高楼，望尽天涯路""衣带渐宽终不悔，为伊消得人憔悴""众里寻他千百度，蓦然回首，那人却在灯火阑珊处"。

现代哲学家、美学家冯友兰先生说，人生有四境：自然境界、功利境界、道德境界、天地境界。

我喜欢读诗、品诗、写诗，但不敢妄称诗人；我钟爱美、追求美、创造美，但不是美学家；我欣赏国学，汲取国学营养，惊叹国学的博大精深，更不敢称国学大师。我幼时家贫，以书为伴，书给了我快乐；成年后买书，藏书，以家有上千册书而自豪；如今，我借读书考上师范，毕业分配，工作同时不断进修，我有幸成为高中高级语文教师，与书有缘。我仅仅一介书痴而已。现在，我将我对读书的三重感悟罗列出来，以作为人们在茶余饭后的谈资。也许，能被像我一样的书痴拾起，他能读出其中的点滴妙处吧。

一、细读精研，弄通书理

读书，无论是科学，还是文学、哲学，先要读通书理，弄懂书中所阐述的要义。

读牛顿的万有引力定律，首先要搞懂要义。此定律是说，自然界的物体之间都有吸引力，引力的大小与物体的质量成正比，与物体间的距离成反比。根据这一定律，我们可以弄懂为什么九大行星都绕太阳运行，地球万物都不被地球甩出地球外面去。

读《三国演义》，我们先通过细读，理解"天下大势，合久必分，分久必合"的历史规律。我们可以理解智慧比体力更重要的人生哲理；我们可以理解笼络人才、培养人才在战争和巩固政权中至关重要的领导策略；我们可以理解义气既可成就大事，也可使大事泡汤的社会哲理。

读《论语》，我们可以理解"君子有三戒：少之时，血气未定，戒之在色；及其壮也，血气方刚，戒之在斗；及其老也，血气既衰，戒之在得"。它告诫我们：人要时刻把握自己，而人生这三个阶段分别有一件不好把握的事情。年轻时，血气没有稳定，易沉湎于诱惑，要警惕贪恋女色，意志消沉，使光阴虚度；到了壮年，血气旺盛，最容易逞强斗勇，遇事不让人，最容易惹祸；人到老了贪生怕死，觉得机会所剩无几，便拼命贪名贪利，贪得无厌，使晚节不保，毁了一世英名。如果对人生这三个阶段的不同特征都能好好把握，我们就会顺利跨过每一道坎，身心健康过一生。

通过细读，精研一些经典名著，脑中对知识有一个文化储备，再进一步博览群书，积累大量文化信息，在脑中加以系统整理，就可以进入读书的第二重感悟。

二、批判比较，去伪存真

读书多了，阅历丰富了，就可以将同类书放在一起读，进行比较对照，发现各自可取之处，整理总结出一个相对正确、准确的结论。

如，关于人出生的本性问题。孟子有"性善论"，荀子有"性恶论"，而马克思认为人天生大公无私，一些教育学家认为人生来就像一张白纸。现代一些遗传学家认为，人在胚胎形成时，就已携带了一些好的或恶的习性，所以，优生优育至关重要。通过比较，我们发现，孟子、荀子是从一些个别人身上得出的结论，马克思有一个理想化的思想在其中；一张白纸的说法，否定了遗传物质中的染色体有个性差异，胎儿的成长环境不同。而现代的基因遗传理论相对要接近人的自身发展规律，这对我们生育子女、教育学生、研究人的生理心理发展规律具有较好的指导意义。

再如，关于文学的共性问题。综观古今中外的文学作品，凡是能成为不朽的经典，都有一个共同的特点：思想性和艺术美的高度统一，都需要作者倾注大量的心血才能凝成。《红楼梦》记录了那个社会血淋淋的兴衰史，反映了那个时代女性的种种不幸，赞美了男权社会中受到心灵创伤的女性美；语言上，虽为小说，却是由众多优美的诗词歌赋组合而成的文化绝品，是古典文学的塔尖巨著。而这些辉煌成就的取得，离不开曹雪芹几代先人

对中国文化的执着追求，离不开曹雪芹特殊而独具戏剧性的人生
经历，更离不开曹雪芹十年辛勤汗水、凄惨泪水、难言苦水和
冤屈血水的巨流浇铸。《史记》被称为"史家之绝唱，无韵之
离骚"，苏轼称王维"味摩诘之诗，诗中有画；观摩诘之画，
画中有诗"（《书摩诘蓝田烟雨图》），文学创作名言"吟安
一个字，捻断数茎须"（《苦吟》），"二句三年得，一吟双
泪流"（《题诗后》），"眉头无一事，笔下有千年"（《山
中》）都从不同侧面说明文学经典的创作和它们的来之不易。

三、累积大成，自成一家

经过博览群书，系统整理，经过思维的再创造，读出书外的
意蕴，参悟出新道理、新思想，化成自己的文字，自成体系、自
成一家，让自己的思想插上跨越时空的翅膀，这便是读书的最高
层次、最高境界。

读牛顿的万有引力定律，不妨加以拓展，看看抽象的事物之
间是否也有引力，如精神和精神之间，感情和感情之间；看看抽
象事物和具体事物之间是否也有引力。经过这样的思考之后，你
会惊奇地发现，原来世界上的事物之间时时处处存在引力，当然
距离太近时，还会产生排斥力。事物之间不可能孤立存在，他们
各具魅力，各有生存的价值，他们有时相生，有时又相克。更有
甚者，非生物与生物之间，也可以相互转化，非生物似乎也是有
生命的，甚至是有感情的。

读文学作品，读到一定境界你会发现，文学作品热情讴歌的
人物原来也干过伤天害理之事，或不合事理之事。如诸葛亮曾经

在战争中大用水火，干着破坏大自然的勾当；如果用现代法律的眼光看鲁智深、李逵，他们是杀人不眨眼的魔王；贾宝玉与林黛玉、薛宝钗之间的婚姻，根本不符合现代的优生优育，近亲结婚，怎样的组合同样是悲剧。

读东西方哲人经典，你便能感悟到什么是天道、天理。天道就是自然之理。昼夜交替、四季周而复始是天理，生老病死、新陈代谢是天理，天地相合生万物，男女相配创造人类文明是天理；人应该尊重自然，敬畏生命天人合一是天理；宇宙无限，万物相生相克是天理；人可以认识自然，改造自然要有科学发展观才是天理。

读古今中外历史，我们可以悟到，人不能太贪婪，人不能无法无天，逆天理办事往往会自取灭亡。商纣王、周幽王贪图女色，戏弄天下诸侯百姓，最终丧国亡身、咎由自取；法国拿破仑、德国阿道夫·希特勒（纳粹德国元首）妄想称霸地球，最终西伯利亚寒流提前一个月到来，历史惊人地相似重演，自然打破了他俩的美梦，他俩至死也没弄懂，自然竟如此神秘莫测、捉摸不定。

综观历史，凡是成大器者，无论是哲学家、思想家还是科学家、文学家，他们都是博览群书、博采众长，集众家之大成，踩在巨人的肩膀上才成就伟业的。他们都有超常的毅力，都有超凡的求知欲，对自己追求的事业如痴似狂，像着魔一样。读书好比吃饭，一日不读缺营养；好比穿衣，一时不读心着凉；好比靓女每天在梳妆台前打扮，一天不读，怕自己变成丑模样。

孔子，中华民族景仰的文圣，世界文化名人，之所以留给我们智慧儒经，来自他读《周易》韦编三绝的刻苦精神；来自敢于对众多古书的继承和大胆否定；来自他精通六艺，依然有"三人行，必有我师"的求知虚心。

苏轼，唐宋八大家之一，宋词豪放派创始人，在诗文、书法、绘画诸艺术领域都独树一帜。他之所以如此辉煌，成为文坛巨人，来自他少时就有"发愤识尽天下字，立志读遍人间书"的远大志向和不懈追求；来自他将儒、释、道三家精髓汇入自己思想的巨流；来自他虽然仕途坎坷，却胸怀宽广坦荡，能悟通人生、自然、社会这三本厚重天书。

读书，可以让您积累智慧的芬芳；读书，可以让您的思想释放创新的灵光。

有字书要读，无字书更要读，读出人的多重性，读出社会的思辨哲理，读出天人合一的自然艺术，读出无穷宇宙乾坤阴阳的大美来。

注：

此文2010年6月2日首次发表于江山文学网，2017年8月稍做修改发表于《忻州日报》，2018年又修改后发表于《忻州文化》第2期。

趣说石头文化

从我记事起，我就对石头心存敬畏，对石头的玄妙感兴趣。我们村广场上的石狮子，我从小爬上爬下，每天摸一摸狮子头，光滑光滑的，勾起我幼儿心灵的憧憬和想象。

在我的家乡"忻州八景"中，就有五个景色与石头有关联：孤松独石、仙人棋盘、东岩夜月、金山六词、阴山吃石，由此可见，忻州文化与石头文化息息相关。孤松独石、仙人棋盘、阴山吃石是大自然千万年风雨之造化。虽然几经人为破坏，但给忻州人民留下的有神往，也有遗憾。东岩夜月、金山六洞，则与名人故事传说有关，堪称是天人合一的经典之作。

东岩夜月在忻州古城南面的系舟山福田寺，与忻州金元文宗元好问元遗山有关。传说元好问父亲元德明与元好问都曾在福田寺的客房读书。元好问年轻时，读书自甘寂寞，昼夜苦读，不畏严寒酷暑。在一年暑夏深夜，在烛灯下读书，每天总有细腰蜂光顾灯下，有的扑火毙命，有的由元好问扑打下存入笔筒，成为元好问研墨作画的颜料。累积多了以后，元好问灵感突发，便在寺院近处的巨大岩石上画出一轮金黄的圆月。从那时起，每当三五月圆之夜，只要天气晴朗，忻州城的大小官员，忻州城的老百姓站在州衙，登上城墙，都能看到天空一轮明月和南山半山腰一轮明月，双月交相辉映。在那科技相对落后的金元时期，能有这种美的享受，堪称奇迹。到了明朝新修古城后，文人雅士留下诗句加以赞赏，就成为"忻州古八景"之一。到明末清初，美景失去光泽后，大书画家傅山先生挥毫泼墨添上光彩，在艺术上比原景更胜一筹。于是忻州官员百姓同时登上明月楼，在元宵节、中秋节共赏东岩双月，那种官民同乐的情景留在县志中，这一美景在民国年间人们还曾见到。如果没有福田寺的巨石做天然画纸，东岩夜月也无从谈起。

金山六洞传说，忻州城北的金山脚下，唐代大将尉迟恭曾屯兵驻守。大本营就设在金山附近，南北营分别设在忻州的南营村和原平的北营村。唐朝时，朔方的突厥常常侵扰大唐边地，晋北尤甚。百姓饥寒交迫，一贫如洗。尉迟恭体恤民情，然而"军无粮不稳，马无草自倒"。大军将士的吃喝问题怎样才能解决呢？他为筹集军饷而犯愁。

一天，尉迟恭步出营盘，登上金山谋划解决的办法，来到半山腰，恰遇一得道老者端坐在一块巨石上。只见道人仪表堂堂，峨冠博带，银须飘飞，双目微闭，双手合掌胸前，口中念念有词。尉迟恭便怀着虔敬而真诚的心情，近前向道人讨教。老道仰起脸，端详眼前将军，见他身材魁梧，谈吐不凡，有匡时济世之志、统兵经国之才、敬老尊贤之心，便将一支红缨钢鞭慨然赠送给他，并附耳窃窃私语了几句。尉迟恭心领神会，欣喜若狂，向老人深施跪拜之礼，告别老道，来到金山的顶峰。只见悬崖峭壁，怪石奇峰，山上芳草萋萋、山花烂漫、古藤缠绕、松柏苍翠、野旷地迥。身旁祥云缭绕，瑞霭缤纷，鸷鸟盘旋，舒胸气畅。只是看不清洞口的踪影。尉迟恭将军手执钢鞭一挥，扯开嗓子吼道："金山洞门快快开，唐将尉迟取宝来！"如雷声响，山谷回荡，威武非凡。回音一落，只听得晴天霹雳几声巨响，"轰隆隆""咚咚锵"，原本齐整的山体豁然开启了六个洞门。尉迟恭挑最近的一个进去，他眼前一亮，原来洞内景致非比寻常：处处金碧辉煌，瑞彩千条，祥光万道，金辉耀眼，彩霞飘旁。俯首看，脚下金砂遍地；仰头看，洞中上下翻飞着叫不上名来的奇禽异鸟。这些禽鸟个个金身银体，扑棱棱乱飞，金光闪闪逼人眼。这可把尉迟将军看得眼花缭乱，令他目不暇接。心里想道："真是天助我也，有如此仙山洞府，藏金聚宝之地，我何愁将士无饷，军中缺费。我何不逮几只金鸟回营接种，让它们生金蛋，孵金鸟，源源不断，供我军用军需。"

可是，他费了好大工夫也没有捕到一只金鸟，反而搞得他满头大汗、气喘吁吁。眼看道士说的闭门时辰即将到了，他只好脱下战袍包了几斗砂土背了出来。又遵照道人的指点，一直背至金山西南25公里的姑姑山下。在两处相连的水潭中淘滤起来。砂土一经加工，金光辉映，寸块超斤，立刻变成了硕大的金块银块。尉迟恭的燃眉之急解决了，同时还将节余部分赈济了周边的父老乡亲。

当地百姓为了纪念道士和尉迟恭的高恩厚德，便把那条披砂拣金洗过砂粒的小溪唤作淘金河，把淘过金银的小水潭起名"金瓮"和"银瓮"。

遗憾的是，尉迟恭有个忤逆不孝的儿子，虽然彪悍骁勇、能征善战，但他生性如犟牛，人们称他为烈魔。你说东，他说西，你说长，他说短，你说圆，他偏偏要说方，没有一次听话的时候。尉迟恭知道儿子不听话，所以在即将去世前，嘱咐儿子说：

"爹死后，你给我置办个石头棺材，钢鞭一定要放在石棺内。"他心想儿子一定会反着行事。谁料想，尉迟恭死后，其子觉得自己从来也没有听父亲的话，总是反其道而行之。父已过世，这最后遗嘱就照他说的办吧！于是，他选用上好石料，精雕细刻做了个石棺，把钢鞭置于石棺内随父安葬。由于石棺无法腐烂，害得尉迟恭再也无法转生。

自此以后，金山再也没有出一星一点金砂，淘金河也因不再淘金砂而慢慢失去了灵气。原本清波荡漾的河水不复存在，变成一条季节河。难怪忻州、原平一带流传着一句古话："若要金山洞门开，除非尉迟恭转回来。"（参考岳玉根《金山六洞传说》）

金山六洞的传说有好几个版本，而上面这个版本有板有眼，成为人们教育子女行孝积善的家庭教育活教材。从另一个角度看，石头与人的生老病死和自然变化息息相关。

家乡的山石，在我幼年时就带给我灵动的思想；家乡的文化，启发我的笔墨神采飞扬。我的心，随着阅读视野的开阔，飞越太行山、吕梁山走向省外，飞越黄河、长江，飞越长城、大海，飞向国外、天外，飞向扑朔迷离的洪荒时代。

云冈石窟、敦煌莫高窟、麦积山石窟是中华民族几千年文化的璀璨明珠，用沧桑的阅历向我们诉说着祖先的辉煌和耻辱。五岳、四大佛教名山孕育在儒道佛相互碰撞、相互融合的是是非非、恩恩怨怨中。四处可见的望夫石、支锅石，凝聚着几多闺妇的泣泪、旅人的血汗。

一个文赤壁，让三国英雄与一位文化巨人苏东坡巧遇在清风明月沐浴之时，催生出《赤壁赋》《念奴娇·赤壁怀古》，让黄州浸染了文化基因，养育了一代又一代的文化人。

埃及金字塔建成于古埃及，有大小金字塔70余座。第一座是埃及第三王朝国王杰赛尔的阶梯金字塔，后来的角锥形金字塔是在此基础上发展演变来的，其中位于开罗郊区的吉萨城附近的胡夫和哈夫拉两座金字塔，被列为世界古代七大奇迹之首；这两座金字塔加上显示国王威严的狮身人面像，成为埃及金字塔风光的象征。

胡夫金字塔规模最大，所以又称为"大金字塔"。它高146.59米，像一座40层高楼拔地而起，在1889年巴黎埃菲尔铁塔（312.5米）修建之前，一直是世界上最高的建筑物。该塔占地80亩，边长230米，周长约1公里。全塔用230万块大小不同的巨石砌成，总体积260万立方米。平均每块石头重2.5吨，最重的一块约160吨。石块连接没有丝毫黏着物，但石块之间丝毫缝隙也没有，真令人不可思议。

胡夫大金字塔是朝着东、西、南、北四个正向，它的顶角是52°。这个角，用现代数学术语称为"自然塌落现象的极限角或稳定角"。所以它顶端牢固，绝不会倒塌，连大地震都不会有太大的影响。四五千年屹立不倒就是明证。

这样不朽的丰碑，在远古的埃及，在没有火药、没有机械的年代，先人们是怎样创造出这一惊人奇迹的，至今仍是一个谜。

更令人惊叹的是，大金字塔的一条棱与本初子午线高度一致，而且指向北极星。有一个金字塔的魔咒，让许多探险家、科学家进去探险，不知塔内有什么致命药物，凡是进去过的人，或当场死去，或不出一年就相继死去，死因至今未解。

杞人忧天是《列子》留给我们的讽刺寓言，现在看来，有些忧患意识还是明智的。天上会下陨石雨，有的陨石重达几百公斤，有些陨石的成分是地球上难以找到的。更有甚者，有时下陨石雨前后，往往有大人物去世。我们不能妄加猜测。总之，陨石带给我们的神秘信息，是大自然留给我们的无字天书。

女娲炼五彩石补苍天的神话，有着浓郁的文学色彩，更给后来的文学创作留下不竭的源泉。中国古典名著中有不少与女娲补天的故事挂上钩。《西游记》中的孙悟空是女娲补天遗留下的一块石头，经历了百万年上亿年的岁月沧桑后，吸日月之精华、采天地之灵气孕育出来的灵猴，从此进驻花果山水帘洞，众猴拜他为王。为寻求长生不老之术跋山涉水，拜菩提老祖为师，学会筋斗云和七十二般变化，然后闹龙宫、闯地府、大闹天宫，被压五指山，经观音菩萨点化随唐僧去西天取经，历经九九八十一难终成正果。这一故事几百年来让多少幼儿心动，让多少青年取其精神，奋斗精彩人生。《红楼梦》中的贾宝玉依然是女娲补天所剩的一块灵石，"被弃掷在大荒山无稽崖青埂峰下，自经锻炼之后，已通人性，得换人形，太虚幻境警幻仙子命他为赤霞宫神瑛侍者。他却常在西方灵河岸上行走，对绛珠仙草（林黛玉前世，属木）施以甘露之惠，相互许下木石前盟。后因凡心偶炽，被一僧一道携入红尘，幻化为通灵宝玉"。从此演绎出人世间诸多离愁别恨、儿女情长的复杂故事，因"木石前盟"与"金玉良缘"的对立，让金陵城的大户人家大起大落。在圣洁与污浊的斗争中牵动千百万年轻人为红颜哭泣，让历经沧桑的老者读之而慨叹。

女娲补天后，到底遗留下几块五彩石，我们不得而知。如果仅有一块石头，那么到底幻化成孙悟空还是贾宝玉呢？后世人不管这些，却被这两个石化传奇人物所吸引。与他们同上天，共入地；与他们同思想，共叛逆。从此，他们演绎出的惊天地、泣鬼神的两大故事传奇，与女娲补天神话一起，深入中华民族文化的精髓中，永留在人们的灵魂深处。

另外两部名著，虽没有与女娲沾边，却与石头有缘。石头中蹦出了古典名著《水浒传》和《封神演义》。《水浒传》中的一百零八将，乃是一块镇魔石盖在地洞中一千多年的魔物，共计天罡三十六星，地煞七十二星，在宋神宗年间"遇洪而开"，到人间演义出一系列你争我斗枪棒惊天动地的故事。他们人人有本事，个个是英雄，虽然以悲剧结束，后世人不知有多少人为他们落泪，替他们扼腕叹息。《封神演义》中的封神榜也是一块神奇的石碑。姜子牙凭它号令诸神，封赏诸神。这本书读者爱读，拍成影视剧观众喜欢看，除了故事有深刻的思想内涵，具有人生、社会教育意义外，这块封神的魔石吸引力也是其中重要的原因。

总之，人类的生死，往往眷恋着石头。活着，用它记功，乡俗百姓用它镇邪，几千年来人们用它盖房修桥；死后，帝王将相中有功有权之人修陵墓，刻墓志铭。君不见，秦始皇曾让李斯在泰山上用小篆刻下功德碑，后人从功德碑上看到秦始皇统一中国的丰功伟绩，也看到李斯的篆书艺术；武则天辞世后，虽然立碑，未写一字，留给后人的却是"千秋功过任评说"的女皇气度。山东曲阜，孔子被尊为文化至圣，孔陵、孔林，以石碑上的文字记下中华民族的道德规范，行为准则；明清时期，全中国从城镇到乡村，兴起建文庙尊孔子的热潮，孔子的仁义准则刻入石碑，礼义文化深入人心。中华人民共和国成立后，全国各地纷纷新修烈士陵园，为在长征中牺牲的红军战士留下安眠之地，为在抗日战争、解放战争中牺牲的人民英雄留下长眠之地。"为有牺牲多壮志，敢教日月换新天。"太行山牺牲的革命烈士安置在邯郸烈士陵园，伟人留下气壮山河的文字在一块巨石上熠熠生辉。在延安大生产运动中，一位普通的战士张思德同志因烧灰窑坍塌而牺牲生命，一代伟人为他撰写祭文《为人民服务》，到现在祭文镌刻在张思德烈士墓前；"为人民服务"成为中国共产党的奋斗宗旨写进党章，深入人心。

五千年中华文明史，二百万年的人类发展史，从山洞开始铭刻遗迹，到古今城乡碑记留下功德文字，从某种意义上说，就是用石头文化记录的历史。"有一个美丽的传说，精美的石头会唱歌"，原来我不懂其内涵。可是，随着鬓发霜雪，多年思考之后，才有所悟。其实，石头何止唱歌，还会跳舞，还会演绎悲欢离合，还会创造人类春生夏长、秋收冬藏的不朽文化。

石头是组成地球这一生命星球的躯干神骨，化石将上古时代的生命化作石头给我们留下生命沧桑的历史。旧石器，新石器，传国玉玺，巨石阵，巨石天坑，时时处处留下自然与人类的神秘踪迹，处处时时闪烁着无穷魅力的文化光芒。

石头文化会飞，从远古飞向今天，飞往难以预料的未来；从天外飞落地面，从大洋之外飞入人类生存的大陆，映入我们的眼帘，飞入我们无限广阔的心灵世界。

2010年5月6日一稿
2022年11月9日二稿

人类的缺憾与翅膀

　　有人说，造物主造物是很公道的，给了昆虫和鸟类一双生存的翅膀。是的，蝴蝶如果没有美丽的翅膀，就不会在花丛间翩翩起舞，完成它传宗接代的任务；燕子如果没有灵巧的翅膀，就不会飞越江河，找到适合它生存的温暖空间；天鹅如果没有雄健有力的翅膀，就不会飞翔千里万里，找到它理想的栖息地……

　　那么，人类呢？虽然没有虫鸟能飞翔的翅膀，但是造物主给了人类一双巧手、两只慧眼，给了人类能思考、会创造、有真爱的大脑。

　　一双巧手，是人类勤劳的结晶，改进纺织技术的黄道婆，擅长书法绘画的傅山先生，众多民间剪纸艺术家就是明证。

　　两只慧眼，是人类前进的明灯，是人类创造奇迹的蓝水晶。伯乐相马，萧何看中韩信，中国选择科学发展道路、追求创新"一带一路"工程，都可称为典范。

　　一颗有灵秀之气、可储存智慧信息的大脑，更是人类不可或缺的灵感启动机。坐独车而上通天文、下晓地理、运筹帷幄决胜千里的诸葛亮，全身三分之二瘫痪、发现黑洞理论的霍金，进行人类基因工程研究的世界研究组织，无一不说明人的大脑具有无限创造力。

缺憾使人不断进步，人类的软弱使人创造四两拨千万的绝技，人类的缺陷促使人类不断生出智慧和思想。

庄子身材矮小，向往强大中创造出鲲鹏的不朽形象。传说他其貌不扬，脖子上长有巨大的肉瘤，在崇尚大美中才有了庄周梦蝶的奇思妙想。庄周文学智慧是后世文学浪漫创作的原浆。

孔子的出生就是一个美丽的错误：他父亲叔梁纥六十四岁，居然和他十六岁的母亲结婚，为当时的礼教不容。叔梁纥战死疆场，不知他可否等到孔子出世。孔子出生后不久，母亲颜氏领着他四处流浪。

正因为这一点，孔子少而好学，不耻下问，立志恢复旧礼。当他学成后，周游列国却四处碰壁，于是他设私塾讲学，推行并创立了儒家学说，在其弟子弘扬下，给后世留下了治国修身立德的经典著作《论语》。

因为有了《论语》，才留下赵普"半部《论语》治天下"的佳话，儒家思想得以让中国封建社会维持了两千多年。可以说，儒家思想创造了神奇的世界史话。

如今，儒家思想仍然像闪电般飞洋过海，仁义的精神仍成为人们做人的准绳。孔子教育思想因材施教、启发式教育、教学相长等，仍然指导现代教育工作者，仍然放着熠熠光辉。

当今，世界进入竞争创新时代。时代呼唤人们，用智慧和创新武装大脑和双手。请打开智慧的大脑，伸出灵巧的双手，迎接这对如意的翅膀吧。我们装上这对精美的翅膀，将奔向迷人而幸福的未来！

2010年5月8日一稿

2017年8月6日二稿

壬寅年赏月日记

忻乡月韵（正月）

辛丑年腊月初九的半月，还未全然入夜，如锄头般的月儿已经向西方的地平线锄去，难道是农人辛苦的银锄得到神助，在西方天空飞舞吗？

辛丑年腊月十六晚七点左右，圆月从东方冉冉升起，向假山的六角亭洒下银白色的光辉。不知每年月亮的运行轨迹是否相同，只能等来年印证。

2022年2月4日，岁次壬寅年正月初四，星期五

晚六点四十多分，刚抿嘴而笑的月牙儿已挂在西南方的夜空。随着我游览的移步，月牙儿一会儿向高楼投下喜悦的目光，一会儿又向公园的松柏洒下钦佩的眼神，她真多情。

2022年2月5日，岁次壬寅年正月初五，星期六

今天的月亮比昨天落得迟，下午五点半左右，依然停留在正中半空偏西南的天空，不忙着追赶太阳，抿着的嘴笑得更开心了。昨天晚上北京时间八点，她虽然驻足在西亚，或者欧非的天

空，北京冬奥会的精彩节目已经在全球播放出来，吸引着月宫里古神州奔月的嫦娥女神，偏今天在神州夜空中多停留一段时间。眷恋家乡之情自古如此，即使升天为神也不改初心。神州大地的繁荣，分不清城区和乡村哪里更美，分不清长城东西山脉哪里更幽雅，分不清大运河上的灯火哪里更亮丽。古都尽管有的已衰落到中小城市行列，而如今新崛起的城市更让人神往。北京冬奥会开幕式在北京鸟巢体育馆盛大开幕，现代化的灯光秀，结合天人合一的理念，深深镌刻在水立方冰块的雕琢妙手心里。

我从月牙的开合间，窥探到嫦娥美丽绝妙的精神世界。

2022年2月6日，岁次壬寅年正月初六，星期日

今天阴天，看不到月亮和星星。估计月亮姐姐有些累了，准备好好休息，在元宵节以崭新的面容跟我们见面。也许，她做错了什么事，羞答答地躲着我们，反思自己，以便提高自己的修养，做一个堂堂正正的人。

2022年2月7日，岁次壬寅年正月初七，人日，星期一

昨天因为阴天，未见到月亮，今天，为了早早见一见月儿的新模样，五点多就走出家门。一边走，一边仰望天空。只可惜，找了半天也没有找到月儿的踪迹。心里那个着急劲，别提有多烦。难道已经落下去了，或许还未出来？不可能。那她应该在哪里呢？

在街上绕了一个大圈，从人民公园南边游乐场边的小门进去，又从游乐场的拱形铁门走进公园步行大道，猛一抬头，月儿竟然在头顶正上方龇牙咧嘴笑我呢。这下放心了，拿起手机，以南边高楼做陪衬，拍下了当空的月儿模样。

这下不着急了，沿着公园步行大道绕公园人造湖绕圈走，一边看湖中冰面上滑冰的大人、小孩的快乐姿势，一边给今天的月儿起名字。觉得今天嘴撕得太大，竟然有农人们镰刀的雏形，估计明天会变成明晃晃的锄头。

这月牙在我头顶窥视着冰湖的热闹情景，已经醉了，好像依恋着这群热爱滑冰运动的人们，不忍离去。

我依依不舍地离开公园，我想，在北京鸟巢，在张家口冬奥会运动场，这弯月一定比这里笑得更美。

回到桃李苑宿舍，走到院正中靠北的石灰路面上，再看月亮，月亮在院内红灯笼和窗口彩灯的映照下显得更精神，照出的月牙有滋润的光辉。这是大自然和现代化灯光秀交融下的奇迹。

2022年2月8日，岁次壬寅年正月初八，星期二

昨天，从遗山诗社秘书长、忻府区忻州人民医院邢丽珍护士长那里，让同院赵心宽先生捎回遗山散曲社社长赵斌田的两本《扶犁曲》散曲集。其中一本为舅父李文德先生要下的。今天吃完午饭后，急匆匆骑着电动车送往北肖村舅父家中。因为舅父年纪大了，有午睡习惯，放下书，没有打扰他老人家，就没有逗留，骑车直奔最要好的朋友李占海家中。已经两年没有坐在一起长谈了。

见面后，可以说无话不谈。家里近况，个人身体健康情况，日常起居饮食，老年养生，推拿按摩针灸，祖辈历史，事无巨细，随心顺意交流。当然，我更关心他的文学创作情况。因为，早在青年时期，他就热爱诗歌创作，还是遗山诗社会员，有一首

短诗还发表在《五台山》杂志上。那时，他对文学创作可以说情有独钟，我却还没有一点门道。如今过了三十多年，我已经在文学创作上小有成就，他却不见有新作品问世。可能是工厂的倒闭、工作的奔波、家庭的烦琐，已经把他青春时的诗情磨损得几近没有了。

交流了两三个小时，我对他创作热情的减退和创作灵感的缺失深感遗憾。带着惋惜回家后，才发现夜幕已经降临了，一直关心的月亮几近半圆，正在头顶向我投来深情的目光，期待我的关注。

回家与小儿子交代好该完成的作业，再次出门，向人民公园走去。一路街上的路灯和过年的彩光秀伴我左右，天上的半个月亮在头顶呵护着我，生怕我的头上缺乏光彩，她将赐我以创作的祥彩瑞光。我心里好感动啊。

2022年2月9日，岁次壬寅年正月初九，星期三

今天吃过午饭后，爱人动员我去金水源宿舍看望表哥。

他是我母亲米仙鱼的叔伯侄儿。早在20世纪五六十年代，母亲与她的哥哥米国元双双受难，殃及两家儿女。而我和表哥是患难中茁壮成长的好兄弟。表哥长我十一岁，他虽然只念了四年书，可辍学后跟着几位师傅学下了手艺，尤其是水暖管道安装和维修技术，让他一辈子受益。他先后担任忻州市机关事务管理局管道工、管道组组长，忻府区事务管理局房管科副科长、科长，现在退休六七年了，事务管理局返聘他为房管科顾问。可以说，在他脑中，存着一幅忻府区政府机关和宿舍水暖电的活地图。我对他佩服得五体投地。

我师范毕业后，表哥去北肖村探望母亲，母亲跟他说我即将分配，不知能否帮上忙。表哥一口承应帮忙，分配到离家较近的北义井联校。在以后工作调动和做人做事方面，曾经给我指明道路，指点迷津。我打内心感激他。

我未成家的那几年，可以说一年去他家的次数数不清。成家后，工作稳定了，家务事多了，自己也有了工作经验，人脉多了，去他家的次数渐渐少了。但至少八月十五中秋节和春节前后必然要拜访他，今年也不例外。

去他家，表哥和表嫂热情接待了我。一待就三四个小时，直至六点认灯时间才离开。

回家后，我急匆匆去公园，却忘了带手机。天上的半个月亮还没有运行到正中头顶，在偏东一边的天空停留着。亮度也开始加大了。

再次回到家里，站在阳台，补拍了两张月亮照片。今晚又可以安心睡觉了。

2022年2月10日，岁次壬寅年正月初十，老鼠娶亲日，星期四

今天下午五点半，我在家里陪小儿一段时间后，下午准备去人民公园散步，顺便观察月相变化情况。在宿舍院里看到儿子同龄人小王在跑步锻炼，宿舍门口他爸在指导，妻拿着跳绳在门口，等待儿子下楼跳绳。儿子下楼后，双手拿好跳绳，我用手机为他摄像。儿子在一分钟跳了90下，并且中途只出现一次失误，这让我感到高兴，也得到院里的阿姨和老师们的喝彩。

出宿舍门，抬头仰望天空，半个月亮已经停留在头顶偏南的区域。月亮光亮的部分在偏西方位，正对夕阳落山的一面，可以让人想到月亮的光亮是借助太阳光生出的。

进入公园散步，公园的灯在我转了一圈后开始亮起来，月亮在灯光的映照下显得更加明亮。尽管今天天空已经不甚晴朗，我还能与月亮见面，真该庆幸。

2022年2月11日，岁次壬寅年正月十一，星期五

今天，女儿为儿子买了一台"我自己的电影院"。听说，这是借助无线接收器、微型放映机、收音机三位一体组合而成的家电发明。效果挺好的，特别招儿子的喜爱。也许，这能开启儿子的学习快车，能从中激发他学习知识的强烈愿望。

六点左右，整理我的散文作品有些累了，便想起今天的月亮肯定比昨天更美，更有魅力。

出宿舍门，站在一棵街边风景树下，向偏东南方的天空仰望，月亮亮起部分已经比半圆略大一些了。虽然一天里阴得比较厉害，但是在这时居然还能看到月亮，或许上苍害怕让我留下遗憾，偏在此时晴朗了许多。这几天我真幸运。

2022年2月12日，岁次壬寅年正月十二，星期六

今天，夫人的侄女来给她二姑拜年，妻子热情接待了她。我和儿子在楼上看了历史电视剧《孙子兵法》后，下楼去吃了一顿团圆饭，气氛非常融洽。妻子虽然有些累，但心情舒畅多了。

午睡醒来，儿子忙于看家庭影院，连约好打乒乓球的室外活动也取消了。我只好出去散步，寻找月亮的踪迹。

沿着公路进公园，在公园里走了三圈也没有看到月亮，以为今天天阴，见不到月亮了。遗憾中往回走的路上，在正东的天空

区域发现了朦胧的月亮，只拍下一张，作为记录。

月亮的偏上部分亮着光，比昨天位置有些变化。回家后，站在阳台东边窗口，从夹缝中再次拍了月亮，比路上的月亮明亮了许多。

2022年2月13日，岁次壬寅年正月十三，杨公忌日，星期日

昨天晚上已经悄悄地扬起雪来。今天整天，雪时下时停，仿佛是天宫的仙女在舞动银白色的裙裾，或向人间撒来琼花玉屑，没有叫停的意思。原来天仙也顽皮淘气，注定今晚看不到月亮了。

2022年2月14日6时至7时，岁次壬寅年正月十四，星期一

今天早上，雪停了，天晴了，太阳如同经历一天的沐浴，显得格外灿烂而有精神。

六点多，走在街上，天还没有暗下来。在正东半空中，近乎全圆的月亮悬挂着，逐渐开始向上爬，向高升，向着西方攀升。这月亮的周围时而有云彩移过，演绎着云遮月的美好景致。看来，今年的天气注定多雨，农田肯定会有好收成了。

2022年2月15日17时45分至20时，岁次壬寅年正月十五，元宵节，星期二

今天傍晚，带着满心期待，从东门步入公园，一轮红日在西南角的高楼空隙的西山坳喷出热烈的光辉。红日吸引我的眼球，我拿起手机拍下美好的瞬间。

散步到人造湖西边，向东抬头一望，一轮银白的圆月悄悄挂在槐树顶上，如羞答答的少女向人间洒下淡雅的光辉。乍一看，圆月如同一枚精美的元宵，启示人们今天是团圆的节日，今天是思乡念亲的节日，今天是品尝甜蜜的节日。

假山上的六角亭和四角亭已经在灯辉的镶嵌下最先迎接夜幕的降临，游园的人们在现代化的游乐园中尽享惊险和欢乐；散步的中老年男女穿梭在宽阔的跑道上，周围的美景让人目不暇接。最惹人的，是从各个游乐园飞出的儿童爽朗的笑声。

八点左右，宿舍的彩灯依旧璀璨夺目，在正东黑黑的夜空上，挂着一轮银白静谧的月亮。这轮月亮如同明镜一般，等待仙女整理衣装，等待嫦娥、貂蝉、杨玉环、李清照用舞姿和诗词表达在元宵节的万千情思。

2022年2月16日18时至22时，岁次壬寅年正月十六，星期三

今天去公园比昨天迟，六点十分才进公园东门。太阳已经落山，月亮也早挂在东北方楼房间的天空，一亮相就比昨天的月亮大，也比昨天的月亮圆，正应了"十五的月亮十六圆"的古语。在公园每转一圈，月亮就比先前升高一些，逐渐跳出楼房的羁绊，成为整个天空的主宰。尤其是在城市的万家灯火辉映下，月亮如同太阳般光彩夺目，尽管比太阳稍微逊色，也让人感到今天月亮的震撼了。

步行三圈，回家路上，妻子微信通话说儿子要去古城看灯展。我爽快地答应，并通知儿子，顺便戴上头盔和手套。我回到宿舍院，儿子已经拿着头盔和手套站在门房等待了。

骑着电动自行车，带着儿子穿行在宽阔的新建路上，一路灯火辉煌，每个路口以绿灯为我们放行。不用说，儿子今天分外开心。

将电动自行车停在北城门楼北面的夜市前，与儿子一起，穿梭于古城铺着长条石的街道上，全市十四个县市区的文化和特色小吃竞相招揽游赏的俊男靓女，景象比平日更加赏心悦目，彩灯也展现出春节元宵节的浓重氛围。

按照儿子的游览线路，先登上古城最高最具浓郁文化气息的秀容书院奎星阁和寥天阁观赏一番，儿子专门拜访了一下文昌爷，默默许下心愿。

拜访完文昌爷，我们便恋恋不舍地回访北城门楼，儿子一人参观灯展去，我在城门楼北等待着。儿子一个小时左右与我会合，吃了些小孩们喜爱的小吃便迅速回家。回家后，时间刚过晚十点。

2022年2月17日19时，岁次壬寅年正月十七，星期四

今天，是儿子开学的第一天，一家人又忙于准备所携带的文具及相关表格，同时一家人少不了鸡毛蒜皮的矛盾和摩擦。

小学四五年级时的好友杨武元母亲今日出殡，因为儿子要上学没有去成。只好微信转账二百元略表寸心，表达少年时的友情。

天气如同年轻女子的心，说变就变。从早上到上午十点多，一直下着雪。虽然雪不算太大，也苫住了地面，盖住了院里的汽车外壳。

到晚上，雪是停了，天还阴着，注定见不到月亮。今天晚九点二十分后，第一次接儿子，开始跑校。儿子今天表现特别棒，晚上睡了个好觉。

2022年2月18日，岁次壬寅年正月十八日，星期五

今天到公园散步时，天黑沉沉的，风冷飕飕的。看不到星星和月亮，公园的灯依然那么明亮，最显眼的还是镶嵌六角亭的彩灯，描画出六角亭的轮廓，美轮美奂。

二十一点半，接上儿子回家的路上，在东南方的天空，一轮稍有缺损的月亮照耀着我们前进的路，一直到宿舍家门口。在即将回家时，用手机摄下月亮的美丽形象，留作纪念。这大概符合"十七十八，人定月发"的古律吧。

2022年2月19日，岁次壬寅年正月十九，雨水，星期六

今天的天气特别寒冷，本来已经到春季第二个节气雨水了，天地一点也没有回暖的迹象。毕竟还是数九时节，穿的衣服与严冬时穿的衣物一样，甚至比三九、四九时再加点衣物也不吃亏。

早上，太阳即将从东方升起，月亮也向西南方向即将落下。我送了儿子回来，即将七点，日月正在进行交接班，让人感到这才是该有的秩序。原来，月亮的运行让人真难看清它的真面目。

2022年2月20日，岁次壬寅年正月二十，小天仓，星期日

今天早上送儿子回来，看到东方刚刚泛起鱼肚白，西南方的月亮已残了不少，光亮也不十分明亮了。

早饭比平日要早些，再不用睡懒觉了，今天第一节、第二节都是我的课。上二楼即将进教室时，太阳已经横在东方的彩云间，煞是好看。

今晚八点开始，在北京鸟巢体育广场隆重举行冬奥会闭幕仪式。

2022年2月21日，岁次壬寅年正月二十一，星期一

今天凌晨三点半、五点四十醒来两次，因为儿子每天上早自习，怕误了时间。深邃的夜空正南偏西些，残了少半的月儿明亮地挂着，显示了她在此时独有的位置。

上午八九点钟，太阳在东方已经燃烧着彩霞，西方的残月却有些羞怯，即将在西边落下去。

儿子今天表现不错，路上一直在交流学习情况。语文开始学习鲁迅先生的小说《社戏》，数学进一步学习根式的乘法，物理学习弹力。从今天可以看出，他上课注意力比较集中。但愿他天天能如此。

2022年2月22日，岁次壬寅年正月二十二，星期二

今天凌晨四点半、五点四十醒来两次，拉开窗帘，月亮比昨天又显得残了些，向我投来柔和的光辉。我看到月亮，总想多看几眼，向她倾诉对她的钟爱和仰慕。她伴随过老子出关，陪伴着孔子与三千弟子讲学。在陶渊明归隐田园时，送荷锄的陶公回家；在李白饮酒吟诗时，如影随形伴李白左右，甚至在李白醉倒在采石矶时，让太白金星迷失自我，回归天庭；在苏轼一贬再贬，失意流落到黄州时，伴东坡居士泛舟赤壁矶，让他赏景时灵感迸发，完成千古诗文《念奴娇·赤壁怀古》《赤壁赋》，与清风明月一起永垂千古。

月圆月缺，给人以人生起落的情感平衡，让人能参悟宇宙的运行规律。

儿子今天早上主动叫我，有进步。中午却一再买零食，有些旧病复发。当引以为戒。

2022年2月23日，岁次壬寅年正月二十三，星期三

今天，儿子不能跑校了，只能在家上网课。而我又是教育工作者，要住校完成教学任务，只好动员儿子随我住进学校宿舍。统筹兼顾，公私两不误。

凌晨五点多、六点多从家中窗口两次观察月亮变化情况，月亮在正南偏西的区域，开始小于半圆，向我投来欣赏的目光。

2022年2月24日，岁次壬寅年正月二十四，星期四

今天收到出版商的通知，我的个人诗词集《晨曦枣韵》一书的书号已经批复下来。虽然我知道迟早会批复下来，但是，听到这一消息，我抑制不住内心的喜悦，将这一特大喜讯告诉给我的文学界领导和学校领导，告诉给我的诗词好友和同事们，告诉给我的亲人和同窗老友。

忻州市文联主席、忻州市书协主席王利民先生欣然接受题写书名的请求，忻州市政府副市长、民盟忻州市委主委贾玲香女士向我祝贺，忻府区文联主席王俊伟先生、忻州市第二中学校长杜俊杰先生向我祝贺，我的诗词好友、我的同事、我的亲人、我的同窗好友向我祝贺。我的诗词前辈张六金先生对我的序言和后记文字又进行了指导和精心点画。

《中华诗词》副主编宋彩霞老师曾经是我的诗词笔会的导师，又给我提出合理化建议。

我的诗词好友王兴治先生、范仁喜先生、聂笑民先生也为我出谋划策，指出我的不足，我由衷地表示感谢。女儿在工作之余读了我的原稿也发现一些问题，我的儿子帮助我在网络上查询到书号全部信息，我为我下一代的支持感到欣慰。

2022年2月25日，岁次壬寅年正月二十五，老天仓，星期五

今天一天，我与儿子吃住在忻州二中，我给学生上课、上自习之余，陪儿子在网上学习，陪儿子打乒乓球，陪儿子在操场散步。没有时间和场所观察月相变化轨迹，实为憾事。

2022年2月26日，岁次壬寅年正月二十六，星期六

在学校居住的宿舍楼在东男生楼北面，整天看不到正南面的天空。早晚只能在大操场散步，可能是时间不对，也有可能是月光亮度不够，总之看不到月亮的影儿。晚上只能看到三两颗明亮的星星眨着眼睛，向我投来欣赏的目光。

今天陪儿子网上学习，到室外打乒乓球，到操场散散步，在班级小管家提交完成的作业。上课、上自习时，孩子们比往常表现更积极主动，可能被老师整天在学校吃住所感动。但愿这样的日子尽快结束，愿孩子们的表现一直像现在这样好。

2022年2月27日，岁次壬寅年正月二十七，星期日

今天吃完早饭后，独自一个人在院里散步，想排解心头的些许忧愁。

太阳每天从东方升起，从西方落下。从冬至开始到春季，太阳的行踪路线逐步向南挪移。

月亮的行踪呢？这几天好想见到月亮呀！可惜白天看不到残存的月牙，黑夜也不知她运行的轨道在哪里。这神秘的面纱什么时候能揭去呢？

2022年2月28日，岁次壬寅年正月二十八，星期一

今天白天只能看到太阳从东南方的山坳处冉冉升起，沿着向春天迈进的脚步，向北方的中国洒下温暖的光辉，从西南边的山上落下，留下留恋的红色霞彩。依然看不到残月的行踪。

夜幕降临了，我在学校空旷的操场上转了一圈，又转了一圈，一边转一边仰望辽阔的夜空，只有四五颗明亮的星星眨着调皮的眼睛。仿佛在嘲笑我这个倔老头，嘲笑我为什么要追寻老天的秘密，探寻月亮的消息。或许，它们觉得我寻找的答案太简单，我这白头发白胡子越来越多，生那么多闲愁是没有太高的价值的。

我望着它们送来的星辉，渴望哪一颗星星就是那残月的身影。我在操场上转了一圈，又转了一圈，重复着回到原点的运动，依然在寻觅着，寻觅着……

2022年3月1日，岁次壬寅年正月二十九，星期二

今天，还在寻觅月亮的信息。在白天太阳的光辉照射下的蓝天里，从东边到南边，再到西边，甚至肯定不可能出没的北边，找遍了整个天空，也未见到月亮的残牙缺耳。

夜晚，依然沿着绿茵茵的塑胶跑道散步，想静一静急躁的心，捋一捋杂乱的思绪，猜一猜看不到缺月的原因。估计是月亮向我投来的是背对太阳的那一面，也许月亮与太阳生气了，也许月亮和我生气了，一直躲着我。不管怎么样，我依然爱着她，期待她露出神秘的面孔。

2022年3月2日，岁次壬寅年正月三十，星期三

今天是正月的最后一天，今天注定看不到月亮。查阅月相变化规律，才知道农历最后几天只有在早晨太阳出山前有可能见到月亮。原来是我没有在月亮露脸的时间去拜访她，就好比与爱人约会定好地点，约会时间没有约好；或者约会时间定好了，约会的地点没有约好。错过了约会的最佳机会。

终于，在这一月的观察中积累了天文知识，开始对月亮运行规律有个初步了解。

忻乡月韵（二月）

2022年3月3日，岁次壬寅年二月初一，星期四

今天二月初一，月亮与太阳同时出没在地球的同一方向，我们注定看不到月亮了。被人们称为新月。

早饭前，太阳在东山边泛着红光，还未露出灿烂的笑容，就让人感到她的美。

2022年3月4日，岁次壬寅年二月初二，龙抬头日，星期五

今天早上，伴随着节日的炮声和呼呼的风声，我已经渐渐没有了睡意。我穿好衣服，洗漱完毕，到餐厅吃了早饭，便到学校操场沿着塑胶跑道舒缓地散步。天阴沉着脸，白色的云幔遮住我寻觅的双眼，东方的天际已经看不到平常起伏的远山，云霭比其他区域要亮很多。第一圈转下来，东方的云层中显现出一条白色的曲线，曲线上方有一片白色的图腾，乍一看，好像奔腾昂首的银色骄龙。难道我看到了二月二的吉祥征兆？我抑制不住内心的

喜悦，用手机拍下那精彩的瞬间。

我加快了脚步，又转了一圈，白色光线渐渐散去，一轮白日在云层间慢慢褪去神秘的面纱，跳出云外。晨曦原来竟是这样多变，这样吸引眼球，我庆幸自己一直追踪天相变化，庆幸自己执着的又一新发现。

我的脚步，在移动中不知不觉绕跑道走了四五个轮回，我听到了太阳在东方燃烧的声响，尽管比平日声息小了很多。我感受到自然生生不息的蓬勃力量，我的心与自然一起跳动，在和谐中得以升华。

晚上七点十多分，我从宿舍步入教学楼，自然向西方眺望，那久违的月牙居然映入我眼帘。她在太阳落下后，不紧不慢地向我投来柔和的余晖，舒缓地落入地平线。

2022年3月5日，岁次壬寅年二月初三，惊蛰，星期六

今天早上，东边起伏的山峦上一丝云彩也没有，太阳从山坳处跳跃而出，放射出夺目的光辉。

整个天空湛蓝湛蓝的，给人以迷人的愉悦之感。

傍晚，太阳刚刚从西边高楼顶滑落下去，从楼后释放出红色的风采。而在楼顶的上边，月牙给人以童话般的面容，引人遐思。

在办公室，我整理好《晨曦枣韵》的后记，浑身轻松了许多。妻子打电话说今天惊蛰，让我取了许多雪花梨。儿子看到取回的梨和橘子，边吃边露出欣喜的笑容。

2022年3月6日，岁次壬寅年二月初四，星期日

今天早上起得比较迟，东边的天空云雾遮住远山。太阳早已跳出云雾，轻悄悄地挂在很高很高的东南半空中，只不过放出的光亮比昨天弱多了。

傍晚，太阳从西方刚刚落下，月牙便在西方当空挂着，不着急往下落，从六点半到九点，向我一直投来关切的目光。今天在操场上散步，和煦的微风拂面，让人感到春天温暖的气息。南边和西边的垂柳一天比一天柔软，一天比一天显现出绿意。走近柳条，手抚摸着，仔细端瞧，柳枝上已经生发出嫩绿的小芽。春天的脚步近了。

2022年3月7日，岁次壬寅年二月初五，星期一

今天下午，开完年级例会，便急匆匆回办公室整理修改《晨曦枣韵》序言，修改完后，浑身感到畅快了许多。也许是今天上午洗了澡、理了发，身上的污垢消除掉的缘故；也许是惊蛰一天和暖的空气给人带来温馨的享受；当然，不言而喻，我的诗词集《晨曦枣韵》即将付梓，这才是内心舒坦的真正原因。

走进操场散步时，已经过了六点，不少老师和学生已经吃过午饭，在偌大的塑胶操场锻炼和散心。而我最关心的是，此时月牙肯定在等待我与她眉目传情。可惜，我在天空中寻觅时，最先映入眼帘的是刚刚落下的夕阳余晖感染了的西方的楼房顶，感染了西方天空丝丝缕缕的云彩。彤红色的云彩最抢眼，好像在西方天空燃烧着；白色的云丝给人以明净的享受，有一丝白云时而呈"S"形，时而呈"M"形，犹如一条银白色的小龙在飞舞……余晖的范围扩展到南山顶上的云彩，东南连绵向东远去的山上的云彩，由白色转为橙色，翻卷着，如插上翅膀的大鹏在整个天空翱翔。

散步到东边跑道，抬头仰望，在头顶偏西的天空，弯月正向我撕开嘴笑呢。她也许从人群活动的操场上发现了我，一位她的凡间情人；她也许也在冷眼观瞧今天云空的瞬息变化，竟然是这么招人喜爱，不言而喻，那种美是无法用语言表述出来的。我这才感觉到，也许那彩霞是专程在我寻觅月牙时向我表演他们的魔幻体操的。正在痴迷时，才发现，操场上还有像我这样，被云彩变化的胜景吸引着的人们，他们正在用手机拍照，摄成短视频呢。

2022年3月8日，岁次壬寅年二月初六，星期二

今天，天空看不到云彩，太阳从东南向西南挪移着。在下午四时左右，头顶的天空有月牙的大意轮廓入眼，一直到六时，日落后，月牙的光亮才显得格外明朗，却在头顶徘徊不定，好像不紧不慢地在天空闲游着。

夜幕降临后，天上几颗好美的星星眨着眼睛点缀在月牙的周围。月牙已经比前几天张大口子，银光也比前几天更灿烂，尤其是在地面彩灯的辉映下，更加滋润了。

2022年3月9日，岁次壬寅年二月初七，星期三

今天，从早到晚，天灰蒙蒙的，阴阴的，看不到太阳的脸，找不到太阳的运行踪迹。当然，想看月牙的容颜已经没有希望了。

然而，我的心却很阳光。我又在人民公园散步了。抬头看不

到日月的威力，低头却发现枯草里已经生发出绿色的嫩草，虽然不甚明显，刚刚露头。不过，这足以说明春天的脚步轻轻的，空气也渐渐暖和了，人造湖的冰已融化了许多，公园的抽水机开始隆隆地响着，人造湖又将启动游船了。盼望已久的年轻人望着渐渐升高的湖水，心里一定喜滋滋的，脚踏手摇的梦想即将成为现实。

2022年3月10日，岁次壬寅年二月初八，星期四

今天十六时一刻，我再次走进熟悉的人民公园散步，走到公园西北角樱花、松树生长之地，看到半轮月亮的轮廓。我想用手机拍下这一天相，可惜太阳光刺激下在手机屏上显示不出来，只好走进茂密的松树阴影下，才勉强拍下一两幅。心里感到对照相技术的掌握需要在实践中才能练出真知，今天有收获，甚感欣慰。

在公园西又看到不少油松正在用嫩绿的针叶更换着旧的针叶，才知道，原来常绿植物并不是不枯萎的，于是吟诗一诗：

七绝·咏松

茂郁青松沃土知，亲风吻雪化冰池。

蓝天暖日园田醉，嫩绿新装郁老枝。

晚上九点二十接儿子途中，钩月在偏西北上空向我投来赞赏的目光。我心里明白，作为一名三十八年工龄的老教师，更有责任和义务教育好自己的儿女，先教他做人，后教他学习文化。教育是一门大工程，"十年树木，百年树人"，心急不得，马虎不得，只有春风化雨，才能润物安心。然而，儿子已经上初二半年了，身材比我高半头，在学习上还有许多习惯没有养成：读书没有浓厚兴趣，写字尚不怎么懂规矩，对考试不怎么上心，没有理解"勤学好问"的真正含义。在这人生的关键时刻，老师和家长着急解决不了问题，只有孩子从骨子里认识到学习是自己的事，学习可以改变命运，学习可以脱胎换骨，学习可以净化灵魂，学习可以提升修养，学习可以让自己走进高尚的天堂……

接上儿子时候，我的心一直在纠结着，不知儿子何时才能发奋学习，在学习上达到忘我的境界。到那时，当老师的肯定会露出笑容，当父母的可以高枕无忧，街坊邻居会竖大拇指，小朋友们会喜欢和他探讨学问，国内外的名牌大学会向他招手，专家学者会吸收他为科研项目合伙人。人生之路，时时处处有阳光，有雨露，有和煦的风。鲜花会露出灿烂的笑容，向他吐出奇异的芳香；领奖台上，掌声和歌声相伴，荣誉和奖金同享；与人交流时，口吐莲花，妙语连珠。

我不知不觉回到家，居然忘记与月亮打招呼，冷落了天上的娇娇了。

2022年3月11日，岁次壬寅年二月初九，星期五

今天上午十点五十分，我去接儿子回家，顺便把儿子在宿舍的被褥取上。他已经办理了跑校手续，每天早上六点送去，中午接回吃饭后休息休息，再送到学校，晚上九点再接回来。以后我将行使这一义务，直至他初中毕业。至于上高中，他自己努力吧，但愿能凭自己的智慧和勤奋取得好成绩，那是他的造化。

中午晚饭后，我照旧午休，在手机上再次看了会儿由董卿女士主持的《中国诗词大会》第一季第七场，看完后已经十六点多了。到公园散步，边散步边感受公园的暖春风光。

人造湖已经注满了水，看不到一块残冰，湖中山岛的六角亭，连同山岛、北边和东边的拱桥，在水中清晰地留下优雅的倒影。从拱桥到山岛，人来人往，陶醉在暖洋洋的气息中，那惬意从轻快的步履中即能感受到。

树林中的枯草中已经泛出可喜的绿意，有三五簇嫩绿已经脱颖而出，向人报道春的讯息，显示出生命的冲击力。

晚上，在宿舍院里，我又与弯月进行对话，看到渐渐丰满的月儿，抑制不住对大自然的敬畏和欣赏。美无时不在，无处不有，只要你是有心人，只要你有欣赏的眼光。

2022 年 3 月 12 日，岁次壬寅年二月初十，植树节，星期六

今天我和儿子都休息，所以儿子今天起得也较迟。我的早饭吃完已经八点半了。女儿为儿子买回一种西洋乐器，看上去像小提琴，但又不是小提琴。问了女儿半天，也没有记住乐器的名称，看来，我真的落伍了。

出外面采风，居然忘记了与月亮对话。在卫生间洗了手脚，穿好衣服，再次带上门下楼，走在北楼南面，抬头一望，月亮正在头顶，已经半圆多一些了。时光真有意思，这月儿一天天盈，一天天亏，真是不以人的意志为转移，不知不觉消损了青春，消损了黑发，消损了人的魅力。白头发增加得越来越多，白胡子不知不觉越滋生越多。小时候扶我走路的人，一个一个离我而去；教我学习教我做人的人，一个一个消失在我进步我收获的岁月里；与我同吃同学同住的同龄人，也在一次一次聚会中开始

缺席……

回到家中，躺在床上，辗转反侧，悲从中来，喜从中来。悲伤的是与我有缘的人已经缘尽，欣喜的是我这曾经多病的人扛着扛着，居然肠胃正常了，感冒基本不再发生了，一双脚再也不用一到立冬时节冻红冻肿了。我虽然头发白了，胡子白了，人也瘦了，但我能吃能睡。牙齿只脱落了一颗，原来经常摇晃的牙齿居然硬生生地保留着。是自己保养有方，是贵人助我躲过劫难，还是尽孝行善积德得到了回报？也许，这些只有时刻关心我关注我与我知心的人知道。

刘晓燕老师在桃李苑微信群里发来她丈夫赵明拍下我在学校搬行李回家的背影，我甚是感动。其实，对我来说，我人笨，不会开汽车，也没有买汽车的欲望。我对我现在充实的生活很满足，自己扛行李回家，不过四五百米，那是我的一种能劳动的表现，并没有什么，但在年轻人看来是自寻苦吃。我觉得，我省下买汽车的钱，可以让我儿子能上好些的学校，我心甘；我觉得，我省下买汽车的钱，可以出两本书，完成我青春时的一个梦想，我感到的是一种自信、一种幸福。

希望我的儿女能理解我，我的妻子能支持我，我的同事、我的同学能帮助我，我就放心了。

2022年3月13日，岁次壬寅年二月十一，星期日

今天起床后，打开窗帘，映入眼帘的是在浓雾弥漫中悬浮着的高低错落的楼房。太阳已经淹没在浓雾中，也许正在享受着大自然的蒸汽浴，清洗着被燃烧爆炸带来的灼伤。天地为他疗理，以便更好地养护生命，更好地为人间服务。

忻州市文联正准备组织整理《忻州文艺工作者名录》，我已经为自己填好表，将电子表提交给市文联。我也想为舅父李文德先生填表，可是有些信息尚需舅父许可才行，于是骑电动车去舅父家。为他填好表，在舅父舅母盛情邀请下，吃了中午饭才回家。

一进家门，妻子正在为儿子理发，我不敢打扰他俩，生怕影响了儿子的形象，悄悄躲进卧室午休了。

下午散步时，云雾依然笼罩着太阳，太阳只能释放着银白的光亮，释放在云层周围，如同满月一样。

晚上七点刚过，云雾已经散去，当空的如银锄一样的月亮向我投来晴朗的光辉，与宿舍的灯相互照应，天与人之间形成一种默契、一种和谐，带给人和谐之美。

2022年3月14日，岁次壬寅年二月十二，星期一

今天，从上午到下午，太阳的光亮也不够热烈，天空笼罩着比较浓重的云彩，月亮也没有踪迹。下午三点多，我去公园散步，静听湖中心假山柳树上的鸟叫声，观赏拱桥下面的游鱼。

垂柳已经舒展开柔软的枝条，在和风吹拂下微微晃动着，吸引婉转的黄鹂鸟一边鸣叫，一边飞上飞下。喜鹊张开花白的翅膀缓缓盘旋在柳梢，喳喳地报道暖春的喜讯。麻雀的叫声虽然不是很雅，但它在喜鹊和黄鹂叫声间隙唱起歌，让整个柳树显得格外和谐。

拱桥下的红鲤鱼三五成群悠闲地游过，黑鲫鱼十来条也来赴会，黄白的小金鱼当是刚孵化出来没几天，在浅水区慢慢地享受着生活。

一晚上天阴阴的，未曾见到月亮和星星。

2022年3月15日，岁次壬寅年二月十三，母亲生日，星期二

昨天一晚上没有睡好觉，以至于今天早上醒来时已经六点二十分。儿子也是我叫醒的。送了儿子到学校后，回到家，一看日历，才知道今天是母亲生日。大概是母亲怕忘记她老人家，一晚上折磨我，让我长长记性。

下午到公园散步，一路上看到几缕如轻纱似的白云飘浮在湛蓝湛蓝的天空，高低错落的楼房在蓝天下矗立着，阳面的一层层整齐的玻璃窗在太阳光照射下煞是好看。散步的老年男女衣着入时，熟悉地相互打着招呼。在一个鱼池边的空旷之处，有七八群老人们在打扑克、下象棋，只要是好天气，就这样打发下午到黄昏之间的时光。这些人多数已经退休，他们曾经是行政事业单位的领导或骨干，一边打扑克，还忘不了回忆自己曾经的辉煌。

到学校参加了一会儿教研，就进入教育工作者的角色。

回到宿舍时候，已经十七点多。在东北方的天空，一泓如银锄似的半月已经悬挂着，虽然没有释放明亮的光，然而这一大体的轮廓就让我的心欢喜，让我的眼睛顿时一亮。

晚上，静下心来，想着母亲的一生，想着母亲的好，灵魂已经飞向远方。

母亲本来出生在北关，北关的米氏家族也是大户人家，最有名的是曾经考上进士的米毓瑞。小时候去北关走亲戚时，父亲与亲戚们常常提起米进士，让我羡慕不已。只是母亲时运不好，三岁时，本来年轻的姥爷却因痨病（当时是绝症）缠身而离开人世。母亲只好随姥姥改嫁到北肖村李家，十五岁与北肖村父亲张双金结婚。尽管劳累，生活还算比较好，粮食够吃，衣服也够穿，院子也比较大，一排九间平房。院里的枣树每到秋天挂满红枣，这些枣树上的枣果可以作为生活的调味剂，这让从北关来到北肖的姥姥羡慕，常常在饥荒时候让人渡过难关。

父母生有五个子女，父亲因为善于捉摸庄稼和土地的脾性，所以年轻时是北肖村的种田能手。尤其是人民公社化时期，众人推举父亲担任生产队队长。母亲也因为肯吃苦爱劳动，又是城里人，让村里人对她相当尊敬。

可惜，祸从天降，这夫妻俩在三十九岁遭受磨难，分开十三年整。

生活好过了，祖母累倒了，劳累了一辈子，节俭了一辈子，守寡了半辈子，靠一个好性情赢得了村里人和亲人的尊重。去世后，村里人都为她伤心，为她落泪。

在父母团聚的时候，母亲已经五十二岁，我已经上了师范学校两年。尽管回来后，母亲因患空洞性肺结核大病一场，但是在医生的精心治疗下，奇迹般地好了。

我参加了工作，尽管结婚时已经二十七周岁，女儿出生时我已经二十九周岁，我成家后是我的父母最幸福的时候。我们夫妻俩带着女儿经常看望父母，买菜、买水果，一家人聚餐一顿，那天伦之乐让父母常常喜笑颜开。当然，两个姐姐，一个哥哥，一个妹妹，还有我，五家人与父母的大聚会，那是更大的幸福。

可惜，人生不如意事十有八九。先是父亲于2000年去世，后大姐于2007年去世，两次打击，让母亲心灵上受到了创伤。然而，母亲最大的一块心病是我只有女儿，没有儿子。当她听说我爱人身怀六甲，并且是一个男孩时，她才放心地离开这个世界。唯一的遗憾是没有等到孙子出生，也让长大后的孙子因为没有见过爷爷奶奶而留下遗憾。

人生之事，就像月亮的阴晴圆缺一样，充满戏剧性。

二十点上晚自习时，月亮渐渐臻圆，悬挂在近于正面头顶。

2022年3月16日，岁次壬寅年二月十四，阴，星期三

今天早上，送儿子上学，未曾见到月亮的影子，幸亏一路有路灯，我才没有受到黑暗的威胁。

上午我有第一节课，不到八点，我就走到学校门口。我被从东边阴云中一片银白色的圆日吸引住了。其实，那不是太阳，是在太阳照射下，穿过灰黑色的云层显示出的幻象。可惜，太阳穿不透遮天的厚厚云霭，不一会儿就被阴云吞噬了，只留下我失望的眼神和漫无边际的阴云。

十九点一刻，我正要去学校，在东边的夜空挂着一轮朦胧的月亮，虽然不是很圆，但我还是看到了她的美。

等我下了第一个晚自习，乃至二十一点多接儿子时，连朦胧的圆月也看不到了。内心有些许失落。

2022年3月17日，岁次壬寅年二月十五，阴有小雪，星期四

今天从早上到下午，天一直阴沉沉的，还不时有零碎的雨雪落在楼顶上，落在树上，落在车上，落在地上。落在我的衣服上融化了，看不到湿过的痕迹。落在我的耳朵上，感觉有些冰冷。落在我的手背上，也有些许寒意。

黄昏到晚上，雨雪停了，有微风拂面，比前几天显得没有暖意，虽然已经过了惊蛰，寒冷却又一次入侵到人世间，让人理解了"倒春寒"的滋味。今晚，注定见不到圆月，大概嫦娥有些弱不禁风，躲到天宫里取暖去了。

2022年3月19日，岁次壬寅年二月十七，星期六

今天周六，六点半才送儿子上学，回来走到汾源街向东一望，远处起伏的山已经被即将升起的朝阳照得通红，甚至连近处的污水处理电厂高大的烟囱塔和楼房也被染红了，路边叫不上名字的风景树也有些染红了。

二十一点二十分，在接儿子的路上，看到东方的天空悬挂着朦朦胧胧的圆月。一路上路灯照得周围通明，很难选择摄影的视角，终于，一家企业大门口灯光略微有些暗，我在那里才摄下月亮的美景。看来，追求美是需要用心灵感悟的，不能随便获取。

2022年3月20日，岁次壬寅年二月十八，春分，阴，星期日

今天早上六点半才送儿子。一路上天阴沉沉的，整个天空布满了灰黑的云，连太阳露脸的空隙也没有留下。

而到傍晚，我送儿子上学后，去公园散步时，还未踏进公园东门，就看到西边高楼与假山六角亭的低凹处太阳即将落下去。在即将降落的瞬间，把整个西边的楼房、山亭和山上的树木染成了热烈的红色，煞是好看。我禁不住拿凸手机，拍下那精彩的瞬间美画。

二十一点一刻，接儿子的路上，一直也没有看到月亮的影子。这与传统的"十七、十八，人定月发"相悖，这肯定是今天晚上是阴天的缘故吧。

2022年3月21日，岁次壬寅年二月十九，阴，星期一

今天，我因接受后郝村张富良四弟张午良的邀请，为他去世的母亲写祭文，心情非常沉重，跟这一天阴沉沉的天产生共鸣。他母亲是一位饱经沧桑的母亲，也是一位仁慈善良的母亲，更是一位含辛茹苦的母亲。我在将教学工作安排妥当后，便开始收集原始资料，整理文字，构思全文。

一整天没有见到太阳，晚上也没有看到月亮，只感到寒气逼人，感受到倒春寒的威力。

2022年3月22日，岁次壬寅年二月二十，雨夹雪，星期二

今天早上到晚上，整个天空云雾一直弥漫着，时不时洒下极细小的雪晶或小雨滴，让人感到春天独有的风景。太阳或月亮也消失在这雨雪挥洒的云天里，或许要洗个蒸汽浴吧。

今天晚上七点左右，终于将为午良母亲写的祭文发给午良，午良对这一祭文相当满意。

2022年3月23日，岁次壬寅年二月二十一，阴，星期三

今天上午八点，我进学校准备上第一节课，天空依然被浓云笼罩着，东方的天空在云层后面朦朦胧胧地显示出太阳银白的轮廓，没过三分钟，太阳的影儿也被云儿吞噬了。

今年的春天比往年阴雨天气多了好多，也不知今年收成到底怎么样，就看百姓的造化，老天的心情了。

2022年3月25日，岁次壬寅年二月二十三，富良母亲出殡，星期五

今天，天气依旧是阴阴的，基本上看不到太阳的影儿。上午十点五十分去实验中学接儿子回家，因为忙于完成《晨曦枣韵》诗词集校对和交流，下午未能出去散步。第八节课和晚一、晚二自习连上，天空夜幕茫茫，月亮也没有看到。倒是想起富良母亲出殡，把他母亲的祭文收集起来，寄托对她的哀思吧。

2022年3月27日，岁次壬寅年二月二十五，晴，星期日

今天早上，五点四十分醒来，首先拉开窗帘，关注一直追踪的月亮。在东南方高楼的旁边，如银锄般的月亮挂在比上月低得多的位置上，却显得比昨天明亮，比昨天有精神。

儿子在十七时以后才去学校，我送他时，学校不许初中生走正门，只允许走西门。儿子知趣而懂事地步行去西门了。

2022年3月28日，岁次壬寅年二月二十六，晴，星期一

今天早上，六点前送儿子后，回家路上，钩月比昨天明显瘦了，在东南边非常低的空间。这让我回味，正月里的月亮总是绕着正上方行走，一到二月，居然落差这么大。三月的月亮运行将会怎么样呢？期待有更新的发现。

2022年3月29日，岁次壬寅年二月二十七，阴，星期二

今天，从早到晚，天一直阴着脸，早上没有见到月亮的影子，一上午也不见太阳的面。傍晚时候，太阳从云层中射出银白色的光辉。

抬头仰望，满天的乌云是主角，也不会有太大变化，只好低头寻找春天的足迹。在散步的路边发现紫色的小花，绽放着美丽的风姿。在南边的杏园已经展露着粉红的风光，春天无处不在，

无处不美。

2022年3月30日，岁次壬寅年二月二十八，晴，我的生日，星期三

今天早上，尽管是晴天，却没有发现月亮的踪迹。倒是太阳的光辉从早到晚一点也没有褪色。尤其是下午，在太阳的映照下，白云朵朵，满天绽放着祥瑞的万千景象。

今天是我的生日，我也没有张扬，夫人和儿女也没有发现。倒是有两个意外的惊喜，好像上天在眷顾我。一个惊喜是，山西省作协给我寄来了山西省作家协会会员证；另一个惊喜是，山西省高考语文阅卷的报名通知到了，我通过电话和微信报上了名。

总之，今天景色美，人和气，让我一天沉浸在幸福的气氛中。

2022年3月31日，岁次壬寅年二月二十九，晦日，星期四

今天尽管是晴天，只能看到和煦的太阳赶走云儿，只留些许如薄纱般的白色云丝，让我感到春日的温暖。

按照科学说法，今天月亮运行到太阳与地球之间，地球上的人类只能看到月亮的背面，所以看不清月亮的真面目。

下午送了儿子后，沿着九原街、慕山路、长征西街，去拜访赵亚君女士，取两套《忻州文化艺术》《忻州古城》，一套给舅父李文德先生，一套留作自己学习研究。现在看来，我在别人眼中像个文化人，受到许多人的尊重。

体育公园外的几株杏花正盛开着，卖弄着淡粉色的姿彩。

沿着忻台路下到回北肖村的公路，一路风刮得正猛，倒是夹着温暖，给人以春的气息。北肖村在从西南向东北蜿蜒起伏的系舟山的映衬下，显得格外静谧和谐，我的家乡竟然有如此的闲适如画，如此招人喜爱。

忻乡月韵（三月）

2022年4月1日，岁次壬寅年三月初一，朔日，妻子生日，星期五

今天早上送儿子上学，回来时已经六点十分。东边起伏的山峦上已经泛出彤红的曙光，映照着近处的高楼、映照着宿舍的泡桐、映照着院里的花圃。

妻子今天过生日，早饭做了红枣豆子粥，吃到嘴里，甜到心里。

我与妻子美芳已经结婚整整二十八个年头了，先后育有一女一儿，小家庭从借钱买宿舍楼开始，虽然日子过得比较紧，但妻子勤快，没有一年闲过。人长得胖，却心细、手巧，做的饭十人有九人吃了觉得可口。我是个文弱书生，家里活儿几乎全依赖妻子做，虽然妻子有时爱发脾气，但是我总是让她边干活边唠叨。有些时候，她要是不唠叨，肯定是生病了，还让我犯愁。我凭借多年学到的人体经脉穴位知识，给她推拿按摩，打通经脉，让她的气血变好了，一家的日子便又奏起了锅碗瓢盆进行曲。

我父母在世时，小儿子还没有出世，我与妻子带着女儿看望二老是常事。基本上每周回村一次，甚至两次，买些水果蔬菜，买些面皮凉粉，偶尔也割三五斤猪肉，让我们一家团聚。那时候，我大姐还在世，二姐也还年轻，哥哥是包工头，三妹也有儿有女，日子可以说是最好的。父亲母亲与子女们尽享天伦，其乐融融。

如今，我的父母已经去世了，大姐比母亲还早走一年，无常的岁月催人老。哥哥现在也行走不便，二姐与二姐夫身体也大不如前了，我的心情总是沉甸甸的。幸而，在父母与大姐去世后，妻子总是勇挑重担，为我分忧，才让我这体弱之人经得住风霜的袭击。

如今，我的事业蒸蒸日上，我的家庭可以说是比较顺当的。我已经晋升高级职称，在工作之余，有比较充裕的时间从事文学创作，尤其是古诗词创作小有建树，《晨曦枣韵》书号已经审批下来，即将付梓。可以说，这些成绩的取得，有我的一半，更有妻子的一半。我得感谢她，我用文字记下对她的感激之情，算是献给她的生日礼物。

2022年4月2日，岁次壬寅年三月初二，晴，星期六

今天早上六点三十分，送了儿子上早自习，回来路上，太阳已经完全跳出东边的大山，释放着耀眼的光辉。最美的时刻，是站在高楼之间的东西街道边，看太阳从楼边穿行的瞬间，再加上风景树的遮挡，让阳光形成栅栏般的红晕，让人感到有彩色的幻境，那种视觉效果平时是很难体会到的。从每月初一到初二，是没有机会看到新月或月牙模样的，只能用阳光来作为一种补偿，也有一种梦幻般的美。

下午高二月考结束后，已经是十六时四十分，教学楼、实验楼和办公楼围成的花草园里的蒲公英已经随处绽放。三朵一簇，五朵一簇，两朵拥抱，一朵独放，到处是金黄的圆盘，托起春天

的鲜艳和新奇，让人感到校园生机此处独好。

2022年4月3日，岁次壬寅年三月初三，上巳节，星期日

今天早上六点送儿子上学后，东方的山坳里已经泛起红晕，城市污水处理发电厂的烟囱里冒着白烟，笔直地升入蓝天。

这几天清明节休息，想把五台的一位书法名人田象贤的生平及轶事进行一番梳理，可惜半天理不出头绪来，心里有些着急。

下午送儿子上学回来，又到人民公园散步。垂柳一天比一天碧绿，一天比一天柔软，一天比一天秀气。松柏一天比一天郁郁葱葱，草坪上的小草你不让我、我不让你地钻出来，最显眼的是紫色的小花一天比一天开得多。整个公园在人工湖的湖水滋润下，时时有变化，处处有生机，让人心怡神旷，醉赏心驰。

好一个上巳节，不愧是轩辕出生的吉祥之日，陶冶人的心志，净化人的灵魂。

2022年4月4日，岁次壬寅年三月初四，寒食节，星期一

今天送儿子上学，已经到六点半了。东方的太阳是一轮没有夺目光彩的银轮，给人以祥和静谧之感。

下午，为了看月牙的风采，不到十七时就已经到公园了。一路上，天上高傲的风筝在召唤我，地上的鲜红榆梅、粉白春梅在吸引我。在西方，大片白云占据了多半个天宇，夕阳在云朵顶端跳跃着，给白云镶嵌上一轮橙黄色的金边。

三月的天空，不缺的就是洁白的云朵和白色云丝，有的像白色的花，有的像女子削肩披着的轻纱，把天空装扮得婀娜多姿，分外引人注目。我在这样的天空寻觅着，坐在公园长椅上等待着。或许月牙躲在云天中，羞于见人。或许，看到大地变幻着春天的万千生机，她觉得该隐居起来，做一位闲适的隐者，才更显得大度。

这样想着，从东到西，整个北部的天空遮盖着浓厚的青云，以北方的金山银山为根，如巨龙般侵袭而来，占领了整个天空。看来，明天的清明节注定要有雨了，或许将表演"清明时节雨纷纷"的精彩节目呀。

2022年4月5日，岁次壬寅年三月初五，清明节，星期二

今天早上六点多，带着对父母的感恩之情，带着对列祖列宗的敬畏之心，我带着妻子准备好的祭品，骑着电动车向生我养我苦我累我的平川小村——北肖村赶去。牧北总排水渠南岸是北肖村的墓园集中区，父母的坟在正对北肖的渠中间，因为父母生前人缘好，去世后也挤满了去世的乡里乡亲，大概是人们觉得与父母做邻居肯定会和和美美，旺家泽被儿孙的。

祭奠父母，同时也为父母的坟头拔去一些杂草，多在父母的坟头培了几锹新土，给父母的灵魂留下些纪念吧。然后，又去祖父祖母安息的村西墓地祭奠一番，心里觉得舒坦了许多。父母生前还享受过儿女的吃喝穿戴，祖母却未享受孙儿的孝敬就离开人世。祖父在父亲十三虚岁即已去世，更谈不上孝敬的话了。只好在清明时节瞻仰两位老人，寄去无限的哀思。

回来吃过早饭，在床上略作休息，就骑车去云中河水上公园游览风光，放松多时愁闷的心情。

河园水在绿树倒影掩映下，显出碧绿的春色。成群的二三寸的小鱼悠闲地穿行水中，一尺左右的大鱼从较深的水底晃动着笨重的身体，这时节是它们繁殖的时候，也是它们最精神的时光。斜拉桥东的水域有一片水中小洲，小洲上郁郁葱葱长满柳树和榆树，树丛间传来许多喜鹊的喳喳鸣叫声，也有杂乱的麻雀声。最让人惊喜的是人造堤坝上边栖息着一只漂亮的白鸭，一点也不怕游人，优哉游哉地用扁平的鸭嘴啄着身上的羽毛；有些累了，闭上眼睛，埋头在羽毛中，略作休息后，再次梳理白色的羽毛。河源边，有两只白鸭、一只黑鸭游来游去，啄食游人喂养的食物，享受着人与自然的和谐之趣。

河源深处，又有两只鸭子在畅快地享受着春水的宁静。天空中飞下一只白鸭，落到这两只鸭子的近旁，亲密地招呼着。

走到斜拉桥上，眺望西北远处连绵的云中山，正北的金山银山，它们与河岸的高楼形成一幅错落有致的人与自然和谐共生的风景画。我惊叹建筑师的美学眼光，更惊叹造物主留下的山水画卷，在清明时则更见其风光旖旎、生机无限。

云河公园草木繁多，今天最招人眼球的是随处点缀的紫英地丁，还有两岸次第绽艳、红朵满枝的野杏。

沿云中河七一桥从北岸绕到云中桥，再绕回南岸游园起点处，已经十二点二十分了。肚里饥肠辘辘的，心脑畅快淋漓的，这种游园早已驱走了劳累，让人忘记了烦恼。大概这就是上古遗留下踏青的意义所在吧。

下午躺在床上，用手机创作了四首苏轼体的《江城子》，时间过得飞快，居然十八点四十分了。穿好套服，准备去人民公园寻找月牙的神韵。谁承想，在宿舍院向西仰望，如女子蛾眉般细弯的月牙正投来媚眼的仙波。我伫立良久，真正感到自然的变化无常。

大概人生也是如此。当你千方百计刻意追求时，收获的往往是失望和无奈；当你无意等待、关注其他事物时，前面的失望瞬间消失，转而现出光明四射的希望之天堂。不过，如果没有前面的奋斗和等待，绝对不会有夺目的锦绣花园。

2022年4月6日，岁次壬寅年三月初六，星期三

今天十七点多，送儿子上学后，便去人民公园散步。转了两圈后，已经十八点多，太阳还激情四射，照耀着公园的假山和人造湖，照耀着公园的一草一花、一亭一木，一点也没有落山的意思。湖桥下的黑鱼红鱼急游着争抢游人扔下的鱼食，湖上的天空已经有归来的燕子亲切的啼叫声。假山东有四五株玉兰花开着白色或红色花朵，吸引游人留影。

在我无心寻觅月儿的踪迹，走出公园外时，抬头望见比昨天晚上描出了些许的月牙淡影，看来三月的阳光让白日是很难看到月牙的真面目的。

当我十九点二十分上晚自习时候，夜幕已悄然降临，月牙在西南方的星空悬挂着，比黄昏时明亮了许多。今天月儿在天上待的时间是比较长的。我为今天的发现感到格外欣喜。

2022年4月7日，岁次壬寅年三月初七，星期四

今天十四时四十分，抬头仰望，暖洋洋的太阳已经跳着欢快的舞蹈行走到西南晴空，羞答答的月牙儿如同山村小姑娘悄无声息地隐在东南天空。一阳一阴，在蓝天上表演，让人感到自然的神奇与和谐。

微信里与《五台山》主编闫沁梅女士联系好，到《五台山》

杂志社取回刊发我的作品的《五台山》2021年第7期，心里舒坦多了。

太阳落山后，月牙儿在头顶放亮了自己的身形。夜幕降临了，街道上的路灯、春节里布置的节日灯次第亮起，将天上的月牙映照得变幻着身形，如同魔术一般，给人带来不一样的视觉享受。

2022年4月8日，岁次壬寅年三月初八，星期五

白天，天空布满白云。在微风吹拂下，白云在天空悠闲地飘浮着。加之阳光灿烂，让人很难寻找到弯月的踪迹。

倒是十九点、二十点时，西方天空的弯月格外明亮。

2022年4月9日，岁次壬寅年三月初九，父亲诞生日，星期六

今天，不知为什么，我的心情格外沉重。尽管是父亲的生日，可惜父母已经不在人世了。想着父亲在世时，历尽人间沧桑，到晚年，我们兄弟姐妹多去看望，为他老人家过生日，快乐也有，矛盾也有，那种天伦之乐是难以用语言表述清楚的。父母是地地道道的农民，父亲热爱生他养他劳他累他的土地，如今已经长眠于土地，生前有过离别的痛苦，去世后双双葬在一处。儿孙们在正月初三、清明节、中元节、寒衣节去祭拜他们，寄托对父母的哀思。

每到此时，那种哀思再次油然生发出来，为后人留下文字，让他们不要忘记祖先的劳动本色，走好自己的人生之路。

2022年4月10日，岁次壬寅年三月初十，星期日

今天十七点多，我坐在宿舍门口与同事闲聊，偶然抬头仰望，天已经明显暗了许多，如银锄般的月儿已经露出喜悦的神色。

十九点二十分时候，我去学校上晚自习，月儿一直陪伴我到学校，对我恋恋不舍，依然停留在头顶。

二十一点时候，我上完第二节晚自习，回家路上，尽管有路灯照亮我前行之路，月儿还在我头顶，向我投来关爱之情。

2022年4月11日，岁次壬寅年三月十一，阴有小雨，星期一

今天下午，与《五台山》主编联系好，我去《五台山》杂志社取回三本发表我作品的《五台山》。尽管风刮得很大，夹着沙尘，也没有驱散我的喜悦之情。我回到北肖村南，漂亮的影壁周围草碧花红，刚从南方回归的燕子翻飞起舞、呼朋引伴，向我展示美妙的歌喉。送给舅父李文德先生三本，他见到我也很高兴。

晚上，天阴沉沉的，还下着小雨，注定今晚见不到月儿的面了。

2022年4月13日，岁次壬寅年三月十三，星期三

今天早上送儿子上学时，东方的山头笼罩着浓浓的乌云，晨曦看不太清楚，不像往日照着远山，近处的楼房、近处的树木通红。

中午接他回来，送他到学校时，尽管刮着风，但阳光明媚，路上的榆梅露出粉红粉红的灿烂笑容，梨花开得雪白雪白的，显得分外惹人注目。

下午去人民公园散步时，一路上，紫叶李枝头缀满紫红色的小花，虽然不够鲜艳，却分外耐看。公园展馆围墙上爬满了紫色的丁香、白色的丁香，花儿逸放出的香气入鼻，让人心旷神怡，总想在花边逗留、摄影，勾起人无限的遐想，激发人去追求高雅的艺术。倘若是诗人，一定会诗兴大发；倘若是画家，一定会激发创作的灵感；如果是医生，一定会从花中找出公丁香，作为治疗脚气的独特妙方。

晚上的第一节晚自习又是我的，天上的月亮挂在学校办公楼的上方，比昨天显得更圆润了。

2022年4月14日，岁次壬寅年三月十四，星期四

今天下午，参加完教研活动就到人民公园散步。一路上，一排排紫叶李，一排排白丁香紫丁香，一株株红粉的海棠，都绽放着花朵欢迎我光临。去了公园，随处可见娇美或淡雅的花木，随处可见站在花木旁摄影的大男大女和儿童。春天的生机，春天的活力，都在花草的盛装下，在游逛的人们眼睛里释放出来。

进公园时，我欣赏西边太阳的美丽风采，也没有发现月亮的踪迹。返回路上，向东仰望，在高楼与高楼之间看到月亮浅浅的轮廓，没有太大的光亮，也没有银白的色彩，不够圆润。不过我已经感到，月亮在太阳即将落山时，悬挂在东边的天空，升起来已经好久好久了。

夜幕降临后，月亮已经向西挪移一段，也圆润了不少，明亮了不少。也许白天在太阳面前有些羞涩，有些缺乏自信，太阳一落，她在夜色中精心打扮一番。我感到她的温柔，她很多情，她善于更换角色。只有在静穆的夜晚，她才是高天的主宰。

2022 年 4 月 15 日，岁次壬寅年三月十五，星期五

今天早晨送儿子上学，一路上感觉没有前两天冷。东边山坳偏北的地方，太阳刚刚探出红红的脸庞，让人看到新的一天的到来，看到一天的希望之光，感受到新的一天春的温暖。

下午，到处白云飘飞，很难看到一小块蓝天，月亮不知在哪里隐藏着。夜幕降临后，我在去学校时，抬头仰望东南边学校办公楼顶的天空，一轮朦胧的圆月正悬挂着，与学校的巨型牌匾灯交相辉映，煞是好看。

2022 年 4 月 16 日，岁次壬寅年三月十六，星期六

今天送儿子比往日迟，在早晨六点三十分左右。东方的太阳已经升到污水发电厂烟囱上方，在十几层楼顶左右照出耀眼的红光，生活原来就沐浴在阳光之中。

下午去人民公园散步。公园的樱花、海棠花一树比一树鲜艳，一树比一树娇怒。转了两圈，坐在北门影壁边的长椅上，夕阳从西边的高楼边射下和暖的光辉。一棵高大的银杏树上，两只喜鹊正在巢边鸣叫着，享受着春天的温馨。

天上的白云挪移着，把头顶的蓝天给占据了。我今天没有找到月亮的踪迹。

2022 年 4 月 17 日，岁次壬寅年三月十七，阴，星期日

今天白天阴沉沉的，还刮着比较冷的北风，太阳躲在云层里，很难看清本来面目。下午在人民公园散步时，从北门进，从北门出，北门东边树木高耸着，最惹人注目的是有一个巨大的喜鹊搭成的巢穴。看来现在国家关注绿化环境，净化空气，让鸟雀开始有了安稳舒适的居住环境，真是家乡之福、百姓之福，国家伟大复兴的吉祥之兆。

晚上九点接儿子回家时，东南方的夜空，一轮明月在薄云里露出了笑脸。

2022年4月18日，岁次壬寅年三月十八，阴有风，星期一

今天早晨五点五十五分，我送儿子到学校，天空弥漫着灰白的云，东方看不到山的轮廓，也没有晴天时红色的光亮。

中午十二点接他时，天依然阴着脸，还刮起了微风。十三点五十分送他时，我迎着从北边刮来的风，耳边发出呼呼的声响，连儿子说了些什么也听不清。

二十一点三十分，接他回家时，我骑着电动车向南飞驰，迎着从南边刮来的风，感到身上有些冷。尽管一路有路灯，但整个天空黑得看不到月亮和星星，有些怕人。

2022年4月19日，岁壬次寅年三月十九，星期二

今天凌晨四点三十分醒来，拉开窗帘向外张望，发现在西南上空，一轮稍有缺损的月亮在熠熠生辉，才知道古人说"十七十八，人定月发"这句话一点不虚。不然，月亮怎么现在才露面呢。

早上六点左右，送儿子到实验中学时，一轮红日正好从东方的山顶悄然升起，给人带来光辉和生机。而在西南边楼房间的低凹处，有些残损的月亮已经失去夜晚的玥媚，即将落下去。当我回到宿舍院里，太阳的红色光辉已经把东方的楼房、树木、停放的小轿车染上了光华。

2022年4月20日，岁次壬寅年三月二十，星期三

凌晨三点半，稍微缺损的月儿在南方的夜空徘徊着；早晨六点左右，月儿已经在西南边的天空悬挂着，即将落下去。而东边的红日冉冉升起，带给人光明与希望。

早晨，我从楼上下来，儿子还在楼上。院子里天光已经大亮，楼顶上喜鹊成双成对地鸣叫着，从南楼飞到北楼，又从北楼飞到南楼，叽叽喳喳的报喜声洋溢在宿舍院里，给桃李苑带来新的生机和希望。

晚上，二十一点半接儿子回家，夜空中偶尔能看到几颗星星眨着眼睛，月亮却依然看不到踪迹。

2022年4月21日，岁次壬寅年三月二十一，东楼村洪济寺庙会，星期四

凌晨有事，先后醒来三次。两点四十分醒来时，月亮已残损近半，在东南夜空静静地流淌着银光。四点醒来一次，月亮已经停留在正南方，向我投来赏识的目光。五点十分醒来，月亮已经滑落到西南边较低的夜空。

当我打盹醒来时，才五点五十分，天本该大亮，却阴沉沉的。连月亮也被淹没得无踪无影了。

上午第一节课后，路过日日走过的天井小园，满园的蒲公英竞相绽放金色的圆朵。有三朵并排的，有两朵并蒂的，也有一花独放的，也有四五朵、八九朵挨挨挤挤的……我惊叹自然的神奇创造力，总能给人以智慧的启迪、心灵的净化。尽管也有白色的伞果生出，那毕竟不是主旋律，因为现在是春天。

2022年4月22日，岁次壬寅年三月二十二，星期五

今天接送儿子照旧，孩子说班主任和同学们信任他，每天让他领读《论语》。这孩子从幼儿园到小学，普通话讲得好，识字比较早，所以在古诗词朗读背诵方面一直表现不错，有朗诵的天赋。如果一直在这方面重视，兴趣不减，将来肯定会有自己的一方天地。

下午上完第八节课，在上晚自习前有一个多小时的空当。我趁机到人民公园散步。公园的樱花有正在怒放的，也有衰败落蕊满草滩的。丁香花的花期比较长，往往此处花落彼处花开，有半月二十天甚至更长的芳香飘郁的时间，总让人期待她开得早，落得迟，她是最招人留恋的花木之一。

三月是桃花红满枝头的一月，您只要留意，总能在公园的人多处看到桃树的万千娇姿。您用再美的语言也很难描摹出每一棵桃树的魅力和美。她总能摄人魂勾人魄，让人一走百回头。

地上的萱草总比其他春花开得迟，如今也有几株先自开放了。

今天早上的月亮只留下半个了，旦在天亮时就和我招了招手，太阳升起时，她便隐没了身姿。原来她把我的精力，交给春天的百花仙子了。

2022年4月23日，岁次壬寅年三月二十三，世界读书日，渡江胜利纪念日，星期六

今天凌晨四点半，残损了大半的月亮还释放着夺目的银辉，让人感到月牙的残缺之美。再次醒来时，已经早上五点五十分，月牙已经黯淡无光，这才真正感到季节即将转入夏季，太阳的光芒开始让月亮在白天没有露脸的机会了。

2022年4月24日，岁次壬寅年三月二十四，中国航天日，星期日

今天，是中国第一颗人造地球卫星在1970年这一天成功飞天的纪念日，也是第七个"中国航天日"。我从微信中看到中国各大航天发射中心、航天城举行隆重的纪念活动，打心里高兴。

2022年4月25日，岁次壬寅年三月二十五，星期一

今天早上五点二十分，月牙儿银光闪闪地从东南方的天空向我投来慈祥的笑容。当儿子呼喊起床时，才五点五十分，月牙儿竟然黯淡无光，即将在晨光中消失。原来，季节已经把太阳与月亮的角色做了分工。到夏季，白天将很难看到月亮了。

2022年4月26日，岁次壬寅年三月二十六，星期二

今天早上六点前，太阳从东偏北30°的山头升起，山的轮廓还有朦胧的起伏貌。下午六点半以后，一轮又圆又大又亮的太阳从西偏北30°的山坳处落下，山的起伏之美分外显眼。

2022年4月27日，岁次壬寅年三月二十七，星期三

今天，天一直阴着脸，从早上开始刮着暴躁的北风。晚上，还下起冷面的雨，真让人感叹天气的反常。

吃早饭时，听说与闺女一起上幼儿园、一起上小学的一个小伙伴，年龄才二十七虚岁，连媳妇也未娶就离开人世了。跟闺女交流时，心里乱糟糟的，脑子里一片空白，居然连名字也想不起来了。世界居然就这样冷酷，造物主总会捉弄人，世事无常。但愿活着的人珍爱自己，祈祷上苍怜悯软弱的众生，期待昏昏度日的年轻人早日醒悟：注重保护自己，尊重自然，按时作息，饮食要大众化，不挑食，不逆天行事。也期待当代的企业家，不要做昧着良心的勾当，给老百姓带来幸福和安康。

2022年4月28日，岁次壬寅年三月二十八，星期四

今天早上，送儿子时，尽管还有些冷，雨已经停了，风也小得多了。太阳也没有露脸，月儿也看不到。

上午不知什么时候，天已经晴了，大块的白云离我们格外近，东边、南边、西边、北边的山也被云雾遮住，看不到起伏的轮廓，更不用说青山的巍峨状貌了。

下午到人民公园散步，丁香花、榆梅、樱花、海棠花等相继退出花季，西南边的桃花正在挤枝怒放，好比刚刚结婚的少女正在欢快地度着蜜月。萱草也这里三五朵、那里七八朵地展示着紫色的蝴蝶结，让人赏睐不暇。

最新奇的是，散步的东北人行路边的路牙的狭窄缝隙中是全副武装的蚂蚁大军，急匆匆地在洞口有进有出，路牙上大片大片急行军，搬运着一冬的垃圾，准备开展夏秋的劳作，任人观赏，它们倔强地搬运食物，过好风滋雨润的生活。蚂蚁，小时候就喜欢赏玩的小动物，与比它们大几十倍上百倍的大虫子、大枝叶做斗争，我受到启迪，鼓舞我勤奋学习和工作，坦然面对困难和灾难。它们，是天地赐予的伟大生命，那种团结合作共同渡过险阻的精神，永远铭刻在我心中，赐我以勇气、智慧和力量。我爱它们，更热爱它们周围的环境。我感恩花草虫鱼，感恩大自然的空气，感恩太阳给我阳光，感恩月亮给我金辉，感恩春夏秋冬的轮回，感恩生命每日每夜的呼吸，感恩山的碧绿生机，感恩水的升腾和潮汐……

2022年4月29日，岁次壬寅年三月二十九，星期五

今天下午，在公园散步，人造湖水碧清澈见底，人造山岛树木掩映着精致的四角亭和六角亭，郁郁葱葱的树木连同山岛云天倒映水中，给人以自然恬静之美。湖东南的天目琼花展现一年里最优雅的身姿，银白色的琼花在嫩绿的枝叶上点缀万千，给人以仙境梦幻之感。

今天晚上，只见星星时不时眨巴着多情的眼睛，在没有月光的时候，它们便是晚上的主角。

2022年4月30日，岁次壬寅年三月三十，星期六

今日上午，回北肖村为本家四亮叔叔张罗丧事。一路上，微风拂面，四面的山脉各具神韵：南山最近，呈西南斜向东北走势，黑黑的山石间夹着碧绿的树木，时隐时现；东边的山脉也许是定襄遗山，也许是神山，也许是佛教圣地五台山，勾起无限的想象空间；北面的金山高过两边的小山，分外显眼，两边的小山后依次有小山叠加其中，给人以山外有山之感；西边的山与近处的忻州市区的高楼互相映衬，在高楼间的空间，露出明显的起伏和青碧丘峦，给人以错落有致之感。

四亮叔叔寿终正寝，享年八十六虚岁，本来有四女一儿，可怜小儿子已经离世五年。孙子尚小，丧事全赖四个闺女女婿备办，孤苦伶仃，事宴上帮忙人手少，总共连亲戚也不过五六桌。

不知出殡时候怎么样，但愿能安稳下葬。

本来今天要去令狐庄观赏老薛家的芍药牡丹，可惜本家人的丧事急需帮助，只好忍痛割爱，幸有微信交流。从同事的微信里看到牡丹花开正艳，赴会人拍了照片及视频，于是配诗制成美篇，也不枉老薛邀请，为老薛送去美好的祝福。

忻乡月韵（四月）

2022年5月1日，岁次壬寅年四月初一，星期日

今天早上七点半，骑电动车回北肖村，天清气朗，东、南、西、北四面的环山各具走势：东边的山最远，逶迤连绵沿西南，渐行渐近，再向西南，渐行渐远；西边，近处忻州城楼房以远处的山峦为背景，错落有致，人文景观与自然和谐拼接，别有情趣；北面的山，正北是富有传奇色彩的巍峨金山，向西与向东的山时断时连，似断似连，山后有山，再后又有山，在今天看，更有一番情趣。

下了台忻公路，路过老渠边野外房屋边，成双成对的燕子飞起落下，忙不歇息，不知疲倦，可谓珍惜光阴的勤劳者，从它身上感到有无穷的力量。

去四亮叔叔家，主要精力全放在收礼记账上，忙碌了一中午，总算清楚交账。饭后，与北肖的老者和石林寿交流已故北肖先贤张千寿的生前家事和儿女故事，并去石林寿家看了看石氏族谱。有幸了解到北肖村石姓族人的兴衰故事。原来北肖村的寺庙在村的中心地带，只因阎锡山修太原到河边的铁路，原本要走南肖、北肖村间的空地，南肖村的傅鹏海利用在督军府的显赫地位，擅自修改线路，让北肖村不少百姓房屋被毁，无法居住，只好背井离乡。四十八家石家人口迁移定襄、五台等地，现在北肖村石姓族人老辈子仅留三五家了。

听林寿叔讲述往事，我才感到，沧海桑田，历史变迁，伤悲不已，只有徒然长叹罢了。

2022年5月2日，岁次壬寅年四月初二，星期一

今天下午，再次回北肖村，我给林寿叔送笔和笔记本，期待他能将北肖村的一些历史写出点东西来，以便以后再充实北肖村史。

傍晚时分，我在宿舍院里散步，蓝天上有两朵云彩变幻着仙姿，与院里的泡桐树相互映衬，显得格外雅致精美。

2022年5月3日，岁次壬寅年四月初三，星期二

今天早上七点半，骑电动车带着儿子前往忻州市妇女儿童医院。一路上，父子俩享受着从东方斜射过来的和暖阳光，欣赏着路边整齐的树木风光，呼吸着清晨清新的空气。周边村里的男女村民，有的带着锄头到玉米地里锄地去，有的扛着铁锹去地头浇地去。尽管穿着齐楚，骑着半新的电动车、自行车，他们的辛劳依然令人敬重。

回来时，改变了路线，沿着云中河，湿漉漉的空气浸润着脸庞，沁入鼻腔，润入脾肺，浑身舒坦轻快。公路上，园丁们拿着电动修剪机器，竞展修剪技艺，美化着路边的风景。他们是自然美景的设计师。

2022年5月4日，岁次壬寅年四月初四，五四青年节，星期三

今天是五四青年节，全国各大中学隆重纪念五四运动103周年。青春，人生的花季、雨季，生机勃发的季节，是人生开启创造革新的季节，是人生开始万里长征的起跑线。黄金岁月，学习知识、学习做人、学习文化，创作诗雅颂，展现真善美，奋斗伟大事业，酝酿人生百年图景，我们一起祝贺青春，祝贺青春万岁。

2022年5月5日，岁次壬寅年四月初五，立夏，星期四

今天上午，我有第一节课。在候课时，观赏操场西、教学楼宿舍楼东的走廊美景。丁香花已经落蕊全无，心形的绿叶葱葱郁郁，释放出淡雅的清香。紫穗槐正在热闹中，展露了满树紫红色的花穗，如同珍珠串，招揽过往人去欣赏。

午休后，已经三点多，我将为薛万海令狐庄牡丹盛会配好的诗发布到各微信群里，便到公园散步。今天天气格外热。公园里，诸多浓艳花树已经淡出花季，萱草已经悄然开出紫色的蝴蝶结。人造湖南边的天目琼花洋洋洒洒，缀满路两旁的碧玉长廊，与北面山岛的六角亭构成一幅仙境般飘逸的图画。

上了两节晚自习后，已经二十一点多了，在夜空西北区域，月牙儿银白色的银钩悬挂着，给人投来亲切和谐的清辉。久违了，我一直追踪的神秘天使。

2022年5月6日，岁次壬寅年四月初六，星期五

今天下午，沿着公路绕大檀村转了一圈，在大檀村北的公路

边，风景树葱郁茂盛，紫穗槐上紫色花串惹人注目。

我开始穿单裤和半袖上衣，感到身上略微有些冷。

两节晚自习后，还是昨天那个时间——二十一时多一些，在西北夜空，月牙依然悬挂着，不过比昨天稍微近了些，比昨天显得黯淡些，似乎比昨天稍微瘦了些。

2022年5月7日，岁次壬寅年四月初七，阴雨，星期六

今天醒来，天阴着脸，因为没有课，起得迟，八点半下楼去门房吃饭时，雨已经下起来了。楼门外的电动车、自行车穿上了雨衣，进出的人们脚步匆匆，有的怕雨淋湿，有的怕院里的东西被雨洗了。

吃完饭，回家时已经到九点了，天空先是闪电，接着便是雷声，在闪电雷声过后，雨线明显密集了。上到五楼，在卧室听雨打石棉瓦发出的声响，如同自然奏响美妙的音乐，与公路上大小汽车的马达声、鸣叫声合成和谐的歌声。

雨来了，闪电来了，雷声响起来了，在立夏后的第三天，跳起夏季的第一场歌舞盛会。

雨，在下午停了，深夜，开始了时断时续的里程。植物沐浴在雨水的滋润中，动物与人在不知疲倦的歌声里，把甜美的梦编织在深度睡眠之中。

2022年5月8日，岁次壬寅年四月初八，母亲节，星期日

今天早上醒来，雨已经停了，天空尽管不够晴朗，白天也可以感到太阳的光亮。二十点后，也可以看到朦朦胧胧的月牙在头顶盘旋。

今天是母亲节，细心的女儿为母亲送去康乃馨，送去祝福。儿子趁机与母亲交流和对话，缓和曾经的不愉快，开始对母亲的养育之恩表达心声。

2022年5月9日，岁次壬寅年四月初九，星期一

今天下午，学习了新教材培训知识，我对教材目标与体系有了新的认识。

去人民公园散步，大叶萱草以前开过的花开始衰落，新开的紫色花瓣越来越多，好比赶集一样热闹。完整的天目琼花由十二个白色圆瓣围成一个圆，中间的黄蕊与花瓣组成美丽的图形。而一树天目琼花由成百上千的图案自然拼装起来，几十株上百株天目琼花树又汇聚成天目琼花的海洋，这片花的海洋将在公园绽放一个多月，甚至更长。

开完周一例会，又在路上看到西边的白日穿梭于两三朵云彩间的缝隙，让人感受到自然的神秘变化。

晚上，半个月亮在头顶待了很长时间，如同恋人，又好比我的保护神为我照亮天空的黑暗。

2022年5月10日，岁次壬寅年四月初十，星期二

今天的课和自习比较多，上午三节课，下午第三节课，晚第二节自习，一天就沉浸在教学之中，一直与两个班的学生交流对话，传递着古今中外文化的经典，点燃着几十位年轻人的心。

晚自习前后，半个月亮比昨天胖了些，依然在头顶盘旋着，如同可爱的天使赐我以光明和力量。

2022年5月11日，岁次壬寅年四月十一，星期三

今天早上六点十分送儿子上学后，一轮白日还未从东方升起，天空虽然云雾弥漫，也没有觉得天气会变得这么快。上午上了两节课后，整个天空阴沉沉的，云层压得很低很低，雨便随即飘落下来。中午十二点，接儿子放学时，雨成了街上最主要的风景，在实验中学，打雨伞的大人、小孩成了湍急的人流。

雨，一直在下，气温也越来越低，骑电动车时，抓着车柄的手已经感到冷的袭扰了。

晚自习接儿子时记错了时间，二十一点五十分接他时，他已经打着雨伞等在实验中学西南的十字路口了。儿子有些生气，做父亲的我也觉得过意不去，赶忙跟他道歉。这是过了五一节后第一次晚自习接他，这才知道他的下学时间在二十一点三十分。

说实在的，如今上学条件好多了，学校校舍环境好，下雨天路上没有泥泞，吃饭的条件优越，过着好的生活。可惜，孩子们饥忍不得，苦受不得，还抱怨家长满足不了他们的心愿。也不知孩子何时能真正懂事，知道感恩呀？

2022年5月12日，岁次壬寅年四月十二，汶川大地震纪念日，星期四

今天早上，送儿子上学时，天已经晴了，天上的云已经升高了，尽管还有些黑云在天空停留着。电动车座位上沾满了露水，也有些寒意。

下午散步时，公园的人比较多，鸟雀在草木间欢快地飞来飞去，不时发出鸣叫声。

教研活动比较紧张，网上学习了高中语文新教材的体系和变化，受到不少启迪。

晚自习孩子们表现不错，作业能主动自觉完成，还有学生敞开心扉，交流古诗词填空题在完成时存在的问题。我告诉孩子们，这就达到了学习目的，《礼记》中的"学然后知不足，教然后知困"，正是教育中的最佳境界。期待孩子们学习能进步。

2022年5月13日，岁次壬寅年四月十三，星期五

今天早上，未到六点就下楼送儿子上学，太阳已经从东北方的山坳处升起来了。市污水处理发电厂的烟囱里冒着烟，向上升时朝北弯了一些，在阳光照射下，线条好美。

下午散步，是在送儿子上学后到公园里的。公园里散步的人几乎没有，偶尔有公园保安巡视一番，嫩绿的树木丛里，灰喜鹊飞上飞下，麻雀在草丛间跳起落下，白羽与黑羽巧妙组装成的花喜鹊不时发出可爱的叫声。长尾松、油松都长出嫩绿的新绒枝，在热了没有几天又降了温的时候，依然展示着入夏的风光。

今天下午第八节，晚上第一、第二两节自习，我与我的学生们交流背诵古诗词的心得体会，让孩子们探讨《自然选择的证明》《宇宙的边疆》。然后从智能黑板上搜索到科学探寻的空间，让学生在新时代的网络模拟空间体验时空的变化，既轻松又和谐。

课间，我一直关注的月亮已经渐趋丰满，逐渐靠近圆的形态了，只是位置与前三个月比，明显在东南空间，好像不在正面头顶盘旋了。

2022 年 5 月 14 日，岁次壬寅年四月十四，星期六

今天早上五点五十分，我缓步下楼，举目向东，东北方的暖日已经升起，从翠绿的泡桐树枝叶间洒下温柔的光芒，给人以新的希望。

今天除了接送儿子上学外，剩下的时间是我的自由时光，我可以利用宝贵的光阴耕耘我的文学，酝酿我执着追求已久的文化文学之酒，圆我的文学之梦。

十八点三十分到十九点多，我踩着夕阳的余晖在熟悉的柏油马路边上散步，用细碎的脚步观瞧着公园环形水泥路的花草变化。大叶萱草的蓝朵在羞残与绽放间徘徊不定，纵情合唱的天目琼花用漫无边际的十二朵白色花瓣谱写着一两个月也唱不完的歌曲。那湖心岛顶端的六角亭，与周围的树木、近处的高楼、远处的山峦、云卷云舒的天空，演绎着万千变化。您无论是从哪个角度观赏，在什么时候品味，都有幽雅的画境供您拍摄。园林的设计可谓巧夺天工。

二十一点多，在回宿舍的时候，即将圆了的月亮从东南的天空洒下银辉，装点了宿舍楼的窗口，塑造了泡桐与枣树的风姿。

2022 年 5 月 15 日，岁次壬寅年四月十五，星期日

今天早上，儿子不上早自习，吃完早饭，七点五十分送他到学校。太阳已经从东北方的山坳里升起，向东南挪移了，向更高天空升腾了。一路上，来往的汽车与电动车明显比早上多，声响也嘈杂多了。

从早上到傍晚，天上的云彩不再是昨天的白纱裙，到处飘飞着白色的大朵大块，显得比昨天美丽了。

2022年5月16日，岁次壬寅年四月十六，星期一

今天早上，送儿上学，一路上没有风的袭扰，只有阳光的抚摸，从头到脚感到暖暖的，舒坦舒坦的。

下午原来本该参加年级组例会，临时接到忻府区委宣传部文联通知，到秀容书院参加一个活动。穿上白衬衫，骑着电动车，如风一般赶往秀容书院。原来是山西省哲学社会科学活动周开幕式在忻州举行，省、市、区相关领导莅临并做重要讲话，然后参观秀容书院博物院，别有一番情趣。

二十一时四十分，接儿子回家路上，圆圆的月亮从东南方的天空射出皎洁的光辉。觉得今天的月亮比往日深远些。直到二十三时即将睡觉时，圆圆的月亮才靠近正南方，也觉得近了许多。月亮的运行轨迹真令人难以捉摸。

2022年5月17日，岁次壬寅年四月十七，星期二

今天的天气特别好，阳光亮得直刺人的眼，天上的云大朵大块，变化万千，白得耀眼，白得秀气。山是它们升起的地方，河是它们的家。山河的草木间升起的雾气化成白色的云朵，白色的云朵碰撞或凋落又成了滋润滋养草木的灵秀尤物。大自然的诗，大自然的画，由日月的对抗、由日月的光明写就，天空是阔大的纸张，大地是博大的收藏馆。我想张开双臂，拥白云入怀，又怕亵渎了天地神灵，只好把爱深埋于心底。

深夜时候，窗外的明月惊走了我的梦。抬头望，南偏东的夜空，在月亮的朗照下格外明亮。月亮已经有些缺损，依然有圆的轮廓，看上去如同挂在天空的银镜，大自然在银镜下尽显妩媚和迷人。

2022年5月18日，岁次壬寅年四月十八，多云转阴，星期三

今天中午，参加高彦平之父的葬礼后，在忻州七中办公楼西边看到月季花正盛开着，颜色鲜艳，重瓣组成绝美的图案，让人赏罢，不忍离去。

下午，公园散步，游览的、散步的人比往日多了一些。仔细观赏，才发现各种树木葱郁茂密，展示着碧绿的衣装，阳光尽管耀眼，在树木的遮掩下，洒下的余荫正适合人们呼吸新鲜空气，休息，消遣，活动筋骨。初夏的公园，原来魅力无穷。

2022年5月19日，岁次壬寅年四月十九，星期四

今天上午，与二姐、妙子商量好，去南肖村探望二姐夫。人上了年纪，各种器官就出现故障，总有几个地方生病。二姐夫早在二十多年前就是小车司机，他为人和善，为东街大队开车好几年，后来又进入山西省煤销系统。可以说，付出的辛苦总算有回报，同时因为久坐而让腰椎劳损，只好做了手术。原来的痛苦消失了，腿却无力，背上好比背着百十斤重的石头，恢复起来相当困难。今天看望他，希望他能早日康复。

返回三舅家，三舅抑制不住内心喜悦，一是瓦房顶子重新修复了，南房也加上新材料做了顶子。正房窗户换成大框断桥中空玻璃，冬天一定保暖。他老人家又找到一本剧本集，一辈子的心血积累，现在总算有了着落。怎么能不高兴呢？还有几个喜事等着他呢。

2022年5月20日，岁次壬寅年四月二十，星期五

今天一天，心里有些乱，一是宿舍院里有一家正办婚事，我没有给帮忙，实在过意不去。二是北肖村我的一个远方表兄已经去世了，我有心帮忙，而他的孩子们也没有邀请，只好放弃了。只好待在家里读书、备课，平衡内心的烦乱。

晚上睡觉睡得早，醒了，看到月亮已经亏了近一半了，还是那么明亮。

2022年5月21日，岁次壬寅年四月二十一，小满，夏季的第二个节气，星期六

在回家时，看到家乡的庄稼刚刚长出幼苗，也没有异样的感觉。只是第二天在校园里，看到蒲公英不再绽放金黄色的圆朵，公园里的大叶萱草与天目琼花过了花季。校园里、工厂里、宿舍里，到处绽放的是清一色的月季，大红大红的、雪白雪白的、淡黄淡黄的，在月季的绿茎绿枝上拥抱着、怒放着，展示着叠瓣鲜唇，这个时节，是月季花第一次赶会的时节。

今天一天，天阴着脸，还下了零星小雨。太阳的影子只是云层稀薄时的一点印象。月亮两三天也没有看到。

2022年5月23日，岁次壬寅年四月二十三，星期一

周六、周日心里有些烦乱，又去参加北肖村柱哥哥（张计田）的葬礼，加上自己的懒散，没有留下文字，有愧于上天和家乡土地赐我以灵魂，有愧于生身父母赐我以生命。

2022年5月29日，岁次壬寅年四月二十九，星期日

近几天来，天气渐渐增温，阳气上升，每天即使是晴天，天空也白云缭绕，宿舍院、学校院、公园里、街道上，到处可以看

到大朵的月季花纵情开放，红的如火一样红，白的如雪一样白，黄的、粉的也夹杂其中，争奇斗艳，释放着热情与欢乐，热恋着初夏的大好时光。

农历四月，从二十三以后，夜晚也难以捕捉到月亮的踪影，更不用说白日里了。阳气充斥着世界，春日里寻常金黄的蒲公英花在夏季里是难得一见，天空的太阴也知趣地隐藏起来了。

公园北门的花池已经换了新花，我叫不来名字，开得正热闹，与陈巨锁先生的"人民公园"四个大字相映衬，美上更美。园丁们正忙碌地浇园，那用的喷泉式塑料管科技含量高，这是前二三十年想也不敢想的喷灌技术，中华民族伟大复兴就在科技创新上显现出来了。

忻乡月韵（五月）

2022年5月30日，岁次壬寅年五月初一，星期一

今天上午第一节课、第四节课，我给学生交流探讨语文复习及背诵古诗文的方法及技巧，孩子们比往日积极主动多了。学习是孩子们自己的事，教师、家长只是启蒙者、引导者、激励者，孩子们只有自己觉悟了，学习才能见功见效。期待孩子们每天能这样，持之以恒。

第四节课前，走向教室时，看到南面高楼顶上的蓝天开放着一朵洁白的云朵，这是一个吉祥的云朵，期待开在每个孩子的心田。

刚过十五时，就顶着骄阳向人民公园走去。一路上，年轻的男女穿着半袖浅色上衣，半腿裤或飘飞的连衣裙，俨然进入仲夏时节。五月的太阳光芒逼人的眼，真不敢直视，只好隔着绿色的树枝树叶接收太阳的余光，天上的白云大小各异，开放在山头、楼顶或树梢，大自然在此时就归太阳统治了。

公园里，散步的人们不多，公园的园丁正坐在长椅上，悠闲地照料着喷泉式科技喷灌浇花浇草。回想三十年前，农人们挽起长裤泥鞋浇田的情景，那种狼狈得父辈祖辈流汗流泪的日子已经一去不复返了。

喷灌机浇过的草木上，成群的喜鹊飞上飞下，欣赏着公园的这一美景，鸣叫声中含着喜悦和惊奇。

今天，注定与月亮无缘相见了。

2022年5月31日，岁次壬寅年五月初二，星期二

今天上午，从宿舍到学校仅三百米左右行程，一路上难以承受太阳的炙烤，肌肤灼热灼热的，我这才感到农人们在烈日下背负青天时是何等痛苦难熬。

下午去学校时，天上的白云大片大片的，知趣地挡住太阳毒辣辣的光芒，我享受着云儿和树荫的保护，感到格外舒坦。原来天地在有意无意地演绎着阴阳和谐的辩证法。

2022年6月1日，岁次壬寅年五月初三，星期三

今天是六一儿童节，各小学、幼儿园开展着小规模的欢庆活动。进入中老年的人们回忆曾经戴红领巾时的快乐时光，用心灵进行时光隧道的穿越。

即将过端午节，我为战国时期伟大的浪漫主义诗人屈原写了两首五律，怀念屈原，欣赏他的诗歌，同情他的遭遇，继承他的

诗歌创作传统。

2022年6月2日，岁次壬寅年五月初四，星期四

今天上完第一节课，便急匆匆去播明派出所给儿子取身份证。儿子还未成年，国家号召未成年人办理身份证，一是为了保护未成年人，不至于被拐骗儿童的犯罪分子而石沉大海，同时也为执法机关在管理未成年人方面有一个执法档案。可以说，真是一举两得。

昨天就去取了，上午来迟了，未取上；下午去了，整个派出所所在巷子已经人车满满。今天才知是为少年儿童办身份证，赶了个六一节。

今天领上号排上队，尽管人不多，还是需要等。看到街上的月季花开得火红火红的，鲜艳夺目，便拿起手机，拍下了美丽的风景。葡萄已经上架，黄瓜、连豆也上架了，我没有征求主人同意就拍了照，主人风趣地说我"偷"了他家的菜，我才感到有失礼貌。急忙与菜主人交流一番，不觉已经轮到我了。进去取上身份证就回家了。

原来，生活处处美，生活处处有学问。

2022年6月3日，岁次壬寅年五月初五，端午节，星期五

今天端午节，吃着甜香可口的粽子，怀念为楚国尽忠投汨罗江而死的屈原，怀念为报父仇命运多舛的伍子胥，怀念忻州百姓祭奠的母人熊，我感慨良多，心情格外沉重。

下午去人民公园散步，草木繁茂，喷泉喷灌机在浇灌着公园的一草一木。公园北门花圃里，一园丁头戴着草帽，手拿电动剪

割草木的器械，细心为草木修剪着。原来美丽的造型是他与他的园丁师傅创造的，我油然而生深深的敬意。

2022年6月4日，岁次壬寅年五月初六，星期六

今天晚上参加了忻府区作协组织的一次文学交流活动，张茂田主席介绍了他从事文学创作的丰富的传奇经历，让人敬慕，让人欣赏，他是在文学界收获满满的成功长者，是晚辈们学习的榜样。

回来的路上，看到久违的月牙儿挂在西方的夜空，虽不甚灿烂，我觉得很美，很美。这五月里，月亮第一次映入眼帘，怎么能不激动呢?

2022年6月5日，岁次壬寅年五月初七，星期日

今天本应休息，却因高考调休，今天上周一的课，因为过几天要去太原参加高考评卷工作，我的课将由高三两位女老师代八九天。我上课时，特别吩咐孩子们，要他们配合代课老师，完成好作业，争取不耽误学习。孩子们还挺可爱的。

下午散步，公园的草木在被充分地喷灌后，长得越来越茂密、越来越翠绿，月季花次第怒放，变幻着各种颜色，展示着夏季的美。

2022年6月6日，岁次壬寅年五月初八，星期一

今天，与五师53班同学们一起，参加贺姝英儿子的结婚典礼，来自忻府区、定襄、宁武、保德及原平的同学们聚会在原平，为婚礼带来喜庆祥和的气氛。

2022年6月7日，岁次壬寅年五月初九，高考第一日，星期二

今天，全国高考第一日。我与儿子在家里休息，儿子发现一只珠颈斑鸠在阳台铁栏里的小塑料筐里，生了两颗精致的斑鸠蛋，这只珠颈斑鸠几乎整日卧在斑鸠蛋上孵化小斑鸠。我为儿子的发现而高兴，并且告诉他，不要惊吓它，斑鸠能进驻家门口，是祥瑞之兆。斑鸠是国家保护鸟类，我们能与鸟儿和睦相处，将来一定会有好事发生。儿子说他也很喜欢，每天到阳台窗口观赏斑鸠，心里不知有多么高兴。

2022年6月8日，岁次壬寅年五月初十，星期三

今天早上六点多，我到人民公园散步。这几天下午炎热，改为早上到公园散步了。天气晴朗，气温不高不低，一路上空气清新，碧绿茂密的草木宜人眼目，让人心静神宁，对家乡的水土留恋不已。公园东门花坛边，好几位书法家在争取后，终于如愿以偿，展览着一幅幅真草隶篆书法作品。尽管这些书法家鹤发银须，依旧精神不减、气度不凡。我对他们的书法欣赏不已，对他们艺术追求的精神钦佩不已。期待他们每日能有新作品，每天在公园能绽放书法绘画的花朵。

2022年6月10日，岁次壬寅年五月十二，星期五

今天早上六点五十分下楼去门房，吃过早饭，已经七点三十分。我坐着爱人的电动车去忻州火车站。刚到火车站，就听到火车站广播从河边去太原的火车开始检票。

我先将行李包放进检测通道，通过电子检测平台穿过候车室，将身份证放进电子检票窗台，经过人脸识别，时间过得分外快，即走进地下通道，走上等待火车的站台。我这才感到智能技术的便捷，感到新时代的气息，我为有幸享受新时代的快节奏而自豪。

虽然我坐的是慢车，也已经不可同日而语了。

到了太原，我坐着902公交车向山西师范大学疾驰而去。

进到山西师范大学后，报到了，找到宿舍楼，拎上行李放进宿舍，我才去餐厅吃饭，心才静下来。

山西师范大学的芦花湖，久违了。那衰败了又绽放的月季园，在充裕的泉水浇铸下，展现艳丽和娇美；那宽阔的荷塘里野鸭、鹌鹑与鸳鸯自由游逛，自由歌唱，自由寻觅侣伴；那茂密的芦苇在湖的四周生长着，在凉风的吹拂下狂欢地簇拥着，我不禁想起《诗经·蒹葭》里"蒹葭苍苍，白露为霜"的优美诗句，虽然现在是夏季，没有上霜。

今天，也没有看到月亮的影子，可能是时机没有抓住。

2022年6月11日，岁次壬寅年五月十三，星期六

今天在太原，工作刚刚开始，虽然不太紧张，心已经投入进去了，一份沉甸甸的责任已经压在心头，又一次担负起大任务，心里既高兴，也有压力。傍晚，吃饭后，准备去芦花湖散步，乌云黑压压地布满天空，只好回到宿舍，与在忻州的爱人交流家务事，交流家乡风雨气象，心情稍微缓解了些。月亮肯定无缘见到了。

2022年6月12日，岁次壬寅年五月十四，星期日

今天晚饭后，回宿舍漱口刷牙后，独自一人在芦花湖散步。

一路上，有优选自全省的高中教师也来散步，遇到熟悉的面孔，便打招呼。月季园的衰败的花基本上被昨天的一场雨洗去，只留下部分绽放的花儿依然绚丽着。西北的山坳处，夕阳含羞地即将谢幕，近乎圆形的月亮在东南的天空悬挂着，开启了今夜的旅行。夕阳的余晖燃烧着橘红的云霞，给人以美的享受。

2022 年 6 月 13 日，岁次壬寅年五月十五，星期一

今天早上，去芦花湖散步，我看到天阴沉沉的境界中的莲花池中的美景，野鸭在歌唱中悠闲地游在湖水中，莲叶田田地生长着，偶尔有白色红色的莲花舒展地绽放着。

下午的一场暴风雨，把天空的乌云抖落到大地上，天空、大地在沐浴中展现出全新的风姿。

傍晚，夕阳红彤彤地向人们展现新娘一般的魅力，然后向西北方的山下边隐去，让西北方的纱裙般的云儿飘飞着招引红男绿女的眼球。

东南方的天空，依然横着一条长长的白云带，我观赏着，耐心地等待着。那条白云带，如同捧起的哈达，居然从白云中升起一轮银白的明镜。从十九点等到二十点，终于等到白云仙子孕育已久的奇境，那不是我渴慕已久的月亮大仙吗？

我惊叹造物主巧妙的安排。从芦花湖到体育场，游赏的人们用手机拍照，呼喊着，微笑着，欢呼着，迎接久违的嫦娥来到人世间。

2022 年 6 月 14 日，岁次壬寅年五月十六，星期二

今天是个好日子。晴朗的天空飘飞着祥和的白云，芦花湖的

喜鹊成双成对的鸣叫声分外喜人，湖水清澈如镜，映照在水中绿树和芦苇的倒影增加了如画般的生机之美。野鸭子有的在水里嬉戏，有的鸣叫着飞向远处水域，也有的从远处飞来，落在附近的芦苇前，让人目不暇接。

从芦花湖走到大体育广场，跳广场舞的大学生们在轻快熟悉的音乐和歌声中，展示着青春优美的身姿。西方的夕阳将整个天空的云彩装扮得粉红粉红的，如同跳舞女子们轻柔的舞裙。整个广场的人们陶醉在美好的气氛中，拍照、欣赏、品味，总想把这美好的时光留住。

以后的好几天，我每天都在芦花湖边、操场上散步，再也看不到那么美的风光，好留恋这美的一瞬间。

2022年6月15日，岁次壬寅年五月十七，星期三

在芦花湖边除了可以听到各种鸟雀的鸣叫、蛙虫的歌唱，最寻常的是天空中不时飞过的飞机。附近的太原武宿飞机场大约五至十分钟起飞一趟大客机，降落一架大客机，我最喜欢那飞机穿梭云天的优美身姿，也喜欢听美妙动听的隆隆机声，与三十年前相比，大相径庭。那时我在山西省教育学院进修学习，在傍晚学习之余，还与同学步行走进武宿飞机场，近距离窥探飞机的模样，出飞机场时被武警扣住，盘问我们。那时飞机少，机场不封闭。现在只能在机场外看飞机飞起降落，听飞机隆隆声，再也不能近距离接触。除非花钱去远方，坐飞机去领略蓝天白云的风光去。

2022年6月18日，岁次壬寅年五月二十，星期六

今天上午十点多，我们完成了高考评卷任务，认真听了听张

才明教授对近几年高考命题的总结报告。评卷老师们围在张教授周围，认真倾听老教授的教诲，有的认真做笔记，有的从远处走到近处，总怕有听不清的内容。

下午五点，我坐上从太原到河边的绿皮火车，享受着童年曾经独特的坐车赏美景的情境，仿佛回到了童年时光，勾起有关童年趣事的回忆。

2022年6月19日，岁次壬寅年五月二十一，星期日

今天早上，阴台上的斑鸠还在简易巢里卧着，上午吃饭后，斑鸠已经不在了，而斑鸠巢里的两颗小卵也不见了。是斑鸠自己吃了，还是被什么动物吃了？不得而知。查阅网络资料知，斑鸠孵蛋需要十八天左右，而这只斑鸠产卵还不足十八天。生命的诞生何其难矣。愿人们珍惜自己来之不易的肉体和灵魂，不要愧对上天的赐予，父母的艰辛。

2022年6月21日，岁次壬寅年五月二十三，夏至，星期二

今天早上醒得比较早。小儿子先穿好衣服下楼，一会儿回来了。我穿好衣服带上门，到公园散步去。

一出桃李苑宿舍大门，向南一拐弯，抬头一望，一抹下弦月淡淡地挂在绿树顶上的天空中，在如薄纱般的白云空隙处分明勾勒着。

继续前行二三十米，月儿在白云间消失了，东方的白云间白日喷薄而出，光线通过绿树缝隙穿过来，有些逼人的眼。

又转了两次弯，月儿再次在白云间出现，与我捉迷藏。一处路边石砖的缝隙间，密密麻麻地穿行着成百成千的黑色精灵，原来是蚂蚁在搬运家当。

下午，密云遮住天空，时有零星雨点洒落下来。一夜里，天空看不到星星和月亮，在酝酿一场大雨的好戏。

2022年6月22日，岁次壬寅年五月二十四，星期三

早上，我起得特别早，五点多即去人民公园散步。我知道，上午、下午将被雨景占领整个天地。银杏林郁郁葱葱，在早上吸引每个游人的眼睛。整个公园的花草林木释放着清新的空气，让散步的人们深深呼吸滋润心肺。

上午，雨时大时小，偶尔停歇一阵。下午，雨声不断，如同美妙的音乐，在天地间奏响和谐的旋律。

2022年6月23日，岁次壬寅年五月二十五，星期四

今天早上，六点多就到人民公园散步，一路上凉风拂面，绿树碧草散发着清新的空气，给人带来舒心的享受。

上午第一节课，与361班的同学们多日不见，觉得师生间分外亲切，学生与老师配合得真融洽。

晚上两节自习，安排好学习任务，孩子们完成得挺好的。愿高三学习收获多多，明年高考能考个好成绩。

夜间的天空，南面有一块巨大的云彩遮盖得比较严实，黑灰色为主体。在东北角的一角，云片分外明亮，像是月亮隐身的地方。

2022年6月28日，岁次壬寅年五月三十，星期二

已经有四天懒于做观察日记了，心里总到过意不去。

今天早上，六点多到人民公园散步，东方的太阳被云层遮盖着，偶尔从云缝里斜射下一束光线，看起来别有一番景致。

公园东门外广场上，有三位三节鞭高手在展示自己的武艺。公园内一位女士舞动着龙腾彩绸，柔中带刚，上下翻飞，给人以美的享受。

一整天忙于高中毕业会考监考，注意力高度集中，发卷收卷交卷，每一个环节都需要细心精心完成，尽管做了近三十年了，但我一刻也不敢懈怠。

晚上，雨从天而降，虽然不大，也可以湿人衣裙。不过，洗去了几日的暑气，凉快多了。

忻乡月韵（六月）

2022年6月29日，岁次壬寅年六月初一，雨，星期三

今天早上六点多，我即起床，到人民公园散步，天阴沉沉的，乌云占据了整个天空。而这是夏日凉爽时刻，也是呼吸新鲜空气散步最佳时候。

中午，我因身体多日劳累，再加上家事而烦心，只好请假从会考场上退下来，再也不紧张了。午休从两点多睡到四点多才醒来，头脑清醒了许多，浑身畅快了许多。

拿起手机，我搜索忻州文化大事，偶尔发现忻州市北路梆子剧团演出新编历史剧《九原忠烈》获得成功，山西省文化和旅游厅厅长王爱琴、忻州市副市长贾玲香观看了演出。我一看这则消息，马上与慈祥的贾玲香交流，问为什么这些消息中没有写编剧是谁……通过好长时间交流，最后才知道，《九原忠烈》是

在《救孤壮歌》再次改编后形成的，所以编剧是：郭晓燕、李文德。

我对从古至今文化、文学中许多作品佚名而感慨。所谓佚名者，有些作品作者不愿署名，怕引起麻烦，如追杀等；还有的是作者身份低微，传播者、印书者觉得这样可以获得更多读者，可以窃取著作权，赚取更高利润，作者被人遗忘，作品留下来了。古人是如此，那时情有可原，而现当代依然有此类事情发生，就有些不可思议了。

许多歌曲，歌唱家、歌唱者因为具有音乐、表情、表演、颜值等感染力，给听众留下深刻印象，所以歌名与歌者对应起来了。可是词作者、曲作者呢？名气大的，如田汉、聂耳、冼星海、贺东久、施光南、许镜清、阎肃、乔羽等，在歌曲播放时词、曲作者赫然打在屏幕上，而更多的歌曲只标原唱是谁，词曲作者竟然有意无意给删去了，遗忘也就自然而然了。

而戏剧文学剧本的作者也是如此。本来，戏剧表演的主角是戏剧表演艺术家、戏剧演员，这些演唱者通过一招一式、一言一行来传递戏剧独特的魅力，通过演员各自的表演风格打动观众，让观众留下深刻的印象。如忻州北路梆子表演艺术家贾桂林因善于眉目传情，在夜里表演时如同明亮的灯，所以观众尊敬地称她"小电灯"；又因为她善于在唱腔中用很悠长的"嗨嗨嗨"来渲染情感，淋漓尽致地展现剧情，把她多少年练就的气场功夫显露出来，因此，在忻州、大同、内蒙古等地流传下"宁听贾桂林七十二个嗨，不想吃那猪肉粉条子炒蒜薹"的佳话。像李万林先生的《走山》，因为李先生将抖动银须的功夫与悲伤畅快的唱腔完美糅合，赢得了成千上万的观众喝彩，得到专家的一致认可，因此《走山》成为李先生的经典杰作。

杨仲义先生更是把北路梆子发扬光大之人，他是北路梆子第一位获得"梅花奖"的艺术家，是享受国务院政府特殊津贴的北路梆子表演艺术家。他的传统曲目《杀庙》在秦、晋、豫三省交流时，被称为"天下第一杀"。他与他的北路梆子团队演出的原创曲目《香火》（剧作者：杨茂林）、《宋江》《醒醉记》《魂断明宫》（剧作者：李文德），塑造了老长寿、宋江、房玄龄、崇祯等鲜活的舞台艺术形象。

郝建东，现任忻州市北路梆子剧团团长，"红梅奖"获得者，优秀的北路梆子表演艺术家。他表演的传统剧目有《血手印》《穆柯寨》《杀庙》，原创戏剧《救孤壮歌》（剧作者：李文德）、《徐向前返晋》（剧作者：刘颖娣）、《舍饭》等，无论在大剧院，还是在婚丧事宴的街头小巷，都曾经留下他一展歌喉唱余响的高雅艺术。他是城市乡村人经常想念的北路梆子高手。

然而，剧作家呢？不用说对陈川亮、王铁牛、李文德、王沪宁这些剧作者知者甚少，就是曲润海、马森彬、杨茂林、卫和平、刘颖娣这些有较高声望的人，知道者有几人呢？究其原因，这些本来是幕后辛苦的劳作者，他们创作需要全身心地投入，很少关注观众记住他们没有。如果分了心，也创作不出优秀的经久传唱的作品来。只要您随意搜索一下戏剧曲目，在网络上赫然入目的是表演艺术家的名字，除了近期的新剧作有剧作者在某一角落可能找到姓名外，传统曲目的作者呢？关汉卿、马致远、郑光祖、白朴元曲四大家留传下来了，王实甫、李渔等留传下来了，郭沫若、曹禺、老舍等留传下来了。而更多的戏剧曲目呢？我期待，期待戏剧文化界为这些默默耕耘的剧作家、戏剧创作者多做宣传，多整理戏剧创作文化史，让这些人流传下去，引领后来者心甘情愿创作优秀剧作，安心健康地创作优秀剧目。

下午到晚上，农历六月的第一场雨浇灌着田园与人们的心，洗净了我有些污秽的肌肤。

2022年6月30日，岁次壬寅年六月初二，星期四

今天中午，我在桃李苑宿舍照料门房，遇一外卖小哥送外卖与宿舍租房人对话，租房人不在宿舍，在粮油加工厂上班。很明显，外卖小哥又得多跑几公里路了。而外卖小哥也有意思，把"桃李苑"说成"桃季苑"了，这时我有感慨，原来没文化真可怕！

告诫那些不努力学习的少年儿童，要及早醒悟，尽快学习理解知识和文化，成为有文化的劳动者。

2022年7月1日，岁次壬寅年六月初三，庆祝中国共产党成立一百零一年，星期五

今天，是中国共产党成立一百零一年生日。从中央至地方，举行隆重的纪念活动，我微信里的各诗社也用诗词曲或现代诗表达对党的赞美之情，对党的热爱之情。赞美中国共产党不屈不挠的斗争精神，赞美中国共产党全心全意为人民服务的高风亮节，赞美中国共产党敢于自我革命的先进品质。怀念各领导人的丰功伟绩，瞻仰革命先烈敢于牺牲的献身精神。饮水思源，我们要珍惜今天的幸福生活，我们要感恩前辈们留下的精神文化财富。

2022年7月3日，岁次壬寅年六月初五，雨，星期日

今天的雨，从夜里开始，到白天基本上没有停歇。上午十一点，雨小了许多，便出门办事。

路过邮电局，便看到院里的玉米长势喜人，看到连豆、山药、西红柿等蔬菜在雨水的滋润下，硕果累累，有不少已经可以采摘了。

回家后，雨又开始下起来，开始演奏起这一天的自然交响曲。

2022年7月5日，岁次壬寅年六月初七，雨，星期二

今天，开启了一个比较晴朗的新天地。太阳尽管从云层里艰难地露出脸来，就射出耀眼的光芒，从密集的树冠缝隙里洒下几束光亮，如同太阳公公的银须给人以美的愉悦。

我在草木繁茂的人民公园散步，清新的空气清洗着我胸肺中的污浊。碧绿的萱草、碧绿的天目琼花、碧绿的松柏……构成一幅又一幅夏日的优美图画。虽然太阳已经跳出云层的遮盖，云儿这儿几朵，那儿几朵，依然在天空开放着，时刻准备拼成黑沉沉的墨画，施展闪电雷霆的威风，向大地一洒甘霖。

晚上八九点钟，在宿舍院向西方天空仰望，一抹上弦月点亮黑色的星空。这是六月的第一次惊喜。

2022年7月6日，岁次壬寅年六月初八，雨，星期三

每天早上总要到人民公园散步，今天早晨醒来迟，起得迟，出门时已经过了七点。

一路上，乌云黑压压遮盖了整个天空，东、南、西、北四面远远近近的山已经隐没了起伏的身形。绿树上看起来也沾上了水汽，雨仿佛瞬间飘下来了。

路上的行人车辆穿行路上，都加快了脚步。同院一人向我发出警告："赶紧回吧，快下雨了呀。"我笑了笑，依然朝人民公园方向走去。

连十步也没有走完，雨线飞来，雨剑射来，雨瀑飘飘而下。我下意识地躲到两三棵密树之下，有几位步行的、骑车的也躲在树下。这密树遮盖了三五分钟后，就失去了保护作用，树冠也成了落雨的器具了。

我不一会儿就被淋成了落汤鸡。回忆三四十年前，那个时候我正值童年青年时期，在村里居住，马路没有硬化条件，下雨时道路泥泞是寻常景致，淋湿衣服、泥泞鞋袜、泥满衣裤也是正常的。怀念中，回味中，才真切感受到今天时代的进步，家乡的巨变，和平幸福的生活值得珍惜。

老家北肖村唱戏，哥哥嫂嫂盛情邀请，三舅、三妗子微信召唤，我总是懒得动。谁知二姐、二姐夫在早上下雨前就回北肖了。嫂嫂电话叫了两次，侄儿龙伟电话叫的时候，我已经骑电动车带上儿子到北肖村了。

在回村路上，看到东南方的苍龙山方向白云在半山腰飘浮着，这是有生以来第一次发现。

一顿饭再次唤起对童年的回忆，如同这顿饭中的甜、酸、咸、苦、辣五味，回忆里注定是苦、辣、酸等的结合。

下午，我带了我与儿子的身份证前去忻州市图书馆办理借书证。一路左拐右拐、七拐八拐，从开发区便骑着电动车到了慕山路与云中河交会的文化聚集地——忻州市图书馆与忻州市博物馆集中之地。办理好借书证，借了一本纪昀的《阅微草堂笔记》，一路上冒着笭面雨，沿着云中河南岸有树冠遮盖的路面缓缓回到桃李苑宿舍。

2022年7月7日，岁次壬寅年六月初九，小暑，国耻日，星期四

1937年7月7日，日本侵华军队悍然发动卢沟桥事变，全面发动侵略中国华北的战争。本来，东北沦陷就是莫大的耻辱，在中国土地上再起烽烟，对一个具有五千年文化文明、四亿五千万人口的中华民族，可以说是最最耻辱的一日。现在的中国已经崛起于东方，但每个中国人当谨记日本屠戮中国的罪行，居安思危，防患于未然。

今天小暑日，天气晴朗，暑气逼人。我们要注意暑日防热毒侵入，尤其是老年人。

2022年7月8日，岁次壬寅年六月初十，星期五

今天早上六点多，穿好半袖上衣和长裤，穿上妻子新买的夏日轻便走路鞋，顶着蓝天白云穿行于公路旁的绿树石路上，心静如止水。沐浴着从密树枝叶间斜射下的阳光，我真感到暑假的轻松，释放了工作的疲惫，缓解了工作的紧张，如同六七岁的孩童，感到世界一切都是美好的。

下午三点五十，我又坐在学校的阶梯教室，参加公务员考试监考培训。原来放松的心弦再次绷紧了。

2022年7月9日，岁次壬寅年六月十一，星期六

今天早上醒来比较迟，没有来得及吃好早饭，挂上忻州市公务员监考证，急匆匆向学校考点奔去。上午一场，下午一场，紧张而有序。我再次参加了一次大考司职工作，心里有说不出的激动和自豪。

傍晚，黑云如同凶神般占据整个天空，风来得急，雨下得快，雨箭射向地面溅起白色的水花，雨瀑从楼房的四面倾泻下来。我来不及欣赏，电闪雷鸣打乱了我的心绪。

一群人挤在门房二十平方米的空间里说笑着，时不时有淋成落汤鸡的人进来，那种紧张，那种乐趣，是平日里难以感受得到的。

我坐在铁凳上，与牌友们悠闲地玩着扑克。心中庆幸，我中午用雨披将电动车苫好，未雨绸缪在人生中何其重要啊。

2022年7月10日，岁次壬寅年六月十二，阴，星期日

今天早上我起得比较迟，出门到人民公园散步。天阴沉沉的，不过云层不厚，压得不低，看不到太阳。树木茂密葱郁，各种草随处可见，只要有一星尘土便可滋生花草。尤其是苜蓿草、马齿苋，滋生起来就是一大片。

中午、下午，乃至晚上，乌云蔽天，白天不见阳光，夜里看不到月光、星光。压得人心里沉甸甸的。不过，气温明显降下来了，凉爽湿气浸润着人的肌肤，别有一番滋味。

2022年7月11日，岁次壬寅年六月十三，雨，星期一

早上六点半，我头顶蔽日的乌云，一路观赏茂盛的草木，绿色怡养着畅快放松的心。用手机拍摄一路美景，观赏行人与川流不息的车辆，抢着在大雨到来前活动腿脚，锻炼身体。我为今天

合理安排感到高兴。

返回的路上，在东方乌云遮盖的天空偶尔有白日的轮廓显现，这是今天最美好最幸运的时光。

上午与下午，雨声清脆如同自然的交响曲，我在床上躺着，一本纪昀的《阅微草堂笔记》成为我最亲的精神伴侣。我品味着古典的故事，接受中华民族因果哲理的熏陶，比照往日蒲松龄的《聊斋志异》，感觉自己在穿越又一个别具特色的新时空。我从这本书看到博学多才而又诙谐风趣的大才子纪晓岚的又一精神世界。

2022年7月12日，岁次壬寅年六月十四，星期二

今天早上，我醒来比较迟，拉开窗帘，看到海运技校楼顶、水泥地面全部湿津津的，很明显，雨刚停不久。天灰蒙蒙的，没有要晴的迹象。

吃完早饭，趁着没有下雨的空当，到人民公园散步去。

草木已经饱饮了一顿雨水，舒展着墨绿或嫩绿的枝叶。成十成百的燕子唱着欢快的歌曲，灵巧地舞动乌黑俊俏的翅膀，在绿树缝隙穿梭着，贴着树顶斜掠着，如同在绿色的湖面低飞。偶尔有几只喜鹊在树木间鸣叫，瞬间飞过，消失在密林深处。麻雀在路上跳来跳去，在寻觅着落下来的嫩果嫩蕊，人走到跟前，不紧不慢地飞向旁边，依然悠闲地寻果觅虫……好一幅雨后公园水墨画。

下午，天空的密云开始变薄，升得很高，西天的太阳在露出笑脸后，慢慢地消失在西北的山坳处。

2022年7月13日，岁次壬寅年六月十五，晴，星期三

今天早上，吾儿起得比我早，因为今天是他的生日，他的精神状态比往日好。我起来后，就给他微信留言："孩子，今天是你十五虚岁，十四周岁的生日。爸爸妈妈送给你生日的祝福。愿你天天都有好心情，继续拥有聪明的智慧、健康的身体。愿你不断学习文化知识，充实自己的精神，拥有健康的思想与灵魂。"正要给他发的时候，他刚好进门，向我表达谢意。

儿子出生时，我们夫妻俩已经四十二虚岁，四十一周岁，很多人劝我俩别受那份罪了。我与爱人为了这个家庭有新生力量，付出的不仅仅是钱财，更多的是劳累和心血。我的母亲听说我俩已经有了下一代了，也便安然离世。儿子是母亲去世后三个月出生的。这一年，有悲也有喜，新陈代谢，谁也无法阻挡。

如今，儿子即将升入初三，他身高将近一米七五，比我高出一截。我期待他能尽早懂事，走出属于他的美好天地。

将近二十四时，我一直在等待吾儿回家。他却微信与我通话说今晚住朋友家了。拉开窗帘向南方天空仰望，一轮圆月挂在正南上空，这个月难得见到月亮。这是第二次。

2022年7月14日，岁次壬寅年六月十六，阴转多云，星期四

儿子昨天过生日，他姐姐为他买了一棵幸运树，在夜晚未开灯时，在黑暗中闪着银辉，远看近观，各有其美，富有魅力。

为了观赏今晚的圆月，到子夜也不想睡觉。拉开窗帘，在东南方夜空有薄云的地方，一轮圆圆的银盘从云层中钻出来。拿起手机正想拍照时，圆月竟羞涩地躲到云里去。于是暂时停下拍摄和观赏，打开养生音乐，调整心态，等待圆月再次露出来。功夫

不负有心人，大约过了二十分钟，向窗外窥视，圆月已经站出来了，比先前大了些，明亮了许多，升起纱窗，用手机抢拍，终于成功了。

在美篇中存照片，添加文字时，蚊子在身上偷袭，在耳畔轰鸣了。尽管受到袭扰，我的内心有说不出的高兴。

尽管等不到凌晨两点四十分，一年最明最亮最大的那一刻，我也知足了。

2022年7月15日，岁次壬寅年六月十七，阴转小雨，星期五

今天早上，我去人民公园散步，释放夜晚休息居家的郁闷，听着碧草绿树间的虫唱鸟语，往日的忧愁在瞬间消失在人造湖围着的假山亭栏之间。

下午三点多，再次踏进人民公园，北门园圃的松树上攀缘着的珍稀花种凌霄花已经绽放，如同喇叭的红花看上去格外鲜艳，格外赏心悦目。园丁们已经在草木间劳作，男的用割草机修剪草甸，女的在花草间拔除杂草。他们用汗水与爱心守护公园，用勤劳和智慧创作公园的夏日之美。

傍晚零星下了些雨，深夜的细雨悄悄地浇灌庭院的花草，滋润装扮了家园红男绿女香甜的梦。

2022年7月16日，岁次壬寅年六月十八，初伏，星期六

今天的天气比较晴朗，夏日里，雨停日出后，室温、地温飙升特别快，不愧为初伏来临日。坐着、站着、走着热汗蒸人，就是躺在床上，汗水已经把凉席给洗了。

不过，我依然学习、读书、散步，早上公园散心，下午宿舍院里围着方桌玩扑克散心，排遣心脑中的郁闷。

午饭，妻子已经为我们做好了香喷喷的水煮饺子，下肚后那种舒服劲只有吃了才知道，即使现在经济繁荣时候，仍不失为美味佳肴。

在玩扑克前，骑电动车去忻州市博物馆与忻州市古今的文化人近距离接触，穿越忻州战争史、文化史、经商史、灾难史、奋斗史。从博物馆出来，向西边的忻州市图书馆换了纪昀的《阅微草堂笔记（下）》，我便感到文化洗礼了我污浊的灵魂，一切尘世的芜杂渐渐净化了。

一夜未眠，已经残损的月亮从东南句西南徘徊着，伴随我窗口，我已经不再孤独了。

2022年7月22日，岁次壬寅年六月二十四，星期五

连续几天来，身体状况欠佳。已经住忻州市中心医院三天了。头晕，恶心，医院诊断下脑动脉硬化，鼻息肉。

输了两天液，今天傍晚轻松多了。《晨曦枣韵》编辑部徐岩今天告诉我，出版社在近日返稿，即将最后定稿，付梓在即。这是大好事。

2022年7月23日，岁次壬寅年六月二十五，星期六

今天输液速度比较快，天气也晴好。大脑比前几天轻松多了，但是，体力觉得比过去差多了。看书也没有以前能看的时间长了。看来，生命真脆弱，人衰老起来是难以抗拒的。

2022年7月28日，岁次壬寅年六月三十，星期四

前天，昨天，暴雨、大雨是这两天的主旋律。昨天中午，因为雨大，我在忻州市中心医院输完液后，来不及回家，只好在医院对面的小饭店吃了一碗手擀面，在医院里香香地睡了一觉。下午输完液后，雨总算停了，坐202公交车回家了。

今天，天气晴好，依旧继续输液。傍晚在大东街东公交站台边等车，西方的太阳即将落山。坐公交车到云中路九原路口下车时，夕阳在晚霞映射下更加惹人注目，成为近处风景树最靓的背景。这是何其美好的自然仙境，让人好想留住。可惜，时光不待人，只好把这种仙境留在手机定格的世界中，以备遗失在记忆中。

忻乡月韵（七月）

2022年7月29日，岁次壬寅年七月初一，星期五

今天上午，我从忻州市中心医院办理完出院手续，心上轻松了许多。在公交车上与王欣老师商量去冠力酒店赴王建勇女儿回门事宴一事，王欣老师爽快答应要去。

中午，忻州市、忻府区文学界艺术界不少好友欢聚一堂。为王建勇先生捧场，用文雅的诗联祝贺，用文明的言行表达对王建勇先生的真诚祝贺。

贺王建勇先生千金回门之喜

王家喜宴待亲人，贵客仙姿捧玉珍。

贺语诗联风雅在，歌声美酒悦心神。

2022年7月30日，岁次壬寅年七月初二，星期六

今天，从手机旧照片中翻出一张人民公园拱桥照片，是一张女儿回家时的全家福，就有些怀旧了。那次女儿回家后的团圆情景历历在目，恍如昨日。希望我们一家人团结一心，有一个美好的未来。

2022年7月31日，岁次壬寅年七月初三，星期日

今天早上不到七点，起来下楼后，太阳已经升起来，通过宿舍院里的泡桐树，照射着茂密的墨绿大树叶，金光闪闪，煞是好看。

宿舍院的花圃里，木槿树的粉红花开得一天比一天艳丽，一天比一天兴盛，一天比一天招人喜爱。

2022年8月1日，岁次壬寅年七月初四，星期一

今天是八一建军节。下午，接到学校通知，领取了忻州市忻府区委、忻府区政府的慰问信和慰问品，由衷的感激。感激国家选取女儿光荣参军，感激党和政府送来的关心，感激社会对军人及家属的尊重。

2022年8月2日，岁次壬寅年七月初五，星期二

近两天，珠颈斑鸠又生了两颗斑鸠蛋，开启了孵化斑鸠的新旅程。每日卧在这个富有生命和希望的巢穴里，等待宝贝的出世。

2022年8月8日，岁次壬寅年七月十一，星期一

在连续三天阴晴不定的天气里，人们承受不了高温的炙烤与煎熬；在呼唤声和祈祷声里，雨终于落脚于城市的公园和街头，浸润木槿和假龙头花，那雨脚从深夜一直步至晨曦，一直步至午后，声音的和鸣总是那么亲切、那么微妙、那么沁人心脾。

在三伏的行进中，在立秋的日子里，在老天的酝酿下，一场透雨浇灌着花草，浇灌着茂木，浇灌着正在滋生着的希望。一场雨，驱逐着闷热，驱逐着肌肤毛孔里的热汗，驱逐着人们的抱怨。花簇拥着花，草围抱着花，树木遮蔽着花，花成了雨后的新娘，美得出奇，嫩得生辉，鲜得惹人口舌生津。

2022年8月9日，岁次壬寅年七月十二，中雨转大雨，星期二

雨，是今日天地的主旋律。我从早晨醒来就听到夜里演奏没有尽兴的雨的琴声，吃完早饭，雨的乐曲开始舒缓了许多。

我坐上202路公交车，到古城方向的老字号桂香理发店去理发。理完发，雨虽不大，毛毛雨足可以浸湿衣服。

沿着新修的北顺城街走到东边的胜利大街，我被细雨中成十成百的燕子飞旋狂舞的一幕所感染，迅速用手机拍了三个一分钟的视频，从不同的角度，从不同的地点。燕子，雨中狂欢的精灵，我为你们欢呼，从内心深处。

2022年8月11日，岁次壬寅年七月十四，星期四

今天下午，女儿从北京回来，儿子骑电动车接回来。一家人团聚，真是一大喜事。

七月的天气阴多晴少，甚至雨下起来没完没了。

记忆中，只有七月初五晚八点左右，在西边天空见到一弯钩月，十点钟再次追寻，只有几颗星星闪烁，钩月已经坠落下去了。没有摄下影，实在遗憾。

2022年8月12日，岁次壬寅年七月十五，中元节，星期五

今天早上醒来得早，带上昨日准备好回北肖村上坟祭祀祖先的祭品，穿上雨衣，骑着电动车径直回北肖村。

牧北总排水渠南岸是北肖村的公墓。虽然已经是大秋作物茂盛、草木沾满露水的时候，今年的农田被张玉清整个包下，种了二百多亩大葱。所以，走进墓地比往年容易得多。父母的墓碑前已经摆放好祭品，杨二说嫂子刚刚祭祀完，已经回去了。我将石桌子周围杂草拔去不少，也摆放好食物，点起一支红蜡烛，燃起六炷香，烧了竖、纸币和五色纸，还有亲自捏好的碎金，叩了三个响头，将食物分散撒到坟头周围。默默祝福已经长眠十几年、二十多年的父母，以及早百年或更长年月的先祖们，期待他们保佑子孙后代延续下去。

晚上十点以后，站在五楼宿舍窗前，圆月已经从东南的夜空爬上来，我惊叹月亮在中元节赐我以良机。

2022年8月13日，岁次壬寅年七月十六，星期六

今天，爱人与二姐在外面有事，闺女与小儿子去顿村她二姐家访亲，我在宿舍门房守卫，一家人各司其职，虽然紧张，生活也有趣。

2022年8月14日，岁次壬寅年七月十七，多云转晴，星期日

今天雨终于停了，天上的云层还很厚，半天也散不去。下午，在微影视协会张晓芳女士邀请下，参加了国力公园里的品茶书画文化沙龙活动。

活动中，毛健茶业专门聘请了专业品茶师进行了中国茶文化的指导讲座，并随时让嘉宾们品茶、评茶、咏茶。

活动中，田锦平先生的书法一看就知道是专业水准，经过长期的自我研究和临帖，经过几十年的潜心练笔，经过专家的引导和点化，在活动中分外抢眼。张茂光先生的草书奔放、自然、随心，阴阳结合，张弛有度，值得学习和点赞。赵改云老师、胡女士的楷书十分严谨，值得研究。我第一次参加这样的活动，也尝试写了几幅字，一看就不在行，自惭形秽，自知才浅。

2022年8月15日，岁次壬寅年七月十八，星期一

今天上午，我在学校学习的空当，接到忻州市统战部副部长、侨联总支书记、老同学岳海滨的电话，他告诉我今天燕山大学理工学院博士生导师、老同学李曙光从五寨赴忻州。我抑制不住内心的激动，曙光是我五寨师范上学期间最要好的同学，我与他还有张云峰曾经形影不离，上课曾同桌，下课后活动，下学后吃饭、回寝室，星期日外出，我们三人总是在一起。我们交流学习、交流思想，谈论自己的家庭，探讨美好的未来，有说有笑可以共飨，有忧有愁可以分担。毕业后，曙光考入山西师范学院（今山西师范大学）物理系，后回五师任教，兼数、理、化、生四科教研组组长，兼团委副书记，按理已经很好了。可是他依然向往中国自然科学院物理研究所，在三十多岁时，考入吉林大学量子力学系，向有声望的导师学习电磁波测井技术，直至硕士研究生毕业。

曙光是2000年6月毕业的硕士研究生，在当时可谓凤毛麟角，所以，燕山大学理工学院答应他与夫人彭爱琴一同进校的请求，成为燕山理工大学的学院教师。曙光没有辜负学校的期望，到校不久就有研究项目获得香港企业家科技进步二等奖，逐步升任讲师、副教授、教授、硕士研究生导师、博士研究生导师。如今，他是燕山大学理工学院物理专业的首席博导，可谓是我五师同学在学术界成长中的翘楚。

因为我与曙光上学期间的亲密关系，同学们给我以特殊优待，让我吃午饭后，即与曙光在忻州市泛华大酒店比较豪华的酒店同宿，从中午到晚上，进行短暂而漫长的友情谈话。我们回顾年轻同学时的点滴深刻记忆，纵然三十八年过去，恍如昨日般清晰。我们回顾三十八年间曾互访的真情再现，尽管没有几次，也倍感亲切，分外真实，格外珍惜。我们交流同学们的荣辱与共，友情长存，即使地位悬殊，依然没有隔阂，十年、二十年、三十年，时间也阻不断；三百里、三千里，空间的距离让网络拉得近在咫尺。

我与曙光、海滨、光礼、俏良一同游忻州古城，从北城门楼到南城门楼，踏着石条仿古街道，一路笑语相随。到茶馆品茶，到秀容书院领略文化长廊，到小吃街浏览各种风味的店铺，那种感受是平时走过时没有的，因为同学情是特殊的佐料。回到北城门楼，夕阳的霞光从西北城墙上洒下来，更增加了浪漫气息。五人合影，是定格后的珍贵记忆。

晚饭由俏良、光礼、尹捷一起设计，在丁方大酒店进行，樊建军、焦若亚、王香荣也成为座上宾，杨文贤尽管来得迟，美酒是敞开喝的。宴会上，有从二中毕业的歌手唱《越来越好》等歌曲的歌声相伴，那种高雅自然难以用语言表达。

午饭时，我们心中的美神高俊英参加，增加了宴会的美感，还有曙光的爱琴妻子、小舅子入席，很有家的温馨气息。晚饭时，这三人未到，实为憾事。

我们忻州的几位有身份的同学各有公事缠身，未能聚会，更是憾事中的憾事。这是聚会中的缺憾美。

2022年8月19日，岁次壬寅年七月二十二，星期五

今天中午，收到山西文学院寄来的由张卫平《红色银行》、郭天印《铁血围城》、蒋殊《红星杨》组成的《长篇小说选刊》增刊，这是我向张卫平院长请寄的一本书，我万分感激张卫平先生。他平易近人，是在2019年忻州市文联举办的大型文学讲座时认识的，以后一直网络微信交流文学作品，探讨文学现象，他对我真好。

2022年8月20日，岁次壬寅年七月二十三，星期六

今天早上，我习惯性地到阴台窗口观察，那只铁筐中孵蛋的珠颈斑鸠正好不在，那两只斑鸠蛋也不见了，而映入眼帘的是毛茸茸的两只小斑鸠。我不敢把这个消息告诉儿子，告诉了我懂事的女儿，女儿却忙于手机聊天，没有回复我。我感到自己好孤独。

从8月2日到今天，刚好十八天。我又从网络上查找相关方面的文章，才知道，上次斑鸠孵化的两颗蛋只是初生蛋，没有受

过精，所以生不出小斑鸠来。疑惑终于解开了。

2022年8月24日，岁次壬寅年七月二十七，星期三

今天早上醒来，宿舍外的落水管淅淅沥沥地响个不停，原来晚上一直下雨，让我睡了个好觉。出去时，带了雨伞，到门房吃过早饭，就坐202公交车去忻州市中心医院，路旁的风景树在沐浴了一晚的雨水后更加郁郁葱葱。细雨依然下着，随处可以看到伶俐俊俏的乌黑小燕子在树丛中穿梭飞舞。

去中心医院不去看医生，尽管我的病尚未痊愈，我也懒得管了。我径直去门诊楼四楼，到宣传科找遗山诗社的邢丽珍秘书长，去取早两年就改印出来的《扶贫赞歌》，上面有我的作品，也有舅父李文德的散曲。尽管取得迟，还是倍感珍惜。现在的文学作品，读者少，社会关注度不够，印出来的书没有部门给钱，幸亏杨峻峰社长执着争取，才有与读者见面的今天。

坐公交车回来后，又骑自行车去探望三舅李文德，带着刚取回的《扶贫赞歌》。路尽管硬化了，刚刚下了雨，又有修路的地方，总有泥泞洼地积水，尤其是回北肖村路过的铁路桥洞下更厉害。

见到舅舅，他尚在炕上躺着，听妗子说，他去地里帮忙帮了倒忙，竟然摔了一跤，村里医生送来跌打丸，吃上又休息了一晚，轻松了许多。妗子推醒后，舅舅见我送来书，马上来了精神，在我印象中，书是舅舅最大的精神营养，更是治疗他的最好处方。这也是我与舅舅共同的爱好，我与先生一交流，就忘记了痛苦，忘记了忧愁，马上进入文学的最高境界。

2022年8月25日，岁次壬寅年七月二十八，星期四

早上起来，拉开阴台窗帘，最关心的斑鸠依然在卧着，守护着出生没有几天的小斑鸠。每天，小斑鸠的父母总是轮流守护着、陪伴着，这是自然赐予的美德，让人感动，让人敬重，让人惊叹。

忻乡月韵（八月）

2022年8月27日，岁次壬寅年八月初一，星期六

今天早上，阴台上的斑鸠妈妈依然守护着一对斑鸠儿女。尽管小斑鸠刚刚出生一周，它们已经褪去稚毛，个头比成年麻雀都大了许多，眼眸里放着诱人的光芒，显示着不屈的生命力，可爱极了。

时至八月，天气渐渐转凉，半袖衣、半腿裤在街头渐渐消失，穿长袖衣、长腿裤甚至夹衣的人多起来了。人们散步可以在早上或下午，上午甚至中午也不怕毒辣辣的太阳了。天晴朗时湛蓝湛蓝的，比夏日高了许多；云朵没有夏日那么大朵大朵的，代之以丝丝缕缕的，或小朵小朵的，淡了许多。山也显得比夏日远了，远了。秋日将整个天地装扮得有些老气了。

今天得到一个好消息，《晨曦枣韵》诗词集出版社返稿意见已经送达冯编辑处，可以做最后的排版修改了，付梓工作即将画个圆满的句号了。我抑制不住内心的喜悦，将返回稿认真看了一遍，看完稿已经是深夜十二点三十分了。

2022年8月28日，岁次壬寅年八月初二，雨，星期日

昨天晚上的雨洗去人们的疲惫，睡得到早上也懒得起。我早七点醒来，拉开窗帘，看到外面的雨没完没了地下，外出散步是不可能了，只好再次闭上眼，一会儿就进入梦乡。睡醒时已经八点多了，下楼吃过饭，回到楼上再次审稿，一审就忘了时间，十三点瞬间就到了。

女儿不愧为参军多年经过严格训练的人，整理房间有耐心、有条理。回来后，把每个房间都整理得象模像样，让人感到舒坦多了。

散步的时间只好挪到下午，雨算是停了，天空却没有要晴的样子，低垂的云天让人憋屈得很。

2022年8月29日，岁次壬寅年八月初三，晴，星期一

阴台铁筐中的小斑鸠在不知疲倦的呵护下，日渐长大，眼看着羽翼渐趋丰满起来。中午十二点，斑鸠妈妈又从远处带回小斑鸠喜吃的食物，小斑鸠欢快地吃着午餐，一家子好不快乐。

今天早上，我醒来得比往日早，不到六点，就外出散步。一路上晴朗的天上淡淡的云丝如同少女的白纱巾美，给人以愉悦的享受。有儿有女相伴，日子过得平淡而有滋有味，幸福就在平淡中伴我左右。

2022年8月30日，岁次壬寅年八月初四，晨雾，星期二

今天早晨，阴台的小斑鸠已经出窝了，只留下空落落满是粪便的斑鸠窠。我原推算八月初五是小斑鸠出窠的时间，也许是生蛋的日子有误，也许斑鸠的发育快，总之，留下疑惑，有待进一步探究。

还不到七点我就去散步。一路上，雾气也不是很浓，汽车、行人比较清晰。高楼顶上，雾气缭绕，好比仙境一般。这是今年看到的第一次晨雾，给我留下深刻的记忆。

2022年9月1日，岁次壬寅年八月初六，晴，星期四

今天是开学第一天，早上我起得比较早，迈着轻快的脚步去人民公园散步。公园里的草木开始泛黄，有不少草木开始挂上沉甸甸的果实。

上午第四节上363班的课，我和孩子们已经有一年的交情了，进入高三，孩子们开始懂事了。上课时，多数同学能进入学习状态，开了个好头。

晚上有363班的三节晚自习，第一节晚自习还没有到，我就已经到教室门前，天还没有暗下来，西南方的天空挂着一抹弯月，向我投来灿烂的笑脸。第二节自习前，夜幕降下来，那钩弯月还不想从西南的宿舍楼顶落下去，向我做最后的告别。

2022年9月5日，岁次壬寅年八月初十，星期一

八月里尽管晴日比阴雨天多了，但是月亮也还是躲着我，不知道是害羞还是我惹她生气了，总之很难见到踪迹。

白日里，这几天假龙头花渐渐败落了，而八宝景天开得正热闹，美得让人感到见日价粉红粉红的，花团锦簇起来。假山上的六角亭掩映在茂密的树间，自然与人文景观融为一体，耐人观赏，给人以无限遐思。

2022年9月8日，岁次壬寅年八月十三，晴，星期四

今天晚上，我有三节晚自习，在课间有幸见到渐渐变圆的月亮从东南的天空向我姗姗而来。她是那么明亮，她是那么优雅。她在天空的位置比前几个月靠南，显得比前几个月远。这是八月里第二次与月亮相见，我的心情感到格外喜悦。

下了晚自习已经晚上十点多了，我选择了街上树木多灯光暗的地方，摄下了今天最美的月亮照片，我对月亮的钟爱就在对美的探索中。

2022年9月10日，岁次壬寅年八月十五，教师节，中秋节，星期六

今天，是教师节与中秋节喜相逢的日子，对我来说，那种愉悦是难以用语言表达的。

早上，儿子比我起得早，说是要外出搞什么兼职活动。我作为父亲，尽管不怎么理解，但还是挺支持他的。他有自己的选择，我只好静观其成长吧。

公园散步比往日迟了些，金菊花开满公园西南一角，八宝景天比往日更美、更怒，更惹人喜爱了。

女儿是父母的小棉袄，她知道中秋节在家陪伴是对父母最大的孝顺。我们做父母的今天喜上眉梢，静静守候着窗台，等待月亮升起来，摆放丰盛的瓜果月饼，许下美好的心愿。

微信祝福从早上到月至中天，总是不断从四面八方传来，就算百里千里，只在一秒甚至更短就送达。尺幅虽短，却饱含浓浓真情。

2022年9月11日，岁次壬寅年八月十六，星期日

今天，一家四口聚在一起，还享受着中秋节休息的幸福。桃李苑宿舍里的同事们聚在门口聊天、玩扑克，也有的在下午三人一组、五人一伙出去散步，也有的交流亲戚朋友来访的喜悦。

晚上，月亮甚至比十五的月亮还圆，还要明亮。中华民族的神话，嫦娥奔月是一种追求和向往，也包含团圆和思念；吴刚伐桂讲的是天规不可逾越，也讲的是一种不懈追求；玉兔伴嫦娥是一种自然的和谐，一幅艺术的画卷。我真感到中华民族文化的博大精深，精神的延绵不衰。

2022年9月12日，岁次壬寅年八月十七，星期一

今天，早上送走闺女，闺女再次登上高速列车去北京，走进她光荣的军营去，这是家的一种幸运。

上午，乘坐王亚东老师的车，参加民盟忻府区委组织的慰问爱心特殊儿童教育学校活动。忻府区政协副主席、民盟忻府区委主委周丽珍女士带队，区文明办公室胡晔香女士，民盟忻府区委委员郭慧英女士等一行六七人，带着旧衣物、文具用品，少许中秋月饼，对孩子们进行了送爱心、送温馨、送真情活动。看着智商、情商有严重缺陷的一群儿童，我这位有诗情的人没有诗词可写了。我怕伤害了他们的自尊。伸出手送去每一包小食品，每一位孩子们送来期待和感激，我深深地为他们的纯真打动……

2022年9月14日，岁次壬寅年八月十九，多云，星期三

今天早上未到七点即去人民公园散步，一路上，天上的乌云基本上遮蔽了天空，偶尔也露出些许蓝天。西方的云层空隙恰好露出已经残了许多的淡淡的月亮；东方的天空因云层厚，太阳好久也没有露出真面目，只是在公园转了一圈后，姗姗来迟，遮掩中露出羞红了的脸来。

归来途中，路旁的花木丛中，有几朵淡红、浅蓝的牵牛花绽放在地面上，没有失去自卑和尊严，我真为这被冷落的花朵惊叹。

第八节课后，我沿着熟悉的归家路向宿舍走去，在路上茂密葱郁的树木顶上，一轮洗礼一天大地的红日即将从西方落下。晚上，在宿舍院里与同事们玩扑克玩倦了。二十二点多了，月亮却在东边明亮地露出笑脸，比早时显得圆了许多，在泡桐树顶的星空里格外惹人注目，她是那么娇美和动人。

2022年9月15日，岁次壬寅年八月二十，星期四

今天早上，阴台上珠颈斑鸠再次驻守育雏的岗位了，第三次卧在巢穴孵化幼斑鸠。尽管第一次空欢喜，但第二次品尝到当父母的幸福，第三次就更敢担当责任了。从她的耐心和平和可以看出，她在期待未来的希望了。

今天早上，虽然散步时间不算早，东方太阳升起来，光亮不够强烈，西方的残月虽然黯淡却也向我打招呼，显示它在白日的存在感了。

毕竟中秋已过，路旁的树木开始失去茂密葱郁的光泽，有些树叶已经枯黄甚至落下地面，宣告秋季的信息。牵牛花依然绽放着，吹起的喇叭难挡季节的声音，难掩凋零和枯萎的趋势。

2022年9月17日，岁次壬寅年八月二十二，星期六

今天早上我不紧不慢地走在去人民公园的路上，东方的天空被鱼鳞般的云彩遮掩着；初升的太阳在云层间穿梭着，不时露出红彤彤的圆脸庞，让人看到她的美。

阴台上的斑鸠，不知道什么时候出去觅食，还是有两只斑鸠轮流值班，总之，每当我窥视时，总能看到卧着的斑鸠。我深深地为它们的精神感动着。

2022年9月18日，岁次壬寅年八月二十三，晴，星期日

今天早上，我起得比往日早。斑鸠依然守着它的孵化阵地——我家客厅阴台存物筐，只不过头朝北，尾朝南，有些戒备心理。

早六点半开始，就到公园散步，太阳已经跳出东边的云层，有多半个红色的脸庞入我视野。公园的银杏树顶的枝杈间的喜鹊窝分外惹人注目，二三十年前的孑遗植物已经移植至公园，成为寻常观赏的树木，国家在绿化工作方面做出可喜的成绩，真令人高兴。

七点多，已经转了两圈，在公园北门园围边，猛一抬头，半个月亮光色黯淡，分明挂在头顶。月亮的形迹诡异，真让人难以捉摸。

2022年9月19日，岁次壬寅年八月二十四，阴雨，星期一

早上，天阴沉沉的。趁着雨还没有下起来，到公园转了一圈，回家吃过饭，匆忙到学校上第一节课。

上课时，外面已经下起雨来，一股风吹开前门，院里地面已经全湿了。

回家后，阴台外的雨声为我读书添了音乐的旋律，阴台的斑鸠依然守着未出生的小生命，卧在巢穴中。原来爱是自然的永恒主题。

2022年9月22日，岁次壬寅年八月二十七，星期四

今天的天气更像秋天的天气。我从上午第四节上课，再到晚上的三节自习，都能在路上享受到凉风拂面的惬意。蓝天深深，大朵白云在风卷下变幻着各种仙姿，周围的垂柳在凉风吹拂下开始飘落下片片泛黄的枯叶。

晚上，因为地面灯火映照，天空的星星能看到的稀稀落落，倒是低空的遥控飞机停留在空中，闪着几多眨呀眨的眼睛。

近十多年来，国家倡导"绿水青山就是金山银山"，家乡的天洁净得如蓝宝石，深秋的云白得可爱耀眼，远处的山也分外看得清晰看得媚人。我好想伸开双臂拥抱家乡的山水，呼吸家乡的清新空气，赞美家乡的风土人情。

2022年9月23日，岁次壬寅年八月二十八，秋分，星期五

今日秋分，昼夜均匀，天气凉爽宜人。只是路旁的草木繁叶渐渐变黄，早凋的几片叶子已经随风洒在脚下，撩人遐思。些许伤感油然而生，抚摸自己的白发与霜鬓，人生的盛衰也如同眼前的草木，新陈代谢是自然规律，谁也无法抗拒。

2022年9月24日，岁次壬寅年八月二十九，星期六

今天早上没有散步，只好改在下午。步行在人民公园北门花

圃前，金菊依然灿烂绽放，却与往日不同。有几只蝴蝶起舞在金菊丛中，几只蜜蜂在金菊间采蜜。也许，我以前游览时间不对，也许我没有仔细观察，总之，今天的发现让我分外惊喜。赶忙用手机将当时的情景拍摄下来，作为永久留念。

忻乡月韵（九月）

2022年9月26日，岁次壬寅年九月初一，星期一

今天，上完第一节语文课就前去忻州市忻府区小檀村，参观浏览山西省农民丰收节现场。

我生在农村，长在农村，深深理解丰收带给农民的喜悦，带给农民的希望，带给农民的是汗水浇出生活的甜蜜。我是农民的儿子，对父母的思念便由丰收节牵引起来，不禁心惆怅而泪潸潸了。父亲入土已经有二十二个年头，母亲入土有十四个年头了。生前享受父母的恩德已经无法回报，只好化作梦里的对话、梦里的想念了。

阴台的斑鸠依旧每天每夜卧在凉凉的巢里，耐心地孵化小生命。它在期待中，我也在期待中，更在感动中。

2022年9月27日，岁次壬寅年九月初二，星期二

今天上午，忻州第二中学举行"迎党的二十大，翰墨颂党恩"名家书画进校园活动，我有幸以学校书法爱好者参加了这一活动，与原宣传部部长周如璧先生进行书法交流，并得到他为我写的"和气致祥"条幅一副，可谓幸运之至。

回家后，我有感而发，写下七绝六首，记下今天的书法感悟。

2022 年 9 月 28 日，岁次壬寅年九月初三，星期三

昨天得到原忻州市宣传部部长、五台山书画院院长周如璧一个条幅，其中有一个名章，两个闲章。名章比较容易识别，两个闲章一个是方形的，一个是条形的，明显具有古朴的甲骨文或篆刻气息，比较难于识别。为了弄个究竟，我把这两枚闲章发给我的微信朋友，尤其是有书法功底、有文字研究的朋友们。

上午发出去，到中午时候，才逐条有回音。不认识的坦诚回答"我也不认识"，忻州书画家田锦平赞颂印章古朴典雅。第一个有回音的是原《五台山》主编、忻州文学界知名诗人梁生智先生告诉我方章是"容德草堂"，条形章看不清；忻州市忻府区文化文学界的老前辈张六金也回答方章为"容德草堂"；不久，忻州市山水画家、美术家协会主席殷渭凌回答全面，方章为"容德草堂"，条形章为"处厚"。原忻府区委宣传部王福生副部长、忻州首倡公园摆摊书画家宋增文也先后给我答复。

这样，我才在众多名家那里得到准确答案，终于释怀了。

2022 年 9 月 29 日，岁次壬寅年九月初四，星期四

今天早上，不到五点醒来，就再也睡不着了。稍微闭眼休息片刻，即穿好衣服，洗把手脸，加入散步的行列中。

在我出门后，东方起伏的山脉已经在泛白的晨光中映入眼帘，一路绿树上鸟雀啼鸣着悦人灵耳，路上车稀人少，正是呼吸新鲜空气的最好时候。

宿舍门楼上红旗招展。人民公园东门口除插着红旗外，还摆放拼装花圃在显眼处，东方山巅已经在红光沐浴中了。

东门苗圃边，宋增文先生早已摆放好新的书画作品，吸引散步人们的注意，自然饰以典雅，凭空增加了文化生趣。

绕着公园步行通道转一圈，太阳开始冉冉升起，让人心动了。转了第二圈，太阳已经从茂木丛中穿梭着洒下如花般美的光辉，明显又上了一个高度。第三圈过来，太阳已经跳出茂木丛，活脱脱如洗浴后的婴儿向人投来天真的傻笑，不带一点俗气，不沾一丝尘埃，不含一点做作……

有近两个月没有光顾人工湖的拱桥了，今天早上转了三圈，时间还很充裕。我站在桥头观赏红的、黑的、白的颜色各异的大小游鱼，灵动地在水里嬉戏。观赏自然，可以洗去大脑中的烦恼与浊秽，心平静多了。

中午，儿子骑车撞到树上，碰着了，住进忻州市人民医院。头部有皮外伤，腹部CT后诊断为脾脏受伤，需要半月左右住院，不吃不喝保守治疗，才能保证正常恢复。真是不幸中的万幸了。

2022 年 10 月 1 日，岁次壬寅年九月初六，国庆节，雨，星期六

今天是祖国的生日，全国从城市到乡村张灯结彩欢庆国庆。微信里的领导、同事和朋友亲戚互相问候，送来吉祥的话语。

我收到从北京寄来的《晨曦枣韵》的样书，再次核查校对相关内容，把好最后一关，争取这本书在文字上零错误，对得起国家级出版社这一级别，丝毫也不敢懈怠。

早上散步，上午的雨时大时小，天阴着脸，让人感到有些许沉闷。

2022年10月4日，岁次壬寅年九月初九，重阳节，星期二

今天是重阳节，我在市人民医院陪儿子养病。远处的高楼、远处的南山顶被云雾笼罩着，昨天的雨尚未彻底退去，今天也没有闲工夫静心创作。人生路上，不如意处常八九，期待孩子尽快从病痛中走出来，塑造一个让人喜欢、对社会有用的全新的自己。

我在他这么大时，正赶上20世纪80年代初向科学现代化进军的黄金时代，当时国家提出"向科学进军"的口号，全国政协副主席郭沫若先生做了《科学的春天》的报告。我是听着广播受到感染的，我买了一套"数理化自学丛书"十七本中的十二本，用两年的时间，如同饥饿的人扑在面包上，一边研读，一边做《代数》《平面几何》《物理》《化学》，从此脱胎换骨，走出农村，向晋西北的"清华北大"——五寨师范走去。毕业后回到忻州，从事教育工作，一边工作一边进修学习，拿上专科、本科学历，最终落脚忻州第二中学担任高中语文教师，到现在已经工作三十八年，晋升到中小学高级教师职称。业余从事文学创作工作，如今，我已经成为中华诗词协会会员、山西省作家协会会员、忻州市忻府区作协会员，同时也是孔子诗歌协会会员、忻州市诗词学会会员、遗山诗社会员，还是忻州市忻府区政协"特约文史研究员"。我的诗词集《晨曦枣韵》即将由华龄出版社出版。

我最大的希望是，我的孩子也能听从祖国的呼唤，把自己的兴趣用在党和国家最需要的岗位上，学有所成，将来成为社会主义现代化的有用人才。

2022年10月5日，岁次壬寅年九月初十，星期三

今天，我在妻子来照料孩子的时候，到学校给学生上课。上完课再次到忻州市人民医院陪伴儿子养病。

儿子住院已经有一周时间了，体质渐渐恢复好了。期待他能早日康复出院。

2022年10月6日，岁次壬寅年九月十一，星期四

今天上午上第四节课，晚上三节自习，都是妻子替我照料儿子，我去上课上自习。太阳、月亮轮番守护着我，轮番守护着妻子，轮番守护着儿子，轮番守护着一家人渡过难关。

我是从小就经历病痛、家庭苦难折磨的人，我深深地感觉到：这是生活中的砂子在天地这个巨蚌中用泪珠包裹着经受时光的磨砺，即将生出的又一粒明珠，走进我的文学作品中。而妻子呢？儿子呢？他们与我能一样坦然面对吗？

2022年10月7日，岁次壬寅年九月十二，星期五

今天上午，小舅子开车接儿子出医院了，出院后，岳母也在家等候我们，这个家在亲戚的关注下满是温馨。只可惜我上第三四节课，回来后，内弟、岳母连饭也没有吃就走了，真有些过意不去。

午饭后，我午休了片刻，小儿子在家待着有些闷，嚷着要出去。在阳台上守护的老斑鸠叫个不停，我赶忙去看了一下，小斑鸠在老斑鸠的怀抱里，老斑鸠的眼睛里分明有一种付出艰辛后的幸福感，小斑鸠能体会到小生命诞生的幸福感吗？

2022年10月8日，岁次壬寅年九月十三，寒露，星期六

季节真的不饶人。今天寒露，虽然没有太大的风，一出门就觉得脸上有寒冷无形的东西在割你、刺你、逼你。身上穿的衣服，已经感到好像一点也没有包裹着胳膊和腿，寒冷就这样包围着、袭扰着手和胳膊、腿和脚。那种无法言表的不舒服，一下子难以让人适应。

在这样的季节，太阳的温暖一下子就让人感到那么亲切，那么可心，那么贴人骨肉。人们在街上、路上总是喜爱太阳暖洋洋的光辉，总想让太阳贴紧脸颊，贴近手脚，甚至想伸出双臂，拥太阳入怀。

阴台上的斑鸠一家，老斑鸠总是用全身羽毛护着小斑鸠，用自己的身躯暖护着小斑鸠。尽管它们在户外，一刻也享受不到太阳的呵护，但家的温馨已经弥漫在鸟巢里。那种氛围真让我感动。

2022年10月9日，岁次壬寅年九月十四，风，星期日

深秋的风说来就来，让你来不及添加衣服，让你骑车逆行感到明显有阻力、顺行感到明显跑得快了。

树上的叶子来不及彻底枯黄就被生拉硬拽下来，落到地上也不允许落根安歇，扯起一大片又一大片绕路上乱窜。

天上的大片云朵也成了风戏耍的玩具，不让它在天空逗留片刻，从北向南，从西向东，片刻工夫就挪移了很远。形态也在风刀的割裂中变幻着，没有了往日的悠闲自在，也没有往日的挥泪成雨。

今天，风注定是天地的主宰，让人确实感到它的存在。

2022 年 10 月 10 日，岁次壬寅年九月十五，星期一

今天早上，我起得早。昨天的大风将天空的云朵驱散，整个天空湛蓝湛蓝的，东山的轮廓在红色的光亮映照下分外清晰，如同刚出浴的孩童般稚嫩可爱。我呼吸着清新而凉爽的空气，脚下也轻快多了。到人民公园东门台阶上，昨天经霜的花坛有些许伤痕，太阳在东南方的山坳处刚刚露出少半个脸来，夺目的光辉洒在公园的树木和花上，洒在人造湖东的精美造型花坛图标上，让人感到新一天的气象已经不同往日。

阴台的老斑鸠已经开始放养小斑鸠，让两个小斑鸠露出可爱的毛茸茸的全身，乳毛明显褪去不少了。

晚上八点多，我整理第二本诗词集有些疲乏，便在宿舍院里散步。一轮明亮的圆月在晴朗的东方夜空格外抢眼，不像今年中秋节那么有云层遮掩，一不注意就隐藏起真面目来。我可以与圆月长久对视，在默默中进行心灵的沟通，勾起我对月亮的眷恋、对月亮的神往，对月亮诉说心中的忧伤和喜悦。在月光普照下，我将心中一切的污浊清洗干净，我开始有诗画的灵感袭来了。

2022 年 10 月 11 日，岁次壬寅年九月十六，星期二

今天早上，我比昨天还起得早，西方的天空，圆圆的月儿向我投来赞赏的眼光。我心存感激，是家乡的美景引起月亮的注意，还是月亮的金辉打扮得家乡如此美丽。我不想知道，更不愿意弄个明白。朦胧的月亮，朦胧的家乡景，让我对朦胧的思想心存敬畏。

太阳是在我走进人民公园东门时，才将暖融融的光辉披在我的双肩上，让我如同穿上一身温暖的彩衣，手与脚感到格外舒坦。公园的草木也在太阳光辉的普照下，展现出葱郁的形象，落下的枯黄叶子早已被园丁清扫干净，怕草木伤心。

阴台的小斑鸠已经不需要老斑鸠呵护了，经历了寒风的历练，经历了凄雨的洗礼，它们在风雨中成长起来了。

晚上的月亮依然那么圆，依然那么亮，依然眷恋着痴情关注着她的小小的我。

2022年10月13日，岁次壬寅年九月十八，星期四

今天早上，我起得迟，起来后，映入眼帘的是西边天空没有落下去的残了些的月亮，也黯淡了许多。出院门时，门外路边的风景树上，多日未见的喜鹊传来了喜庆的歌声。

2022年10月15日，岁次壬寅年九月二十，星期六

阴台上的小斑鸠，一只已经出窝寻找自由飞翔的新世界去了，另一只小斑鸠羽翼也渐趋丰满，等待第一次飞翔。

早上起得比较迟，一出宿舍院，头顶的蓝天一勾残月向我投来怪怨的目光。这几天早上，月亮总是在头顶盘旋，一天比一天接近我，总是伴我与自然亲密靠近，我怎能不留恋月的温柔、月的体贴、月的知心呢？

公园里总是那么热闹。东门台阶下，锻炼的师傅扬鞭甩出清脆的声响。台阶上的花圃专为党的二十大献出淡淡的幽香，献出淡淡的雅韵。公园大型标志栏边，几位书画家展览新创作的书画艺术作品，等待喜欢的人们欣赏和购买。

这几天，一出宿舍大门，总能听到喜鹊的飞鸣，好有灵性的

鸟，我期待的生命总让我敞开心扉，接受自然的洗礼。

2022年10月16日，岁次壬寅年九月二十一，星期日

今天早上，阴台上的那只小斑鸠还在巢里，等待出窝的那一刻。中午回家后，小斑鸠已经出窝，只留下空巢。我既为小斑鸠开启了新生活而高兴，同时也有失落感。

2022年10月18日，岁次壬寅年九月二十三，星期二

今天上午，王利民主席在微信里传来让取"晨曦枣韵"的题字。我做完该做的事，赶忙去忻州市文联去取，文联的女士们热情接待了我。我取回家后，赶忙拍照发给冯编辑。王主席这次题字加上个人的名章和"葆光"的闲章，比原来那个题字显得更高雅了。

2022年10月24日，岁次壬寅年九月二十九，星期一

这几天，因为整理第二本诗词集，校对《晨曦枣韵》最后把关，加上学校里事情多，参加朗诵比赛，准备参加忻州二中高考作文论坛会，竟然把写观察日记的事给耽搁了。实在抱歉。

不过，每天去公园散步基本上没有落下。秋深了，各种落叶树木一天天枯黄了，落叶一天天增多了，催人备寒，催人珍惜每一天的宝贵时光。

昨天是星期日，公园里游人如织，不少孩子在大人的陪同下去游乐场寻找童年的快乐。更多的男男女女三三两两在银杏园里观赏金色的扇形银杏叶纷纷扬扬的美景，飞跑的、拍照的，放纵着各自的身影，放飞着各自的心灵。

我每天关注着草木环绕的人造湖，以及人造湖环绕的假山，尤其是观赏着假山上高低错落的树木，树木簇拥着的两座凉亭。我品味着党的二十大提出的"江山就是人民，人民就是江山"的深刻内涵，在古人造自然美景时，是否已经融入这些如同官帽的亭子，是亭子先建在山上，而后官帽做成亭子的样子？不得而知。原来，古人的智慧早就有这一思想了。

忻乡月韵（十月）

2022年10月25日，岁次壬寅年十月初一，寒衣节，星期二

今天是十年一，是给过世的祖先送寒衣的节日。我与妻子一起，由妻子骑电动车，带着我回北肖村给父母、祖父母上坟去，带去对先人的敬奉和怀念之情。

我的父母，是我成家有了女儿后相继去世的，我觉得我对父母也曾尽了几年孝心，一家三代有十多年的天伦之乐，尤其是母亲，几乎等到我儿子出世。我的祖母是我十岁时去世的，可以说，祖母对我有深恩，而我却没有来得及报答，因此我心有愧疚之情。所以上坟回来，就为祖母写了五阕"江城子"词，怀念她，算是对祖母的不敬吧。

《晨曦枣韵》的校对已经结束，就等待最后付梓了。这是我人生的一件大事，希望能及早完成好。

2022年10月26日，岁次壬寅年十月初二，星期三

今天早上到外面散步时，已经是六点四十多分。天阴着脸，遮天的云儿如同鱼鳞般排列着。

今天给学生讲文言文翻译，不少学生能将学过的文言句子与实词虚词联系起来，善于联想和迁移，这是学好文言文翻译的优秀习惯，他们肯定会把新的文言句子翻译好，我甚感欣慰。

2022年10月27日，岁次壬寅年十月初三，阴，雾，星期四

今天早上，阴云犹在，浓雾弥漫，给身边的景物平添神秘朦胧之感。无论是城市远处林立的高楼，还是四面的远山，都被云雾吞没了，本该升起在东南边的圆日已然不知隐身到哪里。

近处的楼房、草木依稀可见。多半落叶的树木还有不少枯黄的叶子挂在树上，最惹人注目的是金黄的银杏扇形叶，给人以独特的美的享受。

公园里的花圃多已在经霜后枯萎，只有西南的大叶海棠园里还有黄的、红的、粉的菊花展露傲霜的风骨。耐寒的松柏虽不及春夏时绿得光彩夺目，然而墨绿中点缀着落木的黄叶，犹显傲寒的自信。

下午两点四十分，我去学校电脑室判完高三模考卷作文后，又到党支部活动室参与高考作文论坛教研活动，并在活动中就我参加高考评卷中的体会与思考做了首席发言。活动由教研室主任李民主持，学校校长杜俊杰、主管教学的校长助理梁成刚、副校长李国红以及全体语文教师参加了这一活动，主题讲话由高一米彦萍、高二李娟和李玉芳、高三闫梅宝为主讲人，每个人都把自己的作文素材积累、作文标题拟定、结构技巧、作文审题立意方面的教学实践做了精彩的展示和发言。讨论中，王建梅老师在素材积累和应用方面把自己的教学案例敞开论述，很有见地；郝晓英老师把作文结构的教学案例做了交流，也值得学习与借鉴。因为讨论气氛活跃，以至于下学了还在进行，领导的发言时间也挤没了。最后梁成刚只做了两三句的总结，对这次论坛做了肯定。

这样的教学论坛注重联系作文教学、密切联系高考作文，有针对性，注重实效，必将推动教师的作文教学、语文教学工作。

2022年10月28日，岁次壬寅年十月初四，星期五

今天早上七点多我出去散步，一路上天阴沉沉的，不过，比昨天前天高了许多。公园里转了一圈后，东南方高楼间的天空悬着一轮银日，如同十五的月亮般，没有晴朗时的光芒，没有暑夏时那么热烈。

2022年10月29日，岁次壬寅年十月初五，阴有小雨，星期六

今天早上醒来，听到外面落水管里有淅淅沥沥的响声，响声不很大，但没有要停的样子。凭多年的生活感受，不出门，我也知道下小雨了。

今天一天参加教师资格证考试监考工作，一天监三门，中午连休息的时间也没有。幸亏第三场是尾数考场，六个考生一个考生也没有来，等到开考半小时后，填涂好缺考情况，交考务室验收后，早早回家休息。这才放松了紧绷的弦。

2022年10月31日，岁次壬寅年十月初七，星期一

今天早上，到外面散步时，天已放晴。时间七点十多分，怕误了第一节课，只好在桃李苑宿舍院里沿着花圃周围转了几圈。

院里的枣树基本上落光了树叶，还有几棵红枣挂在树梢，叫人看了眼馋。泡桐树上的大叶子依然倔强地在树上招摇，虽然没有梧桐树那么高贵优雅，但是在宿舍院里已经有二十年的树龄，为宿舍带来生机和希望，有着君子的风范和气度。

第一节课后，回到院里时，八米长、五米高的影壁前站满了老领导和同事们，专门为周建明老师张罗着挂彩旗、贴喜字。虽然用不着这么多人，但这是多年的惯例，显得有人气，喜事就这么红火。

中午饭喝了些酒，下午睡觉醒来时，窗外的天空正南方正挂着一抹笑得露出牙齿的月儿，好端端地欣赏我的睡姿。

2022年11月2日，岁次壬寅年十月初九，星期三

今天下午，半个月亮挂在正南的天空上方，向我投来关切的微笑。我这几天的忙碌，让她的微笑驱散了。

2022年11月4日，岁次壬寅年十月十一，星期五

今天早上，散步的时间早在六点多了。去了人民公园东门，东南方的山顶已经泛起可爱的红红曙光，让人看到新的希望。第二圈转过来时，一轮红日已从两座错落的高楼间展露出喜悦的面孔。我在散步中感受着自然的美，洗刷着疲惫。

公园里的各种落叶树木枯黄的树叶挂在树上的越来越少，让人感到寒气一天比一天逼人，冬的气息一天比一天浓郁。

妻子家养的串枝莲红嘟嘟的，正开得旺气，是妻子善于经营生活的见证。

2022年11月5日，岁次壬寅年十月十二，星期六

今天早上去公园散步已经七点多了，衰草在枯黄掩映残绿中被白霜欺凌着，季节开启了从秋向冬的序曲。

阴了几天，下了些小雨，还没有雪走进家乡。但老人们不敢穿单薄衣物，时刻准备着防寒御寒，总怕伤了衰老的身体。

2022年11月6日，岁次壬寅年十月十三，星期日

今天早上起得比较迟。漫步在公园里，天空弥漫着灰白色的云层，偶尔可以看到丝丝蓝色，也有一两处白亮的空间呈现出白龙的瑞象。

2022年11月7日，岁次壬寅年十月十四，星期一

今天早上，我起得比较早，外出散步，从东方露出红色曙光至一轮红日升起，觉得生活蛮充实的。回家后，正准备上第一节课，微信群里，李红元主任通知：班主任到校准备给学生上网课。我任何准备也没有，第一节课注定给学生上不成。下午五点十分，年级例会在网络上开的，通过视频对话，同事们感到新鲜。

2022年11月8日，岁次壬寅年十月十五，星期二

早上起得迟，在宿舍院里散步。东方红日依旧从东方升起，我今天也没有觉得有什么异样。

上午，我在家继续整理我的散文集。

晚上阴起来了，没有看到明月，网络上说今天月全食，很遗憾。

2022年11月9日，岁次壬寅年十月十六，星期三

今天早上还没有起床，外面就有雨声，虽然不大，妻子穿衣出去苫盖住电动车了。

2022年11月11日，岁次壬寅年十月十八，雨，星期五

早上到晚上，雨，成了这天的主旋律。遗山诗社、忻州市诗词学会等微信好友，写诗表达自己的感受，我却无诗可写。一心只是集中在整理散文集上。

2022年11月12日，岁次壬寅年十月十九，星期六

今天早上七点半，习惯性地到宿舍院里散步。晴朗的天上飘着如轻纱般的云彩，尽管看不到太阳的光辉，已经很满足了。

2022年11月13日，岁次壬寅年十月二十，星期日

今天早上，天比昨天蓝了，月亮也在太阳未落山之前跟我相见了。今天散步，早、午、晚三次，聚在宿舍院里，呼吸新鲜空气，活动活动筋骨。今天散文、诗词整理工作依旧，基本上整理完成了。

2022年11月14日，岁次壬寅年十月二十一，星期一

今天早上，我在院里散步，残缺的钩月在头顶向我问好，喜鹊在宿舍楼上空从南楼飞到北楼，从北楼飞到南楼，向宿舍院里散步的人们报到喜庆的消息。但愿今天有喜讯传来。

2022年11月22日，岁次壬寅年十月二十九，小雪，星期二

今天早上，一人在院里散步，虽然已经进入冬季第二个节气——小雪，因为无风也无雪，外面也不觉得寒冷。

2022年11月23日，岁次壬寅年十月三十，星期三

昨天晚上在五楼上居住。早上醒来，天已大亮，海运技校的楼房顶上铺了一层白霜，显然已经进入冬季。

到宿舍院里，一个人独自散步，没有风，寒气有些逼人的手和脸。

上午，搞清洁卫生的妻子已经把泡桐树叶清理干净。下午，泡桐叶子也耐不住性子，一片一片又一片，在院里撒了许多。

忻乡月韵（腊月）

2022年12月23日，岁次壬寅年腊月初一，星期五

今天已经进入腊月，开始数九，今年的日子越来越少了，数着数着就快春节了。

今天下午，我带着病去学校参加全国性的硕士研究生入学考试监考工作，心里五味杂陈。

夜晚的幕布早早地挂在每一个明亮的窗外，月亮依然不值班。我只好采摘几颗亮星作为今天的别样收获。

我从宿舍院到公园，想寻找暗黑的空间，一览整个苍穹的星际全图，可惜难以如愿。我想从我幼小的童年回忆中弥补老来探究星夜的秘密，可惜难以复原如初，只留下深深的遗憾。

妻子今天晚上蒸起一锅蒸馍和枣卷，喜气洋洋的，我送到

楼上敬佛。同时，我也吃了一个，心里那个美呀，只有我自己知晓。

2022年12月24日，岁次壬寅年腊月初二，星期六

今天参加硕士研究生招生考试监考工作，上午四个小时，下午四个小时，我是带着病参加的。

午饭按理学校给提供盒饭，但我怕病传染给别人，同时也为回家能多休息会儿。我给校长们打了个招呼，我还未吃饭，红元主任打电话让下午别误了监考。其实这是多余的，我并没有说下午不监考。

十七点半回家后，妻子已经熬好了黄豆稀饭。我喝了一大碗，又去公园散步锻炼，以便明天有精神再次参加监考。

公园里假山上的亭子和人造湖的拱桥灯光秀，今天开始盛开在夜空，给公园的寒冬增添了活力和生机。

我为二中老团委书记赵明的老父亲赵存龙写的五绝《忆忻州二中老校长赵存龙》，由忻州市书法协会副主席、秘书长杨文成先生用富有魅力的草书题就。由秀容在线播放出来，引来众多好友和书家的点赞与喝彩。

2022年12月25日，岁次壬寅年腊月初三，圣诞节，星期日

今天是圣诞节，在太原市、忻州市主要街道冷冷清清，除了药店还算人流不断外，饭店、超市多已关门，更看不到圣诞老人的广告了。

我在此时此刻，想起了丹麦童话作家安徒生的《卖火柴的小女孩》，如果某个流浪街的孩子得不到食物，享受不上温暖的呵

护，一个人饥肠辘辘、渴冻难挨，会不会冻死在街头？尤其是现在，他的命运一定很凄惨。

可怜的流浪儿，你可知晓做父母的担忧吗？你可知道流浪在外的危险处境吗？

2022年12月26日，岁次壬寅年腊月初四，星期一

晚上六七点钟，我在宿舍院里散步，只能从西边宿舍院门没有高楼挡视线的夜空看到西南方，一抹弯月挂在远处的楼顶上。在近处落光树叶的泡桐树木掩映下，显得秀气可爱。如同少女修长的弯弯眉毛，又如三五岁婴儿笑弯了的嘴巴，生机和活力洋溢在崭新的世界里。

2022年12月27日，岁次壬寅年腊月初五，星期二

今天我没有网课，相应地要轻松许多，上午八点半才起床吃饭，中午十一点半左右才到人民公园散步。

午饭后，休息时间也比较长，醒来的时候已经是十六点多了。抬头一望窗外，蓝蓝的天空一丝云也没有，倒有一抹弯弯的蛾眉月在正南的天上挂着，铮亮铮亮的。

身上的病明显轻了许多，起来再次到人民公园走了一圈，以增强身体免疫力。先头上不利索，后浑身直冒汗，喝了萝卜、鲜姜、带葱胡的葱白、梨、红枣熬成的红糖水，出通汗后，开始咽喉肿痛；又吃了两天咽立爽口含滴丸，咽喉肿痛消失；又吃了四天牛黄清心丸，大脑清利了，浑身轻松了。反正是与病痛斗争了将近一周。几乎每天休息十二小时以上，静养，以恢复体质。

2022 年 12 月 28 日，岁次壬寅年腊月初六，星期三

今天上午，人民公园阳光明媚，暖日抚松，花喜鹊领着一群灰喜鹊穿行于松柏之下，给数九的日子增加了些许生机。松子、柏子是招引喜鹊的食物，树顶的鹊巢为它们提供了较为舒适的居住环境。

2022 年 12 月 29 日，岁次壬寅年腊月初七，星期四

今天上午八点半，我开始给我的学生们上网课。开始讲解复习《散文单元部分》。可惜，因为不少学生生病未能上课，我真为孩子们担心。

中午去人民公园散步一次，下午五点左右去公园散步一次。整个天空深蓝深蓝的，不带一丝儿云彩。傍晚的月牙儿比前几天更浓更亮了，挂在路旁的风景树上更美了。

有人在微信里发了一本电子书《白云与摔跤之乡》，我在赞叹白云为忻州摔跤所作贡献的同时，也收获了一个珍贵相片——"忻县第一届政协会议留念"，其中有当时民盟忻县支部的田象贤老师，这让我倍感高兴。

2022 年 12 月 30 日，岁次壬寅年腊月初八，腊八节，星期五

今天早上，吃过妻子做好的八宝粥，上了两节网课，就穿好暖和的棉外套，独自一人去人民公园散步。

今天的人民公园几乎没有游园的人，迎接我的是成十成百的花喜鹊和灰喜鹊。我打开手机视频，把这群可爱的美景拍摄下来，作为腊八节珍贵的记忆，留存到美篇中。并且有感而发，写下一首五律，表达我的内心感受。

五律·壬寅腊八公园散步

腊八晴寒苑，群飞鹊喜鸣。

人来寻日暖，草乱露残荣。

一路无朋伴，千窗染画明。

新年瘟疫远，贺岁裕祥声。

2022年12月31日，岁次壬寅年腊月初九，星期六

今天上午十点半左右，我悠闲地去人民公园散步，迎接我的是数以百计的麻雀，一群又一群的花喜鹊、灰喜鹊。也许它们已经闻到新年的气息、春节的气息，居然在公园里聚会，让我感到格外惊喜。

人造湖的冰面上，孩子们开始滑冰，寻找童年的乐趣。公园的人行游园的环形路上，散步的人也开始多起来了。人们开始有了呼吸自然空气的念头。

2023年1月1日，岁次壬寅年腊月初十，元旦，女儿生日，星期日

今天是一个好日子，新年元旦，女儿生日，真是喜事成双，喜相逢。我中午去我的大姑家，去我的三舅家，去我的哥哥家，去我的二姐家，完成每年春节前的探望亲人仪式。一是见见面，了解身体状况，了解亲人们的心情，交流交流多日的心里话，然后给放些年前礼品。这是我几十年养成的敬亲感恩的一种习惯。尽人事，像古代圣贤一样，算是对自己心灵的洗礼。今年还有一个特殊礼节，每位亲人一本我的诗词集《晨曦枣韵》。这本书，算是小时候父母寄予的厚望落下的一块文化陨石。父亲曾经说我们家要出文人，这个算是父亲预言的一个最好证明。

晚上回到家，躺在床上，我才向远在京城的女儿送去不厌其烦的祝福："祝女儿生日快乐！祝你生日快乐！祝你生日快乐！"同时从网络上选了两种好听的生日歌，让女儿感动，或许她早已激动得落泪了。

最后还为女儿写了一首七绝，作为今年生日的留念。

新年遇女儿生日

年新喜赠京城女，一语亲人贺诞生。

腊月经风心已暖，红梅傲骨炼豪情。

今天晚上，月亮已经比半圆稍微胖了些，但是有些阴，所以不是很明亮。

2023年1月2日，岁次壬寅年腊月十一，星期一

这几天，因为《晨曦枣韵》诗词集已经付梓出来了。我忙于把书赠送给我的亲人、我的朋友，我的文学人生路上的恩人。这本书融入我的童年梦，囊括我的人生所见所思所想所苦所乐所伤，可谓五味杂陈，百味酝酿。

这本书是我的家史记录，是我追求的真实回忆，是我思想复杂矛盾的情感录……

2023年1月3日，岁次壬寅年腊月十二，星期二

今天上午没有课，上午去忻州市市长城协会见杨峻峰会长，同时交流我的诗词集《晨曦枣韵》，得到杨会长的肯定和鼓励。

下午去忻府区文联会见王俊伟主席，同时交流我的《晨曦枣韵》诗词集，同样得到王主席的肯定，畅所欲言，交流同学情谊，其乐融融。还没有离开，五师53班同学吕光礼打电话，托我替人写祭文，随即回家，交流相关事宜。

晚上，同学相托，略微熬夜，总算完成祭文初稿。只是有些兴奋，半天不能入睡。不过，兴趣使然，累也心甘。

2023年1月4日，岁次壬寅年腊月十三，星期三

今天下午，我去人民公园散步，西南的夕阳尚未谢幕，仍然绽放它那橘红色的霞彩，东方的月亮渐臻圆润，已经露出银白色的灿烂笑脸。我好幸运，享受着日月交辉的美景。

2023年1月5日，岁次壬寅年腊月十四，小寒，星期四

今天上午，妻子去烟村为她姨夫烧三天的纸，未曾想与一外卖小哥相撞。幸而没有伤到筋骨，然后外卖小哥径自逃去。妻子也未能去烟村，真是不幸中的万幸。

2023年1月6日，岁次壬寅年腊月十五，星期五

今天是腊月十五，我一上午昏昏沉沉，午休后，才感觉轻松多了。直到傍晚东北方的圆月升起来，才感到今天比平常的月亮更圆、更亮，从宿舍院的泡桐树上方投下美丽的形象，才更觉得时间的魅力，自然地如期而去。

2023年1月7日，岁次壬寅年腊月十六，星期六

今天的月亮是在太阳从西南方落下去之后，才从东北方冉冉

升起来的，看起来并不比昨天的月亮差，圆圆的。只是过了一会儿，我在人民公园转了一圈后，发现月亮被薄薄的云层遮住了晴朗的模样，显得朦朦胧胧，像是有什么心事想要向我诉说。

2023年1月8日，岁次壬寅年腊月十七，星期日

今天上午，我上了两节网课，与同学们交流得还算可以。十二点以后去人民公园散步，公园里人也不太多，人造湖的冰上有三五个小孩在玩冰车。树木上偶尔有喜鹊飞过，花喜鹊少，灰喜鹊多。

2023年1月9日，岁次壬寅年腊月十八，星期一

今天上午起得比较迟。吃过早饭后，已经快十点了。上楼休息了半个多小时，听着《金刚经》可以消除精神上的疲劳，缓解这几天的困扰。身体得到缓解后，又到学校给领导们赠送我的《晨曦枣韵》诗词集，就算是向领导汇报自己在文学创作上的成绩吧。

2023年1月11日，岁次壬寅年腊月二十，星期三

今天上午，应微影视协会赵明主席邀请，前往西冯城村参加春节送温暖写春联活动，村干部和村民以对待上宾的态度对待我们这些文化人，真的好感动。

下午，上了一节网课，就匆忙去忻州市文联送我的《晨曦枣韵》诗词集，韩华主任及赵海花女士热情接待了我。我的《晨曦枣韵》诗词集的出版，在忻州二中微信平台上引起强烈反响。

2023年1月12日，岁次壬寅年腊月二十一，阴，星期四

今天上午早饭后，八点半即上网课。今天同学们表现积极、主动，男生女生叫起来就能交流，真好。

网课上完后，稍做休息，就到人民公园散步去。公园里活动的人非常少，人造湖的冰面上，有三五个小孩与一位大人在玩冰车。树林里的花喜鹊、灰喜鹊等鸟儿悠闲地飞上飞下，在松枝上、枯草间寻觅着食物。

回家的路上，在九原东街与新建北路交叉的十字路口，一位女士问路。她要去手微创烧伤医院，我指给她向西走过十字路口，再向北过十字路口，再朝西走，走到一条向北的街道处，向北走大约五十米即到了。她却说，我指错了，并且拿出手机的百度地图指给我看。我有些生气，说："这个医院我去过，既然问我，我能指错？"同时，拿着她的手机，给她指明方向。她说："看来是我迷路了。"生活中这样的故事太多了。有些人明明做错事，别人善意地劝告，他就是不听，反而怪怨你，甚至越是走向悬崖边也不知勒马，坠落悬崖时悔之晚矣。

2023年1月13日，岁次壬寅年腊月二十二，星期五

今天过得真充实。上午，给两位老友送了《晨曦枣韵》诗词集，又上了两节网课，与学生配合融洽。上完网课后，又给忻州知名作家彭图先生送去诗词集。虽未见面，但是后来微信交流别有情趣。

下午，在休息充足后，又给太原的董耀章、董雯父女俩，张卫平院长，张希田先生，苏玉春女士寄出书去。回来后，天空开始轻飘飘地飞起了雪花，今年的第一场雪终于闪亮登场了。

2023年1月14日，岁次壬寅年腊月二十三，小年，星期六

今天，忻州市文联微信平台发布我的《晨曦枣韵》诗词集出版公告，我才发现我的后记存在问题。原来以为只是平台弄错了，仔细一看书，才发现是校对没有校对出来。第一次出书，前后达三年之久，我与出版社的编辑校对达十次以上，也让文友、诗友们帮助校对，结果依然存在错别字，真尴尬。

中镇诗社的张希田老师比我迟发现三五分钟，他的微信留言振聋发聩："打字员出错很正常，关键是作者校对要细心、认真。这方面马斗全先生做得特别好，作品刊印后总有差错，追悔莫及。"说实在话，我的诗词集已经赠送将近百人了，居然没有一人与我交流其中存在的问题。一是因为我赠送他们，可能出于礼貌，不好意思说；二是我赠送他们后，没有认真品读，甚至读也没有读，所以我二十多天才发现这一问题。

同时，杨峻峰社长这一称呼在后记中误打成"杨峻峰主席"，这一问题也没有人向我提起，尤其是杨社长本人也没有跟我说，遗山诗社的诗友们一致说好话，逆耳的诤言却没有，真让人难以捉摸。到尴尬的时刻，真觉得脸红。况且，我还是最能虚心接受批评的人。

2023年1月15日，岁次壬寅年腊月二十四，星期日

今天开始擦玻璃，整理每个房间。最令我感动的是，夏秋时节在阴台陪伴一家人生活的斑鸠留下一塑料筐的粪便，让我们一家在艰辛中度过平安的日子。同时，斑鸠的粪便又可以做花肥，让家里的花叶茂绿，绽放美丽的风景。我已经把斑鸠生活记录在《忻乡月韵》，作为我的感恩文字，献给有灵性的精灵。

宿舍院里，迎接春节的彩灯已经完成一半，离春节的日子越来越近了。

2023年1月16日，岁次壬寅年腊月二十五，星期一

今天上午，去市文联再次赠书，与毛宇卿女士寒暄了一会儿，就去拜访德高望重的武兆鹏先生。

武兆鹏是忻州戏剧音乐界的前辈，在戏剧创作、音乐创作、剧本音乐评论、文学创作诸多方面成就甚大。他与舅父文德先生因为在戏剧文学创作方面经常交流学习，是多年的好朋友。这次他出版《涛声泉韵·武兆鹏文集》十卷，属于山西省重点文艺作品扶持奖励项目，可见他作品的权重和分量。

我拿着我的《晨曦枣韵》诗词集去拜访他，并且说好向武老替文德先生要一套书，谁知武老赠送给文德先生的同时，也赠送我一套。沉甸甸的两套书，饱含着武老对舅父的敬重，也饱含着对我的厚爱。我深深地感谢武老。武老临走时，还说欢迎我常到他家做客，以后多交流关于文学创作的成果。我为武老感染着，我记着一位学者对晚辈的栽培和鼓励。

2023年1月17日，岁次壬寅年腊月二十六，星期二

今天清洗油烟机，顺便清理厨房卫生。虽然身体有些累，但是，每年春节前的传统，即使累也心甘。中国年，凝聚着祖先的文化，闪耀着中华民族的智慧，是教育儿孙勤劳和孝敬父母的最佳时机。

晚上，又到人民公园散步，公园的灯光秀倒挺美的。

2023 年 1 月 18 日，岁次壬寅年腊月二十七，星期三

今天上午，我到忻州市（今忻府区）政协副主席、民盟忻州市委主委张鑫淼家拜访她，并赠送《晨曦枣韵》诗词集一本。她以前也赠我一本书，正在整理第二本书。她对我的诗词集的出版表示赞同，并鼓励我继续奋斗。

从张老家出来，我又去看望原忻州市（今忻府区）教育局局长张黄秀先生。听说他已经不认识人了，但是，我还是把我的诗词集送到他手中，他居然把我的赠言几乎全念下来。尽管他老伴说他一会儿就什么也忘了，说明他对文字还是有记忆的。不过，张局长腰身笔挺地坐着，看上去还是老样子，说话还是那么熟悉。我忘不了他，是他把我调到忻州二中，我才有创作的土壤和平台。

回家后，把所有卧室和客厅的窗帘全洗了，并挂上去，为迎接春节做了自己该做的家务。

晚上，又到人民公园转了一圈。

2023 年 1 月 20 日，岁次壬寅年腊月二十九，大寒，星期五

今天上午，民盟忻府区第二支部慰问退休老盟员活动，王亚东老师开车，我陪同，先后对贾引枝、陈兴、王全龙、薛喜旺老师进行慰问，带去了民盟组织对这些老同志的关怀和温暖，每个人脸上都洋溢着喜悦的神色。

2023 年 1 月 21 日，岁次壬寅年腊月三十，除夕，星期六

今天除夕，我一整天忙着整理房间，将喜庆、祥和、祝福的春联贴在楼门口、阳台瓷砖、卧室门上，卧室、客厅、厨房大框玻璃上。地下室的门上也贴上了美好祝愿的春联。

阳台上，我再把可以旋转得通电的红色灯笼挂起来。在客厅玻璃窗上，我挂上了一串可以流动的霓彩灯。给家里营造了过年的红红火火的氛围。

一年来，我借助对家乡月亮的钟爱，对月亮的出没、运行情况进行了零散的观察和记录，有待进一步研究和整理。同时，我也把家里的喜怒哀乐做了点滴的记录，留作备忘录。我还对太阳的运行情况、雨雪风霜的日常变化作了记录和描写，对我所看到、听到、想到的国家大事进行了阐述和描写，作为我忧国忧民者的真实反映。

等待适当时候，我再回头看，思考和分析，或许有更多更大的发现与收获。

后记　心歌不老雪鬟童

张建明

　　作为土生土长的忻州（忻府区）人，我刻骨铭心的记忆多留存在童年和青春中，文学创作的种子萌生于北肖村。这个村庄的土地由牧马河与云中河水交汇冲刷而成，尤其是牧马河水浸染影响更深。

　　我是牧马河水浇灌下冷落于偏僻凤嘴地的千年芦芽仙草，修行出一颗玲珑之心，能听懂五台山文殊的心经，曾沐浴忻州古城一千八百年炮火硝烟下血泪的洗礼，灵魂中与生俱来的喜怒哀乐，冥顽不化的执着幻化成翱翔于系舟山上的五彩瑞凤，于特殊的时代降生于一个崇尚文化礼义的农民之家。

　　自幼受舅父李文德先生读书、追求文学精神的熏陶，心灵深处埋下学习的种子。从识字到读诗，从走进师范到奉献人民教育，从研学诗词与散文小说到上刊出书，只为童年的一个梦想：用笨拙的秃笔，写出自心中的歌。

　　我的歌，源于近五十年的苦学乐学，哭泣、忧愁在书海中释解，幼稚和无知在奋斗和拼搏中渐渐成熟，无奈和徘徊在修行探索中至真至善至美。

　　我的歌，唯一保留着那颗童心，探究自然和生命奥秘的好奇和天真，青少年读者可以从中汲取几缕星光和月光，几缕花香与草香……

　　我的歌，可以引领读者穿越时空。山林鸟声，渠边蛙鸣，河园碧影。系舟大禹，雁门守城，老牛湾乾坤奇观，荷叶坪仰望海子。唐铁桥，金壁画，向阳村遗址，明长城。

　　我真情感谢为我作序的好友张卫平先生、王建勇先生，他俩肯定我散文中的真情流露，点出我思想挖掘的不足，让我创作中有努力的方向和目标。感恩董耀章先生为我题字，让我的散文多了自信。感谢篆刻的表兄李杰先生，他的参与让我的作品中有亲情的感动。我的散文集既接地气，又达云气，我在文学追求之路上有人助力，我有攀登高峰的底气。

　　我更感谢悟阅文化的编辑，上海文艺出版社的审稿编辑，他们给我校对、审核把关，我的作品才增色不少。

　　我是基层的草根作家，文学功夫不足，视野不够辽阔，悟性自然欠火候，不过，我在诗集《晨曦枣韵》《忻乡画韵》之后，能再出一本散文集，我甚感欣慰。我，一位鬓染霜雪的老翁，夕阳红霞照我身，自感温暖于心。待到我再次化作芦芽草守护牧马河的时候，喜鹊喳喳，那就是我不老的心声。

2024年10月于曦光斋书屋